入居者全滅事故物件

900

1800

900

1800

著：春海水亭
イラスト：安藤賢司

目次

第一章　帰路

『私、ストロング・ザ・メリーさん……』

「ストロング・ザ・メリーさん……!?」

恐ろしい名が電話口から聞こえてきた。

時刻は夜中の二時、私が既に就寝していた時のことだ。

もう数年は会社以外での利用はしていないであろうスマートフォンが突然に鳴り出して、私の安眠を妨げた。発信者は不明。非通知の着信だ。普段なら取ることのない電話だったけれど、寝ぼけていた私はついうっかり、その電話を取ってしまった。その結果、ストロング・ザ・メリーさんからのメッセージを受け取ってしまったことになる。

『今、東京駅にいるの……』

現在地を伝える電話に、私は頭の中でメリーさんに関する都市伝説を思い出す。

ある事情でメリーさんという人形を捨てた少女のもとに電話がかかってくるというものだ。

——私、メリーさん。今、ゴミ捨て場にいるの。

——私、メリーさん。今、貴方《あなた》の家の近くにいるの。

メリーさんは徐々に距離を詰めていき、そして最後にこう言うのだ。

——私、メリーさん。今、貴方の後ろにいるの。

少女がどうなったかは定かではない。

そのような内容であった……と思う。

おそらくその少女は死んでしまったのだろうが……この話を私が知っているということは、語り部《かたべ》は存在しなければならない。おそらくは作り話……だと思う。

けれど、実際、私はメリーさんからの電話を受けてしまっている。

「その……イタズラですか……？」

イタズラ……そう判断するのが常識的な大人というものだろう。

電話だけならば、如何《いか》ようにも言うことができる。

私だって電話だけならば、誰なのかもどこにいるのかも容易に騙《かた》ることができる。

さっさと寝てしまおう、そう思って電話を切ろうとした、その時である。

『貴様を殺す』

底冷えするような声だった。

電話越しにもはっきりと相手の殺意が理解できる、おぞましい声。

その電話の内容がイタズラであろうとも、間違いなくメリーさんには私に対する殺意があった。

「もっ、もしも……」

電話は切れてしまっていた。

スマートフォンの液晶には通話が終了したことを示す無機質なメッセージだけが表示されている。

イタズラ……そう判断するには、相手の声はあまりにも真に迫っている。

寒い。

生まれたばかりの不安が私の体温を喰《く》らって、少しずつ成長していくような感覚を私は覚えた。

私はスマートフォンのマップアプリを起動する。

時刻は深夜二時。

電車は既にない。

故にメリーさんが公共交通機関を利用する場合、私の住む静岡に到着するのは最速で六時台。

だが、メリーさんが高速道路をかっ飛ばした場合、約三時間で到着するので五時台には既に静岡入りしている可能性がある。

だが、メリーさんが東京駅にいるという情報自体が私に対するブラフの可能性もある。

東京駅にいると見せかけて、既に静岡入りしている……そう考えると、最早時間の猶予を考える意味すら存在しない。

スマートフォンを握る手に力が籠《こ》もる。

その手の中で暴れるかのように、スマートフォンが再び震えた。

『私、ストロング・ザ・メリーさん……今……』

「待って！」

メリーさんの言葉に、私は叫ぶように割り込んだ。

「ねぇ、メリーさん！」

『ストロング・ザ・メリー』

「ストロング・ザ・メリーさん！　私、アナタになにか恨まれるようなことをしたかなぁ⁉」

心の底からの叫びだった。

幼い頃から人形とは無関係の日々を過ごしてきた、人生の中で一度もメリーさんと名前がつくような人形と関わった覚えがない。

集めていると言うならばぬいぐるみだが、それだって私は一人だって捨ててはいない。ぼろぼろになった子はいるが、下手くそなりに繕って、今も私の住むマンションの中にいる。少なくとも、一度東京を経由してから私の家を襲うような理由はない。

全くの人違い……そうとしか思えないのだ。

『今、高速バス乗り場にいるの』

私の問いに対するストロング・ザ・メリーさんからの返答はなく、告げられたのは無慈悲な現在地情報だった。

「自家用車はないのね⁉」

既に通話は切れてしまっていた。

何もかもがブラフの可能性はあるが、私はストロング・ザ・メリーさんから与えられた情報に縋《すが》るしかない。私は乗り換えアプリを使用し、調べる。

ストロング・ザ・メリーさんが早朝の高速バスを利用すると仮定して、出発はおおよそ六時、そこから到着まで三時間、大体九時頃がストロング・ザ・メリーさんが到着するまでのタイムリミットだろう。

「……どうすればいいんだろ」

私の呟《つぶや》きを聞くものはぬいぐるみしかいない。

こういう時は誰に相談すればいいのだろう。

家族はいない、パパとママは去年死んでしまった。

友達もいないし、恋人もいない。

会社の人とは仕事の話ぐらいはできるけど、それ以上の話はできない。

そもそも、こんな話を相談されても向こうだって困ってしまうだろう。

となると警察……なんだろうか。

実害が出れば警備してくれるのだろうか、今のところはただのイタズラ電話で、本当に相談することしかできない。

玄関に行って、自転車用のヘルメットを取り出して頭に被《かぶ》ってみる。

ただストロング・ザ・メリーさんが来るのを待っているわけにはいかない、けれど……本当にどうすればいいかわからない。


二時三十分、再びスマートフォンが震えた。

相変わらずの非通知着信……けれど、ストロング・ザ・メリーさんからの着信だろう。

『私……ビッグ・ザ・メリーさん……』

「ビッグ・ザ・メリーさん!?」

先程まで電話をかけてきたのはストロング・ザ・メリーさんだったはずだ。

しかし、同じメリーさんでも声質が違う、声量が違う、テンポが違う、はっきりと電話の相手が私にはストロング・ザ・メリーさんとは違うメリーさんだということがわかった。

『今、貴方の後ろにいるの』

「えっ……」

私は咄嗟《とっさ》に後ろを振り向いた。

そこには何もいない、ただ普段通りの私の部屋があるだけだ。

それはそうだろう、窓もドアも閉まったままだ。

誰かが入れるワケがないし、入ったならばすぐにわかる。

そこまで思って……私は咄嗟に視線を床に落とした。

もしも、後ろにいるのが人形ならば……

だが、私の予想に反して床にも何もいなかった。

それはそうだろう、当然だ。

であるというのに、何故か寒い。

心臓の鼓動がやけに速いのは、何故だろう。

『もう一度後ろを見て』

「きゃあああああああああああ!!!!!!!」

思わず悲鳴を上げて持っていたスマートフォンを落としてしまったのは、もう一度振り向いた先……玄関のスチール製のドアに、正拳突きの形の歪《ゆが》みがあったからだ。

それも最上部に。

その歪みは外側から内側に生じたもの……つまり、ビッグ・ザ・メリーさんは玄関の外にいたということになる。

既に……いたのだ！　メリーさん……ビッグ・ザ・メリーさんは私のすぐ近くにッ！

『私、ビッグ・ザ・メリーさん……道路から大きく跳躍し、三階にある貴方の部屋まで到達し、一瞬だけ貴方の背後を取った後、今、貴方の部屋の前にいるの』

床に落ちたスマートフォンから、ビッグ・ザ・メリーさんの声がする。

恐るべきトリック——これが怪異の能力なのだろうか。

『……私、ビッグ・ザ・メリーさん……今、貴方のマンションの前にいるの』

そう言い残して、スマートフォンの通話が切れる。

粘ついた悪意に満ちた声だった。

そして、新しい玩具《おもちゃ》を貰《もら》った子供のように嬉《うれ》しそうな声だった。

何故、玄関まで到達したメリーさんが一度、マンションの前まで離れたのか——その声を聞いて理由がわかったような気がした。

悲鳴を上げる気力すらなく、私はその場に座り込んだ。

メリーさんは本物だった。

そして、ストロング・ザ・メリーさんが東京からこちらに向かってくる一方で……ビッグ・ザ・メリーさんは既に現着している。


呼吸が苦しい。

鼓動が痛いぐらいに速い。

視界が涙で滲《にじ》んでいた。

どこに行けばいいのだろう、どこに逃げられるというのだろう。

家の中で待っていれば、いずれストロング・ザ・メリーさんがやって来る。

けれど家の外に逃げたところで、ビッグ・ザ・メリーさんが待ち受けている。

どうあがいたところで死ぬしか無い。

悪意はあまりにも理不尽で、唐突だった。


再び鳴り始めるスマートフォン、私に取る気力はなかった。

今すぐにでも私のための棺桶《かんおけ》になりそうなこの部屋を、花の代わりに能天気なスマートフォンの着信音が埋めていく。

五分ほど何もしないでいると、着信音が消えた。

良かった――心の中でそう思いながら、涙が込み上げてくる。

別に、メリーさん達と電話をしなかったところで、メリーさんがこっちに来ることに何の変わりもないのに。

リン。

その時、インターホンが鳴った。

「ヒッ」

小さく悲鳴が漏れる。

電話が繋《つな》がらないと見て、メリーさん（この場合はおそらく、ビッグ・ザ・メリーさん）が直で来たのだろうか。

油の切れた機械のように軋《きし》んだ動きでドアホンのモニターを見る。

髪の毛の薄い、白髪のおじいさんが映っている。

いつも困ったように眉根を寄せているその顔を、私はよく知っていた。

「東城《とうじょう》さぁん……東城明子《あきこ》さぁん」

マンションの管理人さんだ。

深夜に悲鳴なんか上げたから、隣の人に呼ばせてしまったのかもしれない。

申し訳ないな……そう思うと同時に、何故かホッとした。

「東城さん、あのですねぇ……」

モニターに映る管理人さんがスマートフォンを取り出して、言った。

「お電話ですよ」

モニターに映る管理人さんがいつもどおりの表情で、さも当然であるかのように。スマートフォンの液晶をこちらに見せている。

非通知設定。

『私、ストロング・ザ・メリーさん――』

モニター越しの声はざらついていたけれど、楽しそうなことはよくわかった。

『――今、ヒッチハイクで東名高速道路に乗っ……ぐおおおおおおおおおおおおおおおおおおおおおおおおお！！！！！！！！！』

「えっ⁉」

モニター越しの悲鳴、と同時に管理人さんが大きく目を見開いて、スマートフォンを取り落とす。

『いなくなった』

ストロング・ザ・メリーさんのものとは全く違う声がした。

低く落ち着いた男の声。

聞いた言葉が身体の中で柱になって支えてくれるような、そんな安心感のある声だ。

『俺は俵《たわら》さん、今アンタを助けに行くよ』

◇◇◇

『破ッ！』

スマートフォンから俵さんの叫ぶ声が聞こえた。

その声を聞いた管理人さんがスマートフォンを置いたまま、フラフラと引き返していく。まるで夢を見ながら歩いているかのようだ。

「誰!?」

けれど、私に管理人さんのことを気にする余裕はなかった。

思わず叫んでしまったのも当然だろう。

ただでさえ知り合いの少ない私だが、俵さんなんて人は見たことも聞いたこともない。

『簡単に言うとアンタを今狙っているようなバケモン共をしばいて回っている男だ』

「えーっと、じゃあ……その……」

助けに来てくれるのだろうか、この人が。

私を狙っている意味の分からないメリーさんの二人組……いや、ストロング・ザ・メリーさんの方は、俵さんが倒したらしいから、残っているのはビッグ・ザ・メリーさんだけ……ということになる。

その残ったビッグ・ザ・メリーさんを倒しに……

瞬間、私の思考を裂くようにスマートフォンが震え始める。

おそらくはビッグ・ザ・メリーさんからだ。

「出た方が……良いんでしょうか⁉」

『出るな……メリーの電話は奴にとっての手続きだ、出れば出るほど死に近づく』

私のスマートフォンが私のものではないかのように悶《もだ》えるように震えながら、悲鳴のように着信音を歌う。

その恐ろしい歌声の中で、私は俵さんの話を聞いている。

『ただし、さっきのでわかっただろうが……奴はいかなる手段でもアンタに電話を取らせようとする』

「じゃ、じゃあ私……」

『勇気は出せるか？』

「へっ……？」

勇気——自己啓発書じゃよく聞く言葉だ。朝礼の時に上司が訴えることもある。

漫画でもアニメでもドラマでも、大事な時は結局それが一番必要になる。

けれど、私に向かって勇気を出せなんて言う人間はいない。

勇気が必要になる場面に、私が赴くことはない。

私自身ですら私に期待しないから、勇気なんて言葉から離れていく。

「勇気……ですか……？」

同僚の人と世間話を交わすなんてことですら勇気が必要になる私に。

その程度の勇気すら用意できないで逃げてしまう私に。

そんな私に、俵さんは勇気を求めようとしている。

『俺が辿《たど》り着くよりも、おそらくビッグ・ザ・メリーさんの手続きが終わってアンタを襲う方が早い。ストロング・ザ・メリーさんがぶっ倒されたのをビッグ・ザ・メリーさんが知るのも時間の問題だろうしな。となると、アンタにはビッグ・ザ・メリーさんから逃げ回って時間を稼ぎながら俺と合流してもらうしかない、ただ絶対にこれだけは約束するよ――』

家の中は怖い。

けれど、外はもっと怖い。

ビッグ・ザ・メリーさんは家の中に入らないのか、それとも入れないのか、いずれにせよ玄関のドアに正拳突きを打ち込むだけだった。

玄関のドアの歪みを私はまじまじと見つめた。

綺麗《きれい》な正拳の形に、ドアが凹《へこ》んでいる。

まるでドアが金属じゃなくて、ガムでできているかのようだ。

それほどたやすくメリーさんはドアを凹ませてみせた。

そんな恐ろしい存在が、家の外にいる。

玄関のドアがやけに重く感じる。

深呼吸を三回。

どれだけ深く息を吸っても心臓の鼓動は速い。

こうしているだけで何倍もの速さで寿命が消えていくような気さえする。

手が冷たい汗でぬるぬるとしている。

ビッグ・ザ・メリーさんから逃げようと、身体の中にある全部の命が流れ出ていこうとしているのかもしれない。

私は俵さんの言葉を思い出し、覚悟を決めた。

玄関の扉を開いて、管理人さんのスマートフォンを拾い上げる。

『もしもし……』

「俵さん……その、どこに逃げれば良いんでしょうか」

『どこでもいい……絶対に追いつくから、走り続けろ！』

「はいっ！」

階段を急いで駆け下りて、エントランスへ。

自家用車はない。この時間じゃレンタカーはやっていない。

そもそも私は免許を持っていない。

自転車もない。タクシーは呼んでも大丈夫なんだろうか。いや、多分無理だ。おそらく管理人さんみたいなことになってしまうだろう。

色々なことばかりが頭の中を駆け巡ってしまっている。

『メリーさんみたいな怪異はなるべく伝統的な手続きを重視する……それが自分の力を十全以上に発揮するからだ。だから、アンタが逃げれば……電話の回数を増やして目的地の更新もできるだけ告げなければならない』

「はいっ」
スマートフォンを片手に私は走る。
目的地はない。
街灯の明かりだけがぼんやりと照らす暗い闇の中、私はただただ走っている。
走っている私の足が止まった。
公営体育館前、暗い闇の中に緑色の光がある。
今となっては絶滅危惧種《きぐ》となってしまった……電話ボックスだ。
いや、ボックスではない。
公衆電話を覆うガラスの壁は全て砕け散っており、ただ枠だけが残っていた。
その上、公衆電話の受話器は外れている。
『私、ビッグ・ザ・メリーさん……』
公衆電話の受話器越しにビッグ・ザ・メリーさんの声が響く。
「俵さん!!　電話ボックスが破壊されてて!!」
『受話器を下ろすんだ！』
「はいっ！」
殆《ほとん》ど悲鳴みたいな声で私は俵さんに言葉を返した。
『今、貴様を苦しめて殺すためにホームセンターへ行ったところよ……』

受話器を壊さんばかりの勢いで下ろす。

ツーツーという不通の音が、静かな夜の闇に反射して私の頭をグラグラと揺らす。

「ビッグ・ザ・メリーさんはホームセンターに寄ったみたいです！」

『ホームセンター!?　クソッ！　悪用し放題だな!!』

「最寄りのホームセンターはここから二百メートルのところです!!」

『とにかく逃げ続けるんだ！　絶対にアンタに追いついてみせる！』

「は……い……」

その時、私は気づいてしまった。

アスファルトの地面が靴跡の形に凹んでいる。

まるで靴を履いたビッグフットが柔らかなアスファルトを踏みつけて、その靴跡を修繕することなく固めてしまったかのようだ。

だが、アスファルトの舗装段階でこの靴跡がついたワケではないだろう。

靴跡の周辺にヒビが入っている。

どれほどの力で地面を踏み込めば、この靴跡がつくのだろう。

『どうした!?』

「ビッグ・ザ・メリーさんの靴跡が……」

なけなしの勇気が消え去ってしまいそうなぐらいに怖い。

小さな女の子のように、涙が込み上げてくる。

私を狙っているのは都市伝説で語られるただのメリーさんではない、鉄製のドアを正拳突きで軽く曲げてしまい、電話ボックスのガラス壁を粉砕し、そしてアスファルト舗装に平然とヒビを入れるほどのとんでもない脚力を持ったフィジカルモンスター……ビッグ・ザ・メリーさんなのだ。

そんな怪物を相手に、私は逃げることしかできない。

勝手に諦めてしまいそうになる身体を無理矢理に動かして、私は再び走り始める。

私には逃げることしかできない。

だったら、怖いけど——できることをするしかない。

声だけしか知らない俵さんのことを信じて。


目的地も考えずに私は再び走り始める。

頼りはただ、俵さんの『どこでもいい……絶対に追いつくから、走り続けろ！』の言葉だけ。

五分ほど走っていると、タクシーが後ろから走ってきて、私に並走するように横についた。

開き始めるサイドウィンドウ。

私は、否《いや》が応でも管理人さんのことを思い出す。

中年の運転手さんの手にスマートフォンは握られていないが、安心はできない。

「……あの、なんか頼まれましてね」

運転手さんが優しそうな声で言った。

カーステレオから流れる深夜ラジオの声がやたらにうるさい。

その瞬間、私と俵さんは気づいてしまった。

『破ッ！』

俵さんの裂帛《れっぱく》の気合が、運転手さんの意識を吹き飛ばす……と同時に、私はサイドドアを開いて、タクシーの助手席に乗り込んだ。

『えーっ、どうしても彼女に伝えたーいとのことでペンネーム、ビッグ・ザ・メリーさんからのお便りです。私、ビッグ・ザ・メリーさ――』

ビッグ・ザ・メリーさんの現在位置を伝えかけたカーステレオを即切りする。

恐ろしすぎる、ビッグ・ザ・メリーさん。

まさか電話だけでなく、深夜ラジオまで経由してくるとは。

音声媒体というのならば、何でもありなのだろうか。

『あと少しで着く！　それまで耐えてくれ‼』

もうそんな時間なのだろうか、空はまだ暗いままだ。

それでも、俵さんの声に私の心に希望が射し込む。

ただ、走り続ける――絶対にビッグ・ザ・メリーさんから逃げ切ってみせる、と。


シャッ。

風を切る音がして、何かが私の前を横切った。

その方向を見る、アスファルトの地面に何かが突き刺さっていた。

よく見れば、それは――スマートフォンだった。

『私、ビッグ・ザ・メリーさん……貴様が逃げ惑うせいで、余計な時間を食ったが……近くの六階建てマンションの屋上にいるの、ようやく発見できた狙撃ポイントだ』

「うわあああああああああああ！！！！！！！」

手裏剣めいて投擲《とうてき》されたスマートフォンを見て、私は理解した。

何故、私は家を出なければならなかったのか……ビッグ・ザ・メリーさんは人間を操っても切りがないと見れば、直接スマートフォンを家の中に投げ込めるからだ。

そして、私は逃げ切れるのか……私を中心とした、あたり一面にスマートフォンが突き刺さっていた。

『私、ビッグ・ザ・メリーさん……今、マンションの階段を下りているところよ』

私の近くのスマートフォンがそれを告げる。

前に逃げようと後ろに逃げようと、ビッグ・ザ・メリーさんの声から逃れることはできない。

『私、ビッグ・ザ・メリーさん……どれほど逃げても無駄よ……このスマートフォンの結界は貴様を捕らえる檻《おり》でもあり、貴様のための墓石でもあるの……あと、今道路を歩いているわ』

足がガタガタと震えている。

俵さんは間に合わないだろう、それでも……私は逃げようと走っている。

『私、ビッグ・ザ・メリーさん……貴様の後方五十メートルでクラウチングスタートの準備はバッチリよ……勢いよく助走をつけてやるわ、クク……』

あと十秒もしないうちに、メリーさんは私の後ろに到達する。

そして、都市伝説と同じように……いや、ホームセンターで準備をしていたとか言っていたから、もっとひどい目に遭うんだろうか。どうやったって助からない。

俵さんはあと少しって言っていたけど……東京‐静岡間の距離を考えれば……

それでも、まだ私は走っている。

俵さんと約束をしてしまったから。

『私、ビッグ・ザ・メリーさん……貴様の後ろにいるの』

私の後ろに、なにか冷たいものが立った。

それに生命の熱は無く、ただ悪意だけがあった。

恐ろしいものだ。

ただ命を脅かすだけの怪異。


それと同時に、私の前に誰かが立った。

スマートフォンの声と一緒に声がする。

温かくて力強い声だ。

『そうかい、俺は俵……アンタの正面にいるぜ』

巨大な男だった。

百九十センチメートルほど、全身に鎧《よろい》のように筋肉を纏《まと》っていて、腕も脚も胴体も、私の同じ部位を何本も束ねたんじゃないかってぐらいに太い。

その男の巨大な拳が私の頭上を通り過ぎて、私の後ろにいる何かを吹き飛ばした。

「グオオオオオオオオオ！！！！！　この……メリーさん界隈《かいわい》最強の女……ビッグ・ザ・メリーさんが……」

振り返ると、ビッグ・ザ・メリーさん……その名に恥じぬ巨大な女が自動販売機に叩《たた》きつけられ
……いや、めり込んでいた。

自動販売機は好き放題地面にジュースをばら撒《ま》き、ビッグ・ザ・メリーさんは自動販売機から抜け出そうと必死になっている。

「とりあえず……募る話はあるが……まずは約束したことがあるからな」

ゆっくりと俵さんがビッグ・ザ・メリーさんの元へ歩いていく。

約束――うん、あれは本当に良い約束だった。

私が勇気を振り絞るには、十分なぐらいの。

「ま、待て……貴様ッ！　たす……助けてくれッ！　せめて、冥土の土産にその女だけは殺させてくれッ！　頼む……その女の絶望の悲鳴を聞かせてくれたら私は安らかな気持ちで眠るようにお前に殺されてやっても――」

――ただ絶対にこれだけは約束するよ、アンタが最後の最後まで諦めないでいてくれるなら……アンタを散々ビビらせてくれたビッグ・ザ・メリーさんをスカッとするぐらい、ぶん殴ってやるよ！

「破ァァァァァッ！！！」

「ぎゃあああああああああああああ！！！！！」

俵さんの太い拳がビッグ・ザ・メリーさんの腹部にめり込んだ。

それと同時に、ビッグ・ザ・メリーさんが盛大な悲鳴を上げ——大爆発を起こした。

音はない。

ただ、激しい光と衝撃だけがあった。


「……どうよ」

「……スカッとしました」

私はその場にへたり込み、そう言った。

「そいつは良かった」

俵さんはそう言って、私に笑いかけた。

「ただ、こうしてジッとしているワケにもいかねぇんだ……非道建築タワーマンションのバケモンがアンタを狙っているからな」

◇◇◇

非道建築タワーマンション、私の人生にこれまでも……そして、これからも関わってきそうにない不思議な言葉だった。

「非道建築タワーマンションっていうのは、というか……そのタワマンの化け物が私を狙っているっていうことは私、またさっきみたいな目に……」

頭の中がぐるぐると混乱している。

ストロング・ザ・メリーさんとビッグ・ザ・メリーさんのタッグチームだけで十分すぎるぐらいに聞きたいことがいっぱいあるし、それに加えてこれから起こること、私を助けてくれた俵さんのこと、溢《あふ》れ出しそうになるぐらいに疑問が湧き上がってくるし、今日は土曜日で良かったな、平日だったら仕事が大変だもんな。なんて無理やりに自分を日常に繋ぎ止めようとする馬鹿な考えまで浮かんできてしまって、何をどうしたものかわからなくなってしまう。

情報は整理できないまま、ただ、大切なことを思い出して私は深々と頭を下げた。

「というか……その……本当にありがとうございます！」

お辞儀の角度は九十度、私の頭と爪先を繋いだら美しい直角三角形ができるだろう。

人に頭を下げることばかり上手くなっていく人生だけど、命の恩人に感謝が伝わってくれるなら少しは報われる。

「いやいや、頭を上げてくれよ」

俵さんが困ったように言った。

「まだ何も終わってないしな」

「その……えっと……私、何から聞けばいいんでしょう……？」

おずおずと顔を上げて、私は尋《たず》ねた。

俵さんは私よりも遥《はる》かに大きく、顔を見ようとするだけで自然に見上げることになる。

しかし、バカみたいな質問だ。

「ああ、説明できるだけのことは説明するよ」

そんな私を見て、バカにする様子もなく俵さんが笑う。

身体も顔もゴツゴツしているけれど、朝の訪れを太陽よりも早くに告げてくれそうな眩《まぶ》しい笑顔だった。

◆

暗い闇の中で、夜のコンビニは孤独にキラキラと輝いている。

夜闇の中でボヤッと浮かび上がるように輝いていて、まるで世界で一つだけ生き残った施設みたいだ。

俵さんはコンビニの外壁にもたれかかり、私はその隣で縮こまっている。

私は温かいホットミルクティーを、俵さんは特大サイズのレジ袋を持っていて、その中にはスナック菓子やらおにぎり、サラダチキンなんかが中身がパンパンになるほど入っている。

「こんなところで悪いな」

ここらへんで二十四時間やってる店を知らないんだ、そう言って俵さんが笑う。

私だって知らない、夜に一緒にお酒を飲むような相手はいない。

「アンタの家に行くわけにもいかないからなぁ……」

「私は……」

いいですよと言いかけた私を制して、俵さんが言う。

「女の子の家に行くなんざ、俺の方が照れちまうよ」

それが俵さんなりの気遣いだったのか、それとも本当に照れくさかったのかはわからない。

「とりあえず、俺の名前は俵耕太《たわらこうた》……あーっ、正直俺もどっから話せばいいかわからなくなっちまった」

アンタと同じだよ、そう言って俵さんが笑った。

「とりあえず、あのタワーマンションの話をするか」

◆

数日前。

東京都内某所にその三十階建てのタワーマンションはあった。

町並みを一望できる最上階の部屋ならば、月に六十万円の賃料は下らないであろう。

だが、現在の賃料は――

「六万……四万……二万……一万……三千九百八十円……零……なんですってッ⁉」

タワーマンションを見上げて、族明彦《やからあきひこ》が叫んだ。

四十四歳、名の知れた不動産鑑定士である。

その不動産鑑定能力は凄《すさ》まじく、その瞳に映した不動産の全てを見抜くと呼ばれている。

あらゆる不動産鑑定を行ってきた。

当然、事故物件と呼ばれるような物件にだって赴いたことはある。

だが、これほどの物件は族にとっても初めてのものであった。

「賃料だけじゃありません、地価ものすごいスピードで下がっていきま――うわああああああああああ！！！！！！」

族の助手――というよりも事実上の弟子である秤弥太郎《はかりやたろう》が悲鳴を上げる。

リアルタイムで地価の計算を行っていた彼のタブレットが――あまりの地価の変動に耐えきれずに爆発を起こしたのだ。

爆発したタブレットが夜闇の中で、赤く弾《はじ》ける。

咄嗟にタブレットを手放していなければ、彼の手は火傷《やけど》していただろう。

「良い判断です、秤さん！」

咄嗟のリスク回避に族が称賛の言葉を送る。

「……最強の事故物件は伊達じゃないようですね、族先生」

「入居者全員が死んだ曰《いわ》く付き……いえ、曰く付き過ぎの事故物件……どうやら一筋縄ではいかないようですね」

東京都内にまるで墓のようにそのタワーマンションはそびえ立っていた。

いや、事実としてそのタワーマンションは墓石になってしまったのかもしれない。

ただし、住民が永遠の眠りについたのはその下の地面ではなく高価で高級な高層墓石の中だ。

今考えれば、そのタワーマンションの『入居者の終《つい》の棲家《すみか》になるタワー』という名は、このような未来を暗示していたのかもしれない。


一年前、そのタワーマンションの住民が一日で全員殺害されるという恐るべき連続殺人事件が起こったのである。

事故物件紹介サイトにおいても「全部屋で殺人事件」と記載されるほどに極端な事件であった。

犯人は未だに捕まっていない。

いや、そもそも一日でタワーマンションの住人を皆殺しにできる人間がいるのかどうか、そもそもの事件の存在すら危ぶまれるほどであった。

現在の賃料は六万円――山手線内のタワーマンションの価格と考えると、破格どころか捨て値と言っても過言ではない。それでも入居者は誰ひとりとしていない。

そのタワーマンションの景気の良い死にっぷりに呼応するかのように、周辺の地価は下がりに下がりまくり、現在は一平方メートルあたり、逋々莠悟香円という田舎の山の値段であるかのような安値を実現している。

「秤さん……今、なんて言いました？」

「結局、僕の鑑定力では……ここらへんの地価が逋々莠悟香円と測定するまでが限界……って言いました」

耳を疑ったのは地価の安さではない。

己の弟子が人間にはとても発音できないような言葉を口走ったからである。

「……秤さん、ジャケットを事務所に持ち帰っていただけますか？」

族が自身のジャケットを秤に預け、言った。

如何なる時でも正装で挑むこの不動産鑑定士が、ジャケットを脱ぎ捨てるのは――生きて帰れる保証のない不動産鑑定に挑む時だけである。

「先生……？」

族は純白のシャツの袖をめくり、よく鍛え上げられた腕を顕《あらわ》にした。

「死んだ妻のプレゼントですのでね、あまり汚したくないんですよ」

――先生、僕も行きます。

死地に挑まんとする師に対し、秤はその言葉を呑《の》み込んだ。

ジャケットを己に預けたということは、実質的な戦力外通告である。

自分が行ったところで何かができるわけではない、それどころか足を引っ張るだけだろう。

「先生、帰りましょう……」

代わりにそう言った。

「これが仕事ですからね」

弟子の言葉に対し、族は穏やかな笑みでそう返した。

もう秤にはそれ以上、何も言うことはできなかった。


終の棲家タワー、エントランス。

大理石の床は歩く度に小気味の良い音を響かせる。

エレベーターは四基、当然であるが目のつく所に階段は無い。

まるでホテルのロビーであるかのように、柔らかなソファが置かれている。

「六万……」

ボソリと呟く。

先程までのような賃料の急激な低下が、このエントランスからは感じられない。

そもそも居住空間ではないが、このエリアは安全である——ということなのだろうか。

誰も住んでいないタワーマンションのエレベーター代を、オーナーは未だに払い続けているのだという。

誰かが再び住む日を待っているのか、あるいはただの意地や見栄か。

その答えを族は知らないし、知る気もない。
ただ、自身の仕事を行うだけである。
族はエレベーターの前に立った。
エレベーターの横にはボタン、そしてカメラがある。
部外者が操作できないよう、虹彩認証《こうさい》システムが実装されているのである。
族がカメラに自身の顔を向けようとした、その時。
ごう。
エレベーターの動く音がした。
エレベーターを利用する人間は、誰もいない——はずだ。
だが、予感はしていた。
何かがいる——賃料を、そして地価を下げる何かが。
「五万……四万……」
何かが降りてくる度に、賃料の低下を感じる。
おそらくは相当の物理的瑕疵《かし》が来る。
エレベーターに背は向けない、族はエレベーターを睨《にら》んだまま。
一歩、一歩と慎重に後退していく。
時間的な猶予はあるはずだ。
脱出するか、あるいはソファや柱の陰に隠れるか。

いずれにせよギリギリまでは粘りたいと族は思っている。

ひゃっ。

風を切る音がした。

「エレベーターが急速に下降しているッ!?」

物理的にありえない、だが事実だろう。

エレベーターが猛スピードで急下降しているのだ。

「うおおおおおおおお!!!!!」

この時点で族は脱出を決意した。

少なくとも物理的瑕疵要因の存在は確信した。

オーナーが如何に対処するかはわからないが、少なくともこれ以上は不動産鑑定士にできることはない。

いや、違う。

族は自身の体中に広がるものを感じていた。

恐怖だ。

死ぬことを恐れていない——といえば嘘《うそ》になる。

だが、常に死は覚悟している。

だが、族は死ぬことよりも恐ろしいことは覚悟していない。

そして、エレベーターから降りてくるものに捕まればそのような事態になるという確信があった。

エントランスを駆け抜け、自動ドアへ。

族の存在を感知し、自動ドアが開き――

「危ないッ！」

族は開け放たれたドアから脱出しようとして、一歩下がった。

ぎゃん。

ゆるりと開いた自動ドアは横ギロチンとでも言うべき凄まじき速度で閉じた。

もしも、のこのこと脱出しようとしていれば、身体が前半分と後ろ半分に分かれて死んでいただろう。

ごうん。

自動ドアが横ギロチンになっている――不動産鑑定評価としては想定だにしていない事態であった。

それと同時に、凄まじい音を立ててエレベーターが到着――否、一階に墜落した。

ぎゃう、と音を立てて、エレベーターの扉がこじ開けられる。

見てはいけない。

背中が凍りつくように寒い。

不動産鑑定評価に関わるが、族は自動ドアの素手での破壊を決意した。

少なくとも瓦を破壊できる程度の心得はある。

瞬間、何かが族の耳をもぎ取った。

「うおおおおおおおお！！！！！」

自身のものとは思えぬ獣のような叫び声を族は放っていた。

族の左耳が自動ドアに縫い付けられている。

スマートフォンだ。

族には知る由《よし》もないことであったが、亜音速で放たれたスマートフォンが族の耳をもぎ取りながら飛び、その耳を自動ドアに縫い付けて突き刺さったのである。

族の全身から汗が噴き出し始めた。

失った耳が燃えるように痛い、その熱に全身を炙《あぶ》られているかのようである。

『私、メリーさんフェニックス……今……』

スマートフォンから聞こえる音声に意識を割く余裕はなかった。

自身の背後に、恐るべき何かがいる。

「……不法占拠者ですか？」

命乞いの言葉でも苦悶《くもん》の声でもなく、相手の素性を探ろうとする言葉が族の口から零《こぼ》れていた。

この状況になっても、いや、この状況になったから最後まで不動産鑑定評価に繋がる情報を求めようとしてしまうのか。

「不法じゃないよ、むしろ僕達こそが正当なるここの住人と言ったところかな」

まるで友人と昼下がりに会話をしているような穏やかな声だった。

その声に敵意も殺意もない。

「……零」

それでも、族はこう言わざるを得なかった。

いるだけで賃料を極限まで下げる最悪の物理的瑕疵存在。

「君は……そうか、申し訳ない。人違いだったようだね。耳、ごめんね。持って帰っていいから、付けてもらうと良い。早く医者に持っていくと繋がるらしいからね。ごめんね」

スマートフォンに縫い留められた耳はぐしゃぐしゃに潰《つぶ》れていた。

元通りにはなるまい。

「アナタは……誰ですか？」

震える声で族は問うていた。

素直に逃げればいい、頭ではそうわかっている。

であるというのに、問いを発してしまったのはこの期に及んでも不動産鑑定士としての使命感から逃れられなかったのか、それともこの恐るべき空間の瘴気《しょうき》に呑まれてしまって、族自身もまた壊れようとしていたのか。

「事故物件一級建築士」

国家資格にはないおぞましい名前を背後の存在は告げた。

「この非道建築タワーマンションの建築士だよ」

◇◇◇

じゃっ。

事故物件一級建築士の声と同時に小銭の擦《こす》れ合うような音がした。

それと同時に感じるズボンのポケットの中の重み。

「零……零……零……ここは無料でようやく人が住むような住宅……それだけのはずですッ！」

自身がさっき下した評価を族は何度も口に出して繰り返す。

そうでなければ壊れてしまいそうだった。

耳の痛みも忘れるほどの恐怖であった。

先程まで信じていたものがあっけなく崩れ去ろうとしている。

だが、不動産鑑定士としての経験が――現実のほうが壊れてしまったのだと族に告げていた。

「確かめてみれば良いよ」

相変わらず穏やかな声で事故物件一級建築士が言った。

彼がどのような顔をしているかはわからない。

自動ドアには撃ち込まれたスマートフォンによって、蜘蛛《くも》の巣のような亀裂が生じている。

族は振り返らない。

自身を食い殺す猛獣が背後にいるとわかって振り返ることのできる人間はそうはいない。

ただ、見なくてもわかることはある。

おそらく、事故物件一級建築士は笑っているのだろう。

「マイナス……」

そう口に出した後、自身でも信じられぬような顔を族はした。

「六千二百円……」

震える指先がポケットの中をまさぐる。

硬貨の冷たい感触。

族はポケットの中に硬貨を入れたりはしない、硬貨は財布の中にしっかりと入れて、鞄の中にしまっている。

だというのに、存在しないはずの硬貨の感触が——族のポケットの中にある。

「そっ……そんな……馬鹿なことが……」

意を決してポケットの中から手を引き抜くと、族の手の中には十数枚の硬貨があった。五百円玉が十二枚、そして百円玉が二枚。

不動産鑑定士としての経験はそれをずっと自身に告げていた。

あまりにも度を超えた事故物件であるがゆえに、もはや家賃が安いだけに留《とど》まらない——存在するだけで収入が発生するなどと。

それもこれほどまでに迅速な振込が行われるとは。

わなわなと震える族の両手から硬貨が床に落ちて、甲高い音を立てる。

ちゃおおん。ちゃおおん。ちゃおおん。

悲鳴のような音だった。

族の口の代わりに、族の手から放たれた悲鳴であったのかもしれない。


「このタワーマンションは……なんなんですか？」

逃げ出したい、いや、そうしたいのならばそうすれば良い。

背後の男だってそれを咎《とが》めているわけではない。

だが、足が動かない。

今、族の足は自分自身のものではなかった。

その腕もそうだ、その胴体も、そして首も。

己の身体を支配するものは今、意思ではなく、意思なき恐怖だった。

心臓は動きを止めていなかったが、恐怖から逃れられるならばその行き先が死でも構わないとばかりに早鐘を打っている。

ただ相手に問うための舌だけが動いてしまった。

不動産鑑定士として情報収集から逃げることはできないと思ってしまったのか、あるいは恐怖から逃げ出すために不動産鑑定士としての自分でいることを選んだのか。族の頭の中にその答えはない。

自分自身ですらその言葉を発した後に、何故このようなことをしたのだろう、と思ってしまっている。

「聞いちゃうんだ」

事故物件一級建築士は愉快そうに言った後、「いいよ」と笑った。

「事故物件の定義……君って多分、不動産鑑定士だからわかるよね」

「端的に言えば、事件性のある死因で前住民が亡くなった家でしょうね……」

「そう、まあ孤独死で死体が部屋にこびりついた……なんてことがあったら、事故物件としては扱われなくても心理的瑕疵はあるだろうけどね」

心理的瑕疵——不動産取引の際に心理的な抵抗感を生じさせる事柄をいう。

「この非道建築タワーマンションは事故物件になるべくして、僕が建築した」

「なるべくして……?」

族の脳裏に、このタワーマンションが事故物件になったあの事件が蘇《よみがえ》る。

死者数三千人を超える惨劇。

一年前、このタワーマンションの住民が一日で全員殺害された恐るべき連続殺人事件だ。

そして、横ギロチンの勢いで超速稼働した自動ドア——もしや。

「このタワーマンション中にあのような罠《わな》が……」

もしも、そうであるとしたら——文字通りの非道建築タワーマンションということになる。住民を殺すために生み出された建造物——賃料だって安くなって当然だ。

「住民完殺！　このタワーマンションは三千人を超える死者の怨嗟《えんさ》渦巻く大鳥てるもドン引きの最強クラスの事故物件と成った!!　君さえ良ければ二階から上も案内しようか？　一部屋一部屋で悪霊と

化した住民が今でも悶《もだ》え苦しんでてウケるよ」

悪霊――さほど、ホラーを嗜《たしな》まない族でも知っている概念だ。

それが実在すると唐突に言われて、しかし戸惑いはなかった。

むしろ、他者の苦しみを心底愉快そうに語る事故物件一級建築士に対する恐怖が上回る。

「もっとも、殆《ほとん》どの悪霊は部屋から一歩も出ることができない。悪霊は基本的に死んだ場所や物に取り憑《つ》くだけで指向性が無いからね。相手が呪われに来ることを待ち受けることしかできないんだ。けど、怪異にするという形で指向性を与えてやることはできる」

突き刺さったスマートフォンから、少女の声で謳《うた》う。

『私、メリーさんフェニックス……今、非常階段を駆け下りているの……』

「妖怪、怪談、都市伝説、ネットロア……本当にあったから人間が語ったのか、それとも人間が語ったから生じるようになったのか……いずれにせよ、人間のよく知るそういう話は強い力を持つ、それこそ悪霊がその物語に取り憑ける程にね」

細く白い手が、族の顔を横切ってスマートフォンの通話を切った。

そして、その指先がフォトに保存されていた動画を再生する。

『人間呪いたいか！』

『呪いたい！』

『人間殺したいか！』

『殺したい！』

『メリーさんになりたいか！』

『なりたい！』

『受話器百回素振り開始《はじ》めい!!』

『はい!!』

おぞましい映像であった。

タワーマンションの個室で、竹刀を持った二メートルほどの古い外国製人形が何やら妖しげな靄《もや》のようなものに対し、叫んでいる。その靄はありえぬことに返事をし、しかも受話器を持ち上げては下ろす行為を繰り返しているのだ。

「悪霊のエリートはこういう怪異に成って、このタワーマンションの外にも死と殺戮《さつりく》をばら撒く存在になる」

「……ッ!?」

「一箇所に怨嗟《えんさ》が集まっていると、悪霊は凄まじい速度で強くなっていくし……このタワーマンションの放つ瘴気は周辺の地価や賃料まで巻き込んでいくんだよ」

道理でこのタワーマンションだけに留まらず、周辺の地価まで下がっていたワケだ。

「いずれは東京……いや、この日本中がこの『入居者の終の棲家になるタワー』の心理的瑕疵を受けることだろうね」

そうなれば間違いなく日本経済は破滅することだろう。

しかし、それを知ったところで族にそれを止める術《すべ》はない、せいぜいが警察組織に通報するぐらいだ。しかし悪霊を警察が信じるだろうか、事故物件一級建築士はタワーマンションを不法に占拠しているフシがあるが、おそらくは民事の問題になる可能性が高い。

「もっとも、それよりも早く日本が滅ぶのが早いかな……？」

「日本が……滅ぶ……？」

「君」

愕然《がくぜん》とする族の肩に事故物件一級建築士の手が置かれた。

温度のない手だった。

温かくはない、しかし冷たいというわけでもない。

ただほんの少しの重さだけがあって、それ以外にはなにも感じない。

「東城明子さんという女性に知り合いがいるかな」

「い、いません……」

東城明子——族に知る由はなかったが、この数日後、静岡でストロング・ザ・メリーさんとビッグ・ザ・メリーさんの究極メリーさんタッグに命を狙われることになる。

「そう。もしも知り合う機会があったら殺しておいてよ」

どこまでも気軽な口ぶりだった。

おそらく、コンビニに行く友人についでの買い物を頼むのもこれと同じ口ぶりで言うに違いない。

「じゃあね」

背後にあった気配が遠ざかっていく。

おそらく、事故物件一級建築士が去っていったのだろう。

「五千……一万……」

それに伴って賃料が徐々に回復していく。

それでも六十万に戻ることはありえないだろう。

恐怖に支配されて棒のように固まっていた足から力が抜け、族はその場に膝から崩れ落ちた。

生き延びた、生き延びたのだ。

ワケの分からない恐怖から。

安堵《あんど》感が身体に満ち、足を動かす力が戻ってくる。

自動ドアがゆっくりと開き、族は『入居者の終の棲家になるタワー』を後にした。


「族先生……ご無事でしたか……？」

「ああ……なんとかね、秤さん……」

族の瞳に映る周辺の地価も相変わらず安い。

それでも、『入居者の終の棲家になるタワー』の内部よりはマシである。

その安い道の先に待ち受けていた秤に体を預けるように族は倒れ込んだ。

「先生!?」

「すみません……もうこれ以上、動けそうにありません」

弟子、そして依頼者にタワーマンション内部であった恐怖の出来事を如何に説明したものか、その懊悩《おうのう》を一旦捨て去って、ただ族は解放感に己の身を預けることにした。

今はただ生還の喜びを感じていたい。

ちゃおおん。

硬貨の落ちる音がした。

「先生、あのタワーマンションの中で何があったんですか……?」

「秤さん……?」

「地価が急激に下がって……俺……」

大量の十円玉を吐き出しながら、秤が倒れた。

それと同時に、着信音が鳴った。

◆

「結局、メリーさんフェニックスをボコって……二人を病院に連れて行ったよ」

「結構近場にいたんですね」

「あの二人とは別口であのタワーマンションの調査依頼を受けててな……ま、それでアンタのコトを知ったワケだが……」

非道建築タワーマンション……恐ろしい場所だった。

しかも、話の中の族さんが見たのはその周辺と一階のエントランスだけだ。

上の階層にはさらに恐ろしいものが待ち受けているのだろう。

だが、そんなコトよりも……

「私が狙われているんですか……？　その事故物件一級建築士に」

「間違いなく、な」

俵さんが言う。

私がメリーさんタッグに狙われたことは偶然なんかじゃなかった。

私を狙う明確な悪意があったんだ。

怖い。

ただ、ただ怖い。

身体が震えているのは外の寒さのせいじゃない、気温がどれだけ低くても心までを凍らせることはできない。

それでも、私はほんの少しの勇気を振り絞って言った。

「なんで私が狙われているのかはわかりません……けど」

俵さん、『入居者の終の棲家になるタワー』は私の両親が殺された場所なんです。

◇◇◇

——アキちゃんも一緒に住もう。

あの『入居者の終の棲家になるタワー』の最上層の部屋を購入したパパが、電話越しに嬉しそうに私に言ったことを今でも覚えている。

仕事帰りのパパが私のためにケーキを買って帰って来てくれた時と何も変わらない口調で、就職しても、一人暮らしを始めても、親にとって私はいつまでも子供なんだなと思わせてくれる。

——でも、東京の方がいいわよ。お仕事だってきっと何か見つかるし、近くにいてくれたら結婚の面倒だって見れるし……

パパに続いてママがそう言って、私を誘ってくる。

私のことを愛してくれているのだと思う、そこに関しては疑いようがない。

けど、自分の愛を通すことばかり考えていて、私のことは考えていないんだなとも思う。

私はとっくの昔に成人で、今の生活だってあって、いつまでもパパとママの可愛い子供じゃないんだ。

——いや……いいよ……

そういうことを私は上手く言えないで、拒絶の言葉をふわりとした曖昧《あいまい》に包み込んで投げ返した。

私も私で年齢を重ねるばかりで、子供の頃と一切変わらなかったのかもしれない。

——とにかく一度はこっちに帰っておいで。

——……うん。

それが私とパパとママとの最後の会話だった。

一度も帰ったことのない家に帰るという約束は結局果たされないまま、パパとママは殺されて死んだ。

それが去年のことだ。

相続した遺産は親が殺された部屋と大量のお金、使われていないし、使われることもない部屋のために維持費と固定資産税を払っても不自由しないぐらいの金額だ。

そして親が殺された部屋に一度も訪れることの無いまま、私は未だに静岡県の安くて大して広くもないマンションに住んでいる。


二人が殺されたことはちゃんとわかっているつもりだ。

葬式にだって出た、叔父さんに手伝ってもらったけれど喪主を務めたのは私だ。

死体は無かった。

とても見せられるものではなかった。

いい加減に二人が最期を過ごした家に行かなければならないと頭ではわかっていた。

あの部屋にはお金以外の遺品がある、それを整理しないといけない。

それに事故物件と化しても一応はタワーマンションの一室だ、売却するにしても、持ったままにしておくにしても、一度は見に行く必要がある。

頭が考えることに心はついていかなかった。


日々の忙しさにやられてしまったのかもしれない。

殺人現場に行くことが怖かったのかもしれない。

単に億劫《おっくう》だったのかもしれない。

いつかやらなければならないことを延ばし延ばしにする日々の中で、私は思う。

ある日、電話がかかってくる。死んだはずのパパとママからの電話だ。

パパもママも実は生きていて、私が一度も行ったことのない広くて高いところに暮らしている。

そして、私に言うのだ。一緒に暮らそう、と。

私は曖昧にその言葉を拒否して、そしていつか会わないとなと思いながら、先延ばしにする。

犯人は未だに見つからない。

死体だって見ていない。

そんなフワフワとした死だからできる想像だ。

そういう他愛もない想像は、誰も住んでいない空っぽの部屋を見たら消えてしまう。

◆

「あの部屋……アンタが相続していたのか」

「はい……」

俵さんに聞かれたこと、聞かれなかったこと、他愛もない想像まで私は全部話した。言葉は拙く、途切れ途切れで、それでも俵さんは顔をしかめるでもなく、最後まで私の話を聞いてくれた。

そして、「俺もちょっと調べただけだから、ハッキリとしたことは言えないが……」と前置きをして俵さんは言った。

「『入居者の終の棲家になるタワー』は分譲賃貸マンション……らしいな、基本は分譲だが、高い買い物っていうのは中々できるモンでもないからな。特に事故物件後は完全に賃貸に切り替えちまったらしい……賃料六万円はヤケクソも良いところだが……それでも、都心に墓石を建てておくよりはマシだ」

それでも誰も住んじゃいないし、これからも住みそうにないがな。俵さんは苦笑気味にそう言って言葉を続ける。

「で、こっからは全部俺の想像になるが……なんで賃貸に切り替えられちまったかといえば、購入された部屋の所有者が全員死んで……相続した奴だって、そんな家持ってたってしょうがないと思って売ったか、あるいはその部屋に住んで、また死んじまったか……いずれにせよ、部屋は全部空くことになった。アンタの両親の部屋を除いてな」

「……私が相続したからですね」

「まあ、俺の想像の話だ。もしかしたら他にも権利上の所有者はいるかも知らん。ただ、間違いなく言えることは一つ……アンタはあの非道建築タワーマンションに部屋を持っている」

「私が狙われた理由ってそれなんでしょうか……？」

「……わからん」

苦虫の代わりにサラダチキンを噛《か》み潰しながら、俵さんが言った。

「所有権の話をするっていうなら、そもそも『入居者の終の棲家になるタワー』にはオーナーがいる」

「その人が黒幕だったというのは……？」

「一回アンタのことを知らないか聞くために会ったが、あのおっさんが黒幕なら——」

俵さんが私のウエストよりも太い腕に力こぶを作って言った。

「——俺がもうぶん殴って解決してるよ」

にかりと笑って、俵さんが言った。

私は大樹を想像した、ど迫力の枝ぶりの大樹だ。

どんな酷《ひど》い雨が降っていても、その木の下に避難すれば、降り注ぐ雨粒の全てから守ってくれるだろう。

そんな頼もしく力に溢れる言葉だった。

「その、俵さんはこれから……あのタワーマンションに行くんですか？」

「おう、行くよ」

軽い口ぶりだった。

多分、俵さんは近所のコンビニに行く時も同じように言うのだろうな、と思った。

おそらく、遠く離れた国に行く時だって、そういう風に言う。

「あの……」

そう言ったきり、私はしばらく黙ってしまった。

頭の中で言うべき言葉はハッキリとしている。

けれど、実際に口に出すための勇気が足りなかった。


「……私も連れて行ってくれませんか？」

私がその言葉を口にするまでにどれほどの時間がかかっただろう。

けれど、俵さんは私が言葉にするまでの時間を黙って待ってくれていた。

「あの非道建築タワーマンションで何が待ち受けているかはわからん、もしかしたら俺でも腰を抜かすような恐ろしいものが待っているのかもしれない……悪いが、アンタの安全は保証できない」

俵さんがそう言うのは当然だろう。

けれど――

「……あそこで両親が殺されたんです」

「黙って待ってられねぇよな」

同じタイミングで出した言葉に、私と俵さんは顔を見合わせる。

「家族を殺した上にアンタの命まで狙ってくるなんてナメた奴がいる……一発ぐらいぶん殴らないと気が済まねぇか」

「なぐ……」

私は自分の細い腕を見た。

幸福と言うべきか、あるいはこの場合は不幸というべきか、暴力とは無縁の人生を送ってきた。

細い指をグッと固めて、私は拳を作る。

「殴るかどうかはわかりませんけど……でも……行きたいんです……」

おずおずと物をねだる子供のように、私は言った。

わかっている。

ついていったところで足手まといにしかならない。

俵さんのように、相手を思いっきりぶん殴れるワケではないし、おそらく自分の身を守ることもできないだろう。メリーさんのような怪異や悪霊に出会っても怯《おび》えるだけだろう。

けれど、行かなかったら後悔する。

ただ、それだけの理由で私はあの場所に行くことを望んでいる。

「じゃ、背中はアンタに任せるぜ」

「へっ……？」

私は思わず戸惑いの声を上げた。

「なんだよ、行きてぇって言ったのはアンタだろうが」

「いや、そうですけど……」

どうやら、私もついていって良いらしい。

あんまりにもするりと呑み込まれたから、私のほうが困惑してしまった。

「それで……あの……お金のことなんですけど」

「金？」

俵さんが虚を突かれたように言った。

「いや、その……俵さんが私のことを守ってくれて、それでこれからのことも考えると正式にお金を払わないといけないなって思うんです。今手持ちのお金がめちゃくちゃあるってワケじゃないし、そもそもこういうの初めてで適正価格みたいなの全然わからないんですけど、でもかならず払いますので……だから」

「ああ……」

納得したように俵さんが頷《うなず》く。

「一万円くれよ、帰りは新幹線に乗りたいんだ」

「いっ……一万円……？」

適正価格はわからない。

ただ、あまりにも安すぎるように思えた。

帰りに新幹線を使うなら、新幹線代だけで六千円弱で残りは四千円とちょっと。

コンビニで四時間バイトすれば稼げるような金額だ。

「始発でアイツら殴りに行こうぜ」

◆

「最強の事故物件について真剣に考えてみたよ」

時間は夜と朝の狭間、もっとも夜の闇が深い頃である。

その夜に包まれた東京の夜景を、本来入れないはずの『入居者の終の棲家になるタワー』の屋上から眺めながら、事故物件一級建築士はワインを片手にスマートフォンで話している。

地上百メートル、夜闇をねっとりと纏った強い風が吹いている。

『フム？』

電話口の相手のイントネーションは日本語話者のそれではなかった。

英語圏の人間なのかもしれない。

「入れば死ぬ家、近づくだけで呪われる家、近づくことすらできない家……いろんな事故物件を巡った結果、僕は一つの答えに辿り着いた」

『聞カセテクダサーイ』

「百メートルあるタワーマンションが人型に変形して、全てを蹂躙《じゅうりん》して回るんだよ。それが最強の事故物件さ」

東城明子、そして俵耕太を待ち受ける恐るべき悪意を、二人は未だ知らない。

◇◇◇

時速285キロメートル。

始発で乗り込んだ新幹線はそれぐらいの速度で東京へ向かうらしい。

窓の外から見える景色はほんの少しだけ目に留まったかと思えば遥か後方に置き去りにされていく。

現在があっという間に過去に……まるで、時間の流れがそのまんま可視化されたみたいだ。

けど、今の私の人生はきっと新幹線よりも速く動いているだろう。

命を狙われたかと思えば助けられて、そして今、私自身の意思でその原因のもとに向かっている。

俵さんが言うには明日には帰れるであろう場所のはずなのに、もう静岡は遥か遠くに過ぎ去って見えない。


「俵さんは何ていうか……どういう人なんですか？」

高速で移動する新幹線の車内で、あまりにも遅すぎる問いを私は意を決して発した。

結局、俵さん自身のことについては名前ぐらいしか教わっていない。

それになんで私を助けてくれるのかもわからない。

もう少し早くに聞くべきだったのだろうけれど、そういうことを聞くのを後回しにしてしまうほどに色々ありすぎてしまった。

そして、さっと聞いてしまえば良いことを中々に聞けなくなってしまうのが私だ。

煩悶《はんもん》の末にとうとう新幹線の車内で聞くことになってしまった。

「言ってなかったか？」

その横にきょとん、と付けたくなるようなとぼけた顔をして俵さんは私を見た。

ぱっと見は巌《いわお》が雨と風に削られて出来た自然の彫刻みたいにゴツい強面《こわもて》の俵さんだが、大型犬みたいに目一杯に感情を浮かべるその顔に怖さはない。

「名前だけしか」

「うっかりしてたな」

そう言って、俵さんが頭を掻《か》きながら苦笑する。

「ま、コレが一番の自己紹介だと思っちまうからな」

そう言って、俵さんが拳を握りしめる。

指の一本一本が太くて、そして硬そうだ。

昔見た岩を手の形に削った彫刻を思い出す。

その手のひらの中に野球ボールを握りしめたら、ビー玉サイズに縮んじゃうんじゃないかってぐらいに力強い。

「すごい筋肉……」

「ま、代わりにおつむは全く鍛えられてねぇんだがな」

そう言って、俵さんが呵々《かか》と笑う。

私もそれにつられてクス、と笑う。

俵さんはそういう思わずこちらも笑ってしまうような笑顔をする人だ。

「……答えづらいことを聞いてしまいましたか？」

そう言ってしまった後に私は「すみません」と言って頭を下げる。

結局、俵さんは私の問いに答えたわけではない。

それはごまかしだったのかもしれないし、シンプルにそれで自己紹介を済ませてしまう人なのかもしれない。

けど、わざわざ私がそれを口に出す必要はなかった。

「いや……答えづらいってワケでもないんだがな」

俵さんが困ったように頭を掻く。

私はもう一度、「すみません」と言った。

申し訳ない気持ちでいっぱいだった。

許されるならこの場から逃げ出したくてたまらなかったが、私の席は窓側で俵さんの巨体を横切るには俵さんの協力が必須だった。

「どうも俺は自分について話すのが苦手でな……」

俵さんはそう言った後、「すまなかったな」と深く頭を下げた。

「ええっ⁉」

突然に頭を下げられて困惑するのは私の方だ。

「そんな、頭を上げてくださいよ‼」

「俺についてはなんの説明もしないまま……っていうのは流石《さすが》に不誠実過ぎたな」

「いや、そんなことはないです‼　説明っていうなら十分してくれましたし、私の命を助けてくれたじゃないですか‼　誠実さの証明っていうならお釣りがくるぐらいに貰ってますよ私‼」

あわあわと両手を振りながら、私は俵さんにまくしたてる。

勢いづいて話すのは久々で唾《つば》が飛んでしまったんじゃないかと若干不安になる。

ただ、それでも俵さんという人を信じていることは伝えたい。

そんな私の様子を見て、俵さんが微笑を浮かべる。

「……言いたくないというワケじゃないし、むしろ言えるもんなら言いたい。ただ、そんなに面白い話でもないんだ。それでも聞いてくれるか？」

「聞いていいんですか？」

「聞いてくれるとラクになる話ってあるだろ？」

誰かに話すと楽になる。

その感覚自体はわかるけれど、私には話すような相手がいない。

ずっと内に溜《た》めていた私の両親との最後の会話は、俵さんに話すことで少しだけ楽になった。

俵さんも同じなのだろうか。

「ガキの頃にな、母親と二人で事故物件に住んでいたんだ」

「えっ……じゃあ俵さんの口からも小銭が出たり……メリーさんからのイタ電が……」

「いや、オーソドックスなやつ」

「そうですよね」

事故物件にオーソドックスも何もあったもんじゃないはずなのだが、私の中の事故物件のイメージはすっかり、あのタワーマンションになってしまっていたらしい。

◆

安い家だった……らしいな。

まあ、ガキだから具体的な賃料なんかは知らないけれど、相場の三割ぐらいだったらしい。

親父が蒸発して、頼れる親戚もいない。

元々住んでいた家も住めなくなり……とにかく金がなかったからな、住む場所なんて選べる状況じゃなかったんだろうな。

保証人にできる人間だっていないんだから、もしかしたら事故物件の告知義務を消すための時間稼ぎみたいな家だったのかもしれないな。

小学生の頃の俺は母親と二人でそういう家に引っ越すことになった。

前住民の使っていた家具だってついてくるんだから、オトクが過ぎて、母親には選択肢がそれ以外に無いって思えたんだろうな。

もっとも、今考えりゃ頼れるものは色々あったんだろうけど……貧《ひん》すれば鈍《どん》するのはしょうがないだろ?

マンションの一階の103号室で、母親には何も言われなかったけど、入った瞬間に背がぞわってなって、気味が悪くなったことを今でも覚えてるよ。

初日からさ、悪夢を見たよ。

前の住民が残した布団にくるまって、眠ってたら……見たこともないおっさんがあの部屋の中で俺に「ようこそ」って言いながら、俺の首を絞めてくるんだ。

おっさんの首にはおしゃれなネックレスみたいに縄がかかっていてさ。

絶叫しながら飛び起きて、心配そうに俺を見る母親に「大丈夫」って言いながら、俺は思わず首を撫《な》でてたよ。

怖くて怖くてたまらなかったし、本当は「大丈夫」なんて言いたくなかったよ。

でも、母親が困ってるのはわかっていたし、そんな状況で家族に迷惑かけたくないだろ。

ま、我慢したからってどうにかなるワケじゃないんだけどなぁ。

いっつもな、天井からぎいぎい音が聞こえるんだ。

首吊《つ》ったおっさんの体重を支えてる天井が悲鳴を上げてるみたいな音がさ。

どれだけ掃除しても、知らない誰かの足跡がくっきりとつくし。

糞《クソ》と小便の臭いがどっかから漂ってくる。

首吊って死ぬと、シモが緩んで……まぁ出てくるらしいっていうのは後から知ったよ。

毎日怖かったよ。

家になんか帰りたくなかった。

でも、そこが俺の家なんだよなぁ。

学校や友達の家なんてもんはいつまでも居座ってられる場所じゃない、帰るしかないんだ。

俺は当然キツイよ。

けどさ、もっと辛《つら》かったのは母親を見ることだったね。

首の絞まった痕《あと》を安い化粧で隠して、なにもないような顔をしてるんだ。

ガキの俺は怖いことよりも悲しいことのほうが辛かったよ。

母親に何もしてやれねぇんだ。

小賢《こざか》しく家庭の事情なんてものを考えないで「引っ越したい」って素直に駄々こねてれば良かったのかなぁ。

でも、俺が何も言わなかったから……ある日、母親がぼーっとした顔をして、自分の首を自分の手で絞め始めたんだ。

止めようと必死だったよ。

やめてって必死で叫んだけど、今考えたら俺は誰に向かって叫んでいたんだろうな。母親に言っていたのか、幽霊に言っていたのか。

やめて、やめて、って叫びながら母親の両腕に縋りついていると耳元で声がしたんだ。

『やめないよ』

いつも夢の中で聞くおっさんの声だよ。

『全員、呪ってやる』

声も、死のうとする母親も何もかもが怖くて怖くて泣いていたけど、けど俺しかいなかったからさ。必死に母親の両腕に縋りついていたよ。

でも母親はすごい力でさ、俺が小学生のガキだからってのもあるけど……全く動かなくてさ。

そんな時に……天井から忍者が現れたんだよ。

◆

「忍者が!?」

思わず私は声を上げた。

先程まではホラーだったのに、急に現れていいものなのだろうか、忍者が。

「アンタ、サプライズ忍者理論って知ってるかい？」

「いえ……？」

「話の途中に忍者が突然現れて大暴れする展開の方が面白いようなら、その脚本は作り直したほうが良い……っていう創作の理論らしいがね、ま、俺の人生は幽霊が大暴れするよりも、忍者が大暴れした方が面白いっていうのを神様は考えたんだろうな」

「は、はぁ……」

「それからは忍者が大暴れさ……」

◆

天井がどんでん返しめいてくるりとひっくり返り、そこから現れた忍者が空中で三回転の後に床に着地した。

「……に、忍者？」

もうパニック状態の俺をよそに、それこそフィクションの中から抜け出してきたみたいな黒装束の忍者がさ、俺の頭に手を置いて言うんだ。

「心配はないぞ、忍者は最強の生命体だ。悪霊も忍者には勝てない……イヤーッ!!」

と同時に、忍者が手裏剣を三枚投擲《とうてき》……すわ、母親に命中するか。と思いきや。悲鳴が上がった。

「グワーッ!!」

俺にもはっきりとわかったよ。

三枚の手裏剣は母親をすり抜けて、母親に取り憑いていた悪霊に命中。

そいつを壁に縫い付けた。

「忍者は君を助けに来たんだ」

そして忍者はヌンチャクを懐から取り出すと、乱打だよ。

もう可哀想《かわいそう》になるぐらいに悪霊をボコボコにするんだ。

「イヤーッ！　イヤーッ！　イヤーッ！　イヤーッ！　イヤーッ！　イヤーッ！」

「グワーッ！　グワーッ！　グワーッ！　グワーッ！　グワーッ！　グワーッ！」

悪霊は爆発四散。

「悪霊よ……貴様らがどれだけ邪智暴虐《じゃちぼうぎゃく》を働こうと、忍者がそれを許すことはない。さらばだ！」

そして、悪霊を徹底的にボコボコにすると忍者は去っていった。

◆

「で、俺も決めたんだ。あの時の忍者みたいになろうって、それで……まぁ、寺で修行を積んで、悪霊や怪異の類いと戦える法力とフィジカルを得たってワケよ」

そう言って、俵さんが笑う。

ヒーローに助けられた少年がヒーローになる、文句なしの英雄譚《えいゆうたん》だ。

「一人だけで十分だろ、ああいう寂しくて悲しいガキは」

けれど、私には俵さんのその笑みが、ほんの少し悲しげに見えた。

「助けてもらえないってのは辛いことだからなぁ……だからさ、俺は決めたんだなぁ。理不尽に襲われた奴を理不尽に助けてやりたいって」

そう言って、俵さんが頭を掻く。

ただ、それで私は俵さんが私を助けてくれる理由がわかった。

私はもう一度、頭を下げる。

「俵さん」

「うん？」

「助けてくれてありがとうございます」

ごめんなさい――出てきそうになったその言葉を抑えて。

「おう」

それから私も俵さんもしばらくは無言だった。

車内アナウンスが品川駅への到着を告げた。

東京駅への到着は時間の問題だ。

頭の中に嫌な考えが浮かび上がってくる。

俵さんを助けてくれた忍者なんてものは本当にいたのだろうか。

私に気を遣って作ってくれた茶番劇なのじゃないだろうか。

いや、本人がそう信じたい話じゃないのだろうか。

母親を殺された少年が、それでも人を助けるために強くなった姿を私は思い浮かべる。

けれど……


——破アアアアッ！！！

——ぎゃああああああああああああ！！！！！！

私は思い出す。

ビッグ・ザ・メリーさんを討滅した俵さんの拳を。

私に襲いかかったホラーを、滑稽な茶番劇に変えてくれた俵さんの強さを。

きっと、私のことを俵さんが助けてくれたように、俵さんのことを誰か助けてくれた人が〝いた〟のだと信じながら、私は車窓から移り変わる風景を眺めた。

◇◇◇

静岡駅から東京駅まで、新幹線で一時間と少し。

東京駅で乗り換えて、十数分。

到着したこの駅から五分ほど歩けば、『入居者の終の棲家になるタワー』に辿り着く。

移動時間は二時間弱……そして一年以上。

さほど遠くも無いはずなのに、私は地球の裏側に辿り着くよりも長い時間をかけてここに来た。

俵さんが来なければ、来ることができたかどうかすらわからない。

いや、きっと来なかっただろう場所だ。

「アレが……」

「ああ」

私の言葉に俵さんが頷く。

駅を出た瞬間に、それは見えた。

青い空を背景に天に向かってそびえ立つ『入居者の終の棲家になるタワー』だ。

空は晴れ渡り、太陽は輝いている。

その爽やかな空の下でぬるい風が吹いた。

獣の吐息……いや、風そのものが舌となって私の身体を舐《な》め回しているかのような風だった。

寒い。

太陽の光の下、暖かい風の中、私は凍えていた。

最強クラスの事故物件……決して夜には来たくはなかった、しかし午前中に来たからといって、その恐怖が薄れるようには思えない。

空は地上で行われる営みに無関心なのだ。

だから、恐怖が蠢《うごめ》いていようとも青く晴れ渡り、太陽を光り輝かせることができるのだ、私の恐怖とは無関係に。

隣駅にでも行けば、普段通りの日常が繰り広げられているのだろう。

今日は休日だ、どこかに出かける準備でもしているのかもしれないし、家でゆっくりと休んでいるのかもしれない。折角の天気だから子供は公園で遊んでいるのだろうか。

すぐ隣にある平穏が、私を孤独にする。

「ハハハハハハハ！」

「わっ！」

震える私を見て、俵さんが大声で笑った。

「武者震いとは頼もしいな」

「へっ……？」

私の怯《おび》えを見て、俵さんは軽い口調でそう言ってのけた。

武者震い……そんなワケがない、私は恐怖に震えていたのだ。

けれど、恐怖に呑まれていた私の心は俵さんの言葉で楽になっていた。

「アンタが全員ぶっ倒さないでくれよ、俺の出番が無くなっちまうからな」

「いえ……全員ぶっ倒す気で行きます」

自分でそう言ったくせに、言った私自身がその言葉に驚いていた。

「あ、冗談です……その俵さんが冗談を言うので私も冗談で返そうかな、みたいな……でも決意表明は本物みたいな」

軽口のやり取りというものを人生で一度もしたことがないかもしれない。

基本的になんて返せばいいのかわからないし、なにかが思い浮かんでもそれを口にする勇気がなくて、結局曖昧な笑みを浮かべるだけで私のコミュニケーションは完結してきた。

それが今日は、そういうコトを口に出している。

「ハハッ」

俵さんが軽く笑い、「そいつは良いな」と言った。

「じゃ、アンタに負けないように今日は普段の二倍は頑張らないとな」

「はい、私も……負けないようにします」

そう言ったところで、私にできることは何もない。

俵さんのように悪霊や怪異と戦えるワケでもないし、一度も入ったことのない『入居者の終の棲家になるタワー』を案内できるワケでもない、内部に殺戮《さつりく》ギミックがあったところでそういう罠を解除する能力もない。

けれど、恐怖に負けることだけはしたくないと思った。

自分にできることはそれだけなのだから、せめてそれだけはする。

駅を出て、『入居者の終の棲家になるタワー』に向かって真っ直ぐに進む。

昔見た映画のように、上空をハゲタカが旋回している。

地震を目前にネズミが逃げ出したという話を私は思い出す。

ネズミに留まらず動物というのは勘が鋭くて、なにか恐ろしいことが起こりそうになると予《あらかじ》め逃げ出しておくのだという。

ならば、この上空を旋回するハゲタカは……その危機が人間のみに降りかかると知って、屍肉《しにく》を漁《あさ》りに来たのだろうか。それとも、ハゲタカの存在そのものが人間にとっての恐ろしいことなのだろうか。


「グルルル……」

野生化した犬型のウエイトレスロボットが唸《うな》り声を上げる。

その滑らかな移動で群れを率い、この駅を訪れる人間に不幸を運んでいるのかもしれない。

「俵さん……なんでこんなところにロボットがいるんでしょう」

「悪霊の仕業だな」

「そうなんですね」

俵さんがいるからからか、ウエイトレスロボットは遠目に私達に向かって唸るばかりでこちらに寄って来ようとはしなかった。

「キヒヒ……殺したいロボなぁ……殺人カンフーをインストールされたこの殺人ロボ様の威力を見せてやりたいロボなぁ……」

そして、とっくに生産を終了した子供サイズの人型ロボットがナイフをペロペロと舐めて、私達を品定めするかのように睨んでいる。

「俵さん」

「悪霊」

「はい」

短くも長い駅から徒歩五分だった。

地価が極限まで下がるのも理解できる。『入居者の終の棲家になるタワー』に行くまでの僅《わず》かな道ですら、私を疲労させたのである。

だが、それはあくまでも『入居者の終の棲家になるタワー』の霊障の余波のようなものだ。

――とにかく一度はこっちに帰っておいで。

『入居者の終の棲家になるタワー』を前にして頭の中にパパの言葉が過《よぎ》る。

帰ってきた、そんな感覚はない。

一度も来たことのない家だ。

結局、ここは私の家にはならなかったし……もしかしたら、パパとママの家ですら無かったのかもしれない。

ただ、来た。

遅すぎたけれど、私はこの家に来た。

私は頭の中で思う。

実はパパとママは生きていて、このタワーマンションで人が死んだというのも全部ウソで、振り込まれた保険金は保険会社の手違いで遺産は金銭感覚を履き違えた二人の私への仕送りで……なんて、そんな他愛のない想像。

最上階に行った私をパパとママがキョトンとした顔で出迎える。

私が「死んだんじゃなかったの!?」って言ったら「そんなワケないじゃないか」と盛大に笑う。

不器用なくせに娘が来るなら、とパパは張り切ってちょっと良い食材を買って料理を始める。ママはパパのおぼつかない手付きを見て「こんな時だけ頑張っちゃって」と呆《あき》れた顔で笑って、手伝いに向かう。

ホームパーティーはきっと、私の好物ばかりが並ぶだろう。

パパの作ったものは形が悪くてすぐにわかる、けれど味は案外美味しかったりする。

美味しい料理を食べながら、パパとママと私は久しぶりに話をする。

けれど私は会話のキャッチボールが苦手だから、結局パパとママの質問に私が答え続けるような会話が続く。

そして、テーブルがだいぶ片付いて来た時に……きっと、パパが切り出してくるのだ。「一緒に暮らそう」と。

心の底から信じているワケじゃない。

けど、パパとママの死はどこまでも現実味がなくて……そういうことを信じる余地ぐらいはあった。

事故物件一級建築士という犯人に会ったところでどうすればいいのかはわからない。ただ、一つだけわかっていることがある。

私はパパとママが死んだことを受け入れるためにここに来た。

◆

ガシュ。

ガシュ。

ガシュ。

ガシュ。

『入居者の終の棲家になるタワー』のエントランスへと続く、自動ドアが超高速でスライドしている。

一秒間隔で開閉を繰り返す自動ドアはドアというよりは横向きのギロチンである。

話には聞いていたが、いきなり非道建築タワーマンションの名に恥じない非道建築っぷりを目の当たりにして、私は慄《おのの》く。

「これは入ったら……」

私はおずおずと俵さんに尋ねた。

「小学校の人体模型に転職したいなら、ちゃんと縦に切ってくれる奴を探したほうがいいな」

俵さんはそう言うと、足を広げて腰を落とした。

騎馬立ち……と言うらしい、深く息を吸い、吐き、そして超高速でスライドする自動ドアを分厚い拳で突く。

「破アーッ！」

私が想像したのは、自動ドアのガラスが粉々に砕け散るところだった。

だが、自動ドアが案外に硬かったのか、それとも俵さんの拳が凄まじいのか。

どちらにせよ、人間業じゃない。

両のドアは砕けることなく、そのまま吹き飛び――エントランスホールの奥の壁まで何十メートルも吹き飛んで行った。

「風通しの良い家になったな」

堂々とエントランスホールに入っていく俵さんに対し、私はおずおずと入っていく。入ったこともないような広いホールだった。事故物件というか事件を起こす側の物件ということも一瞬忘れるほどに私は気圧《けお》されていた。テーブルを運び込んだらそれだけでパーティーの会場になりそう……だなんてことを思ってしまう。

「エレベーターを使いたいところだが、ま、非常階段だな」

「そうですね」

虹彩認証システムのあるエレベーターは、少なくともオーナーと手続きをしていない俵さんには使えないらしい。

もっとも、認証の問題を突破できたとしてもとても使う気にはならないだろう。

ごう。

非常階段を探している途中に音がした。

エレベーターが稼働する音だ。

住人のいない、このタワーマンションで本来ならば聞こえるはずのない音だ。

話に聞く……事故物件一級建築士だろうか。

「試してみるか」

俵さんがスマートフォンを取り出し、言った。

「えっ？」

「心霊写真は知ってるな」

「幽霊が写ってる写真ですよね」

「ま、そんだけわかってくれてりゃオッケーだ」

俵さんがエレベーターに向けて、カメラアプリを起動し、写真を撮った。

「わっ……」

思わず声を上げてしまったのは、その写真に写ったものを見たからだ。

心霊写真自体は映画やテレビで何度か見たことがある。

本来あり得るはずのない場所に手や顔が写っていたり、あるいは被写体の何かが欠けていたりして思い返すだけで不気味な気持ちになる。

けれど、俵さんが撮った心霊写真は私が今までに見たことのない奇怪なものだった。

今、私の目には何も映っていない。

しかし、俵さんが撮った写真には手が写っていた。

『オマエヲコロス』

エレベータードアに青ざめた手が突き刺さり、そのように文字を形作っていたのだ。

「こっ……これは……!?」

「安心しろ、カメラアプリの手に余る霊なら俺のスマホは爆発してる」

スマートフォンをしまい、俵さんがこともなげに言う。

「少なくとも、大ボスが今すぐに来るワケじゃないらしい……」

チン。

エレベーターの到着を告げる高い音が鳴った。

扉がゆっくりと開く。

その狭い箱の中には、半透明の幽霊が百匹ぐらい詰まっていた。

◇◇◇

初めて見た幽霊の数は、あまりにも多すぎた。

エレベーターのスペースをいっぱいに利用して、幽霊をギチギチに詰め込んでいる。

東京の満員電車を思い出す密度だが、電車とは違ってその大して広くもないスペースの高さまで利用して幽霊を詰め込んでいる。まるでキャンディがいっぱい詰まった瓶のようだ。

それでいてエレベーターの重量制限に引っかかっていないのは幽霊に重さが無いからか、それともこのエレベーター自体が呪いによって常軌《じようき》を逸《いっ》した存在になってしまったのか。

ドアが開いたエレベーターから雪崩《なだれ》のように幽霊がエントランスホールに転がり出てくる。


「……俵さん」

悲鳴を上げなかったのは、我ながら上等と言っても良いだろう。

その代わり、声の震えを抑えることはできなかった。

幽霊の姿は厚みのある半透明の影のようで、顔も体形も皆一様だった。髪はなく、服も着ていなければ、アクセサリーを身に着けてもいない。生きていた時に刻んだ全てのものは失われていて、この中に私の家族が混じっていても見分けることはできないだろう。

そういうものが私達を取り囲んだ。

「気が立っているようだな」

「えっ」

「殺された上に、通勤ラッシュの満員電車よりも酷い霊口密度《れいこうみつど》のエレベーターに押し込まれているんだ。全部が怒りに塗り潰されて、生前のどんな思い出も残っていない。自分の姿を思い出すこともないし、愛していた人にわかってもらうこともできない」

大きくて強い人が、悲しそうにそう言った。

その時だけは、私と俵さんの身長が同じになったように思った。

「しかし妙なのは……」

俵さんが何かを言いかけて、言葉をつぐんだ。

「いや、今言うことじゃねぇか。とりあえず俺の後ろに来てくれ」

「は、はい……」

分厚い背中の後ろに私は回る。

俵さんの放つ熱気でもん、と空気が歪むようだ。

百匹を超える幽霊でもぶち抜くことはできないであろう鉄壁が私の前にあった。

どんな災害からも身を守れる安全地帯があるとするならば、おそらくは彼の後ろだろう。

しかし、一つ疑問があった。

ビッグ・ザ・メリーさんは物理的な人形だったから、俵さんはぶん殴ることができた、けれど幽霊を相手に俵さんは一体どうするのだろう。

答えはすぐにわかった。

「ウォォォ……」

うめき声を上げながら、幽霊が一斉に走りだした。

気がつけば、手に武器を持っていた。

以前、不動産鑑定士が訪れた際に破壊されたであろうエレベーターの破片、ガラス片、とにかくそれぞれが付近にあった硬そうなものを手に、俵さんの元へ駆けていく。

「オゴオオオオオオ！！！！」

その幽霊たちの身体が宙を舞っていた。

おそらく、喰らった本人は認識していなかったのだろう。

凄まじい勢いの回し蹴りが近づいた幽霊たちを吹き飛ばしていた。

幽霊は壁に叩きつけられたそばから消滅していく。

「天国があるとしたらそいつらを全員そこまで吹っ飛ばす……俺にしてやれるのはそれだけだな」

俵さんがその言葉とともにゆっくりと前に進む、私も俵さんの背中から離れないように前へ。

「ウォォォ……」

幽霊に普通も何も無いだろうが、普通ならばその一撃で俵さんに気圧されて、幽霊たちはじりじりと後ずさっていただろう。それほどに凄まじい攻撃だった。

だが、幽霊たちは怯《ひる》むこと無く前に出て再び俵さんに襲いかかっていく。

例えば取り囲んでみるとか、あるいは手に持った武器を投げつけてみるとか、そういうことはなかった。それしか無いように……いや、それしか無くなってしまったのだろう。

まるで俵さんに倒されるためだけに向かっていくようだった。

「破アッ！　破アッ！　破アッ！　破アーーーーッ！」

どこまでも続く幽霊の群れを俵さんは容赦なく吹き飛ばしていく。

百はあっという間に九十になり、九十は八十に、七十、五十、三十、十……そして零になるまでに、大した時間は必要なかった。

もうエントランスホールには私と俵さん以外には何も残っていなかった。

ガランとした静かな空間には、怒りだってもう残っていないはずだ。

私は目を瞑《つむ》り、手を合わせた。

何もかも失った人たちが、行くべき場所に行くことを祈って。

私が目を開いた時、俵さんもその太い手を合わせていた。


「行くか、アンタの家に」

「はい」

しばらく悪霊の襲来に備えていたが、結局これ以上に訪れることはなかった。

私達は最上階へと向かうために非常階段を探し、あっさりと見つけた。

本来ならば緊急事態の時以外は施錠されて使えないであろう非常階段に続く扉は、俵さんの剛力であっさりとこじ開けられた。

今がまさに緊急事態なので許してほしい。

扉を開く。

狭い通路だった。

上に続く階段、そして階層ごとに備え付けられた踊り場しかない。

天井は低く、俵さんの頭を少し擦《こす》っていた。

そういう狭くどこまでも続くものが、三十階……百メートルほど続いているらしい。

「こんだけ上がったら、アンタの家に着く頃には俺ァ、一キロぐらい痩せてるかもな」

俵さんがそう言って、笑う。

その笑みに引っ張られて私も笑う。

非常階段の形は折りたたまれた腸に少しだけ似ている。

怪物の腹の中に呑み込まれた閉塞感を殺す武器を俵さんは持っていた。

「ところで俵さん」

「どうした?」

「さっきは何を言いかけたんですか?」

あのエレベーターにいた大量の幽霊を見て、俵さんは首を傾《かし》げていた。

私にはよくわからないが、俵さんにはわかる奇妙なことがあったらしい。

「……悪霊には指向性が無い、なんていうか、霊魂とか怨嗟とか呪いとか、そういう人に害を成そうという力だけがその場に……ま、おおよそ死んだ場所だが……そこに留まって普通ならば動くことはできない」

ま、呪われに来た奴を呪うために動くことはできるが……呪うために動くことはできないってトコだな。俵さんはそう続けた。

幽霊が物理的に襲ってくるのは呪いに含めても良いのか、私は少し考えた後、考えないことにした。どうせ答えは出せない。

「悪霊が移動し放題なら、警察の仕事は激減するだろうからな」

確かに、殺人犯が幽霊に呪い殺されて死んだ……いや、そんな直接的な言い方はないだろうが、それでも被害者が祟《たた》って出るような酷い事件は多い。それでも、幽霊ではなく主に警察が事件解決のために働いている。

そんな悪霊に指向性を与えるために怪異化する……その恐るべき儀式については、既に俵さんから話を聞いている。

だが、一体何がおかしいと言うのだろう。

「あれだけの人間がエレベーターで死んだっていうのなら、エレベーターにあれだけの悪霊が憑《つ》いていたのはわかる。だが……」

「確かに、幾らなんでも詰め込まれすぎてますよね……」

俵さんの言おうとした言葉を察して、私は頷いた。

「あのエレベーターはまるで来た人間に対する罠みたいだった、この事故物件には黒幕がいるのだから、そういう胸糞悪い作りにしていてもおかしくはないが……方法がわからないんだ。動かせるはずのないアレだけの悪霊をあのエレベーター一つに集めることができた理由が」

俵さんに関してはわからないことの方が多い。

忍者に関してはそもそも実在するかどうかすらもわからない。

だが、そんな俵さんにもわからないことがあるらしい。

背筋をナメクジが這《は》うように恐怖が這い上がった。

わからないこと……恐怖の根源はそれだ。

だから、人は夜を明かりで照らす。夜の闇の中に存在するはずのないものを見ないように。

けれど、私が恐怖したのは……おそらく、わかったからだ。

単純であまりにも馬鹿馬鹿しく、そして残酷なコトを、おそらく事故物件一級建築士はやった。

確証はない、けれど私が思い浮かんだ答えを口に出そうとして……『入居者の終の棲家になるタワー』が揺れた。

◆

「どうやら君とゆっくり話をしている暇が無くなってしまったらしい」

『入居者の終の棲家になるタワー』の屋上にて、事故物件一級建築士が言った。

その頬を一筋の汗が伝っている、彼自身にも予想外の事態が発生したらしい。

『オーウ！　事故物件一級建築士サーン！　ドウシマシタ!?』

激しくその身を揺らすタワーマンション、その光景を見ているのか、あるいは事故物件一級建築士の態度の変化を知ってか、事故物件一級建築士と通話を行っていた男が煽《あお》るように言った。

「正直、俵を舐めてた」

『ＴＡＷＡＲＡ？　ジャパニーズライス入レルヤツ？』

「日本最高峰の除霊師……っていう話だけを聞いてたけれど、正直、予想よりも強かったみたいだ」

スマートフォンの向こうの相手に応じているのかいないのか、事故物件一級建築士は独り言のように呟く。

「いきなり切り札を切らざるを得なくなった」

『例ノジャパニーズタワーマンションロボットデスカ？』

「あの娘が生きてる以上は十割の力を発揮できる状態じゃない……けど、まぁ、しょうがない。俵が屋上まで来たら……ま、良くて五分五分って感じがする。それよりはマシだ」

『ＨＡＨＡＨＡＨＡＨＡ!!　一人ノ除霊師ニビビルトハ……日本ノ事故物件建築士低レベルデース!!　アナタニハ事故物件世界大会日本代表ノ自覚ガアルノデスカ!?』

嘲笑《ちょうしょう》する電話の向こうの相手に対し、事故物件一級建築士はどこまでも落ち着いていた。

「そういう君は、まだ勝ち上がったワケじゃないだろ」

『オーウ！　私ノウィンチェスター・ミステリー・ハウスⅡガ全米最強ノ事故物件ニナルニ決マッテマース!!　精々、我ガ事故物件ノ訪日ニ怯エルガ良イデース!!』

「ふん……ま、とにかくこっちは忙しくなるから切らせてもらうよ」

事故物件一級建築士は通話を切ると、屋上に備え付けたコクピットへと向かった。

◆

しばらく『入居者の終の棲家になるタワー』が揺れ続けた後、唐突に声がした。

悪霊によるテレパシー……というわけではない、館内放送だ。入居者のいないこのタワーマンションで本来ならば聞こえるはずのない放送だった。

『あー……侵入者に告ぐ』

その声を聞くだけで総毛立った。

心臓の鼓動が速いのは、私を急いで死に向かわせようとしているからなのかもしれない。頭で考えていることと実際に動く身体は別だから、頭の中では逃げてはいけないと考えているのに、身体は逃げようと考えていて、けれどどうあがいても逃げられそうにないから、せめて死ぬことで今この声の主がいない世界に逃げようとしているのかもしれない。死んでも逃げられそうにないのに。

『このタワーマンションは人型ロボットに変形して、東京を大破壊する』

「俵さん!?」

その言葉を聞いた瞬間、私はすがるような目で俵さんを見た。

「事故物件ってそこまでやるもんなんですか!?」

「流石に初めて聞いた」

「私達どうすればいいんですか!?」

「俺が聞きたい……というか、普通ならくだらない嘘だと考えるべきなのに、あまりにもくだらなさ過ぎて逆に信じられるような気がしてきたな……」

俵さんの顔にもはっきりと困惑が浮かんでいた。

どうしたらいいか、俵さんも考えあぐねているようだ。

「待て待て待て、クソ……一旦、外に出てタワーマンションが巨大ロボに変形しているのを見れば一発だが、恐らく奴はタワーマンションから俺を締め出してアンタを殺したいはずだから……クソッ！　なんでこんな馬鹿なことを真剣に考えねぇといけねぇんだ!!」

タワーマンションロボなどあり得るはずがない、ついさっきまで霊とは無関係の現実の世界にいた私ならばそう切って捨てられる……ワケがなかった。

メリーさんがいた、悪霊がいた、呪いがあって、そして俵さんがいる。

何がありえないのか、いや、ありえないものなど無いように思える。

それだけのものをこれまでの時間で叩きつけられた。

「……俵さん」

私はスマートフォンを起動し、ＳＮＳを見た。

小さいスマートフォンの画面の中で、巨大なロボットが立ち上がっていた。

「……フェイク画像と言ってほしいな」

「俵さん……悪霊がいる以上、タワマンロボも実在する、多分、そう考えてもおかしくないと思うんです」

「悪霊とタワマンロボは全然違うと思うが……まぁ、そうだな」

俵さんは覚悟を決めたようだった。

「タワマンロボが動き出す場合、私達にできることは何がありますか？」

「タワマンロボがマジで動くなら、ちょっと歩くだけで大量に人が死ぬ……その被害を最小限に食い止めるために、俺たちは急いで黒幕の元に駆けつけて、とっちめる」

「最小限……ってどれぐらいでしょうね」

「さあ、少なくとも、ああ……良かったなぁ、って数にはならねぇだろうな」

私は、一人でも誰かが死んで「ああ……良かったなぁ」なんて思えそうにない。きっと、俵さんもそうだろう。

「ま、幽霊が出るってのは誰かしら死んでるってコトでさ、俺はいつもアレだよ、事件が起こってからのこのこ現れるノロマだ……」

「被害をゼロにする方法はありませんか？」

俵さんの目をしっかりと見て、私は俵さんに問うた。

そういう都合のよろしい方法は存在しない、そういうことはわかっている。

けれど、そういう都合のよろしい忍者を私は求めていた。

「俺が外に出て直接タワマンロボと戦ってみたら、誰も死なせないかもな」

直接戦う、百メートル級のタワマンロボを相手に俵さんはそう言った。

「戦えるんですか？」

「攻撃を受け流し続けるぐらいはできる……が、勝ち筋がねぇな」

勝ち筋……その言葉を聞いて、頭の中にある考えが過《よぎ》った。

「俵さんがタワマンロボと戦って、私が事故物件一級建築士と戦う……」

信じられないような言葉が私の口から出てきた。

勝てるわけがない……さっきだって俵さんの背で守られていただけで、事故物件一級建築士の言葉を聞いただけで、私は怯えていた。

「……事故物件一級建築士が私に死んで欲しいっていうことは、私が生きていると事故物件一級建築士が困るってことで、つまり何かできることがあるってことで……いや、何にもできないかもしれないけど……でも……」

パパとママを殺して、私も殺そうとして、そしていろんな人の死後の尊厳まで奪って、そして今からもふざけた手段で大量に人を殺そうとしている。

「私があいつをぶん殴りたいんです」

閑話　ウィンチェスター・ミステリー・ハウスⅡにて

『入居者の終《つい》の棲家《すみか》になるタワー』から八千三百キロメートル、アメリカ合衆国、カリフォルニア州の郊外にその家はあった。

その敷地を囲むように四十センチほどの樹高があるカリフォルニアライラックが植えられていてちょっとした柵の役割を果たしているが、外部からの侵入を防ぐものはそれだけで塀は無い。しかし、よっぽどの勇気を振り絞らなければ、どれほどの悪人であってもその家に入ろうとは思わないだろう。

異様な場所だった。外からでも容易に見える庭には殺人ドーベルマン、重火器で武装したシリアルキラー、四足歩行する殺戮《さつりく》ロボが放し飼いにされており、いずれも悪霊に取り憑《つ》かれている。

庭の時点で異様な家であるが、家屋はもっと異様だ。

おそらくは元々そういう造りを意識していたわけではないだろう、剪定《せんてい》されていない伸びっぱなしの樹木のように、その家は異様な増改築が繰り返されていた。一階よりも二階の面積のほうが広い、まるできのこの傘のようである。三階までが木造建築であったかと思えば、四階部分にはコンクリートの建造物が乗っている。そのような野放図な増改築でその家は十階まで育っていた。

その家の名を『ウィンチェスター・ミステリー・ハウスⅡ』という。

「I have an apple……《日本は楽しそうだな》」

男は『ウィンチェスター・ミステリー・ハウスII』の最上層、彼の私室でそのように独りごちた。

男の名はマイケル、この家の主だ。

痩せた美青年である、髪は金色で——瞳もまた、その髪と同じ金色をしている。

下半身にジーンズだけを纏《まと》い、上半身は裸だった。

余分な脂肪の無い腹部に、銃の形のタトゥーが入っている。

マイケルはその豹《ひょう》のような身体を柔らかなソファに預け、スマートフォンを起動する。

「I have an apple《あの家と戦うのが楽しみでたまらないよ》」

果たして誰が撮影したものか狭いスマートフォンの画面の中に、巨大なるタワーマンションロボが映っている。

誰が信じるであろう。

誰がどう見ても良く出来たフェイク画像にしか見えないのだ、真実を知る一部の人間を除けば。

しかし、あの『入居者の終の棲家になるタワー』が大起動すれば、何も知らぬ人々は否《いや》が応でも知ることになる——最悪のタワーマンションの存在を、そして幽霊、呪い、そして宇宙人、そのようなオカルトの箱に閉じ込めてきたものが実は真実であったことを。

「I have an apple……《しかし》」

【私はすごい映像だなと思いました】

【これは嘘《うそ》だと思いますが、真実のように見えることは間違いないように思われます】

【プロフィールを見てください、アナタはセクシーな女性に出会うことができます】

インターネットを流れる戸惑いの反応を翻訳アプリにかけたものを見ながら、マイケルは嘲笑《あざわら》った。

「HAHAHAHAHAHAHAHA!!!!」

殺される人間は誰一人として知ることはないのだ。

そのタワーマンションが大起動したのは本来の目的である東京を破壊するためではなく一人の男を殺害するためだけであると。


「さて……」

おそらく読者の皆様もそろそろ英語に慣れてきたことであろう、マイケルが流暢《りゅうちょう》な英語で呟《つぶや》き、窓から自邸の広大な庭を見下ろした。

門は常に開け放たれており、低木の柵は人の侵入を妨げる役には立たない。

周囲に家はなく、通りすがるような人間もいない。

トドメとばかりに、表札には『お金持ちの家です』と書かれている。

日本との時差は十七時間、カリフォルニアの空は赤く燃えている。

沈みゆく太陽に低木が自身よりも長い影を伸ばす。

その影の中に入り込むように侵入者が四人。

「お金持ちの家ってのはここか？」

樽《たる》のような巨漢の男が言った。

「間違いないですボス!!　４ｃｈａｎにも載ってました！」

英語圏最大規模の匿名掲示板の名を挙げて、小さな男が明るい声で言う。

これから行われる宝探しが楽しみでならない——そんな声色だった。

「成程な……じゃあ、間違いねぇ」

ボスと呼ばれた樽男はそう言って、笑う。

ボスの笑いに感情を誘われたように小さい男と赤髪の男が笑う。

「……ボス、この家はやべぇですぜ」

サングラスをした黒ずくめの男が僅《わず》かに震える声で言った。

黒い帽子、黒いサングラス、黒いマスク、全身を覆う黒いコート、防寒としては問題ない——だが、震える理由は寒さのためではないのだろう。

「あ?」

「俺ァ、なんていうか霊感みたいなものがあって……なんていうか嫌な予感がガンガンするんですぜ」

「ビビってんのか?　せっかくの宝探しだぜ?」

軽い声でボスが言う。

「そりゃ、庭には多少の犬がいる、殺人鬼もいるし、殺戮ロボもいる……だが、それだけだろう?」

ボスはそう言って、背に担いでいた重火器を黒い男に見せつけるように構えた。

「撃ちゃ死ぬんだよ、気楽に行こうぜ」

「ボス……今回はマジでヤバい予感が……」

銃口が黒い男の額に押し当てられる。

冷たい感触は、弾丸が放たれる前から命を奪うに相応しい重みがあった。

「お前が幽霊になって止めに来るっていうなら、お前の霊感を信じてやってもいい」

「オーライ、ボス……アンタに従うよ……」

観念した様子の黒い男を見て、小さい男が笑う。

「HAHAHA、予感を信じなかったおかげで命拾いしたなジョージ！」

「あんまり笑ってやるな、ジョージ2、仲間にゃ臆病《おくびょう》モンが一人いるぐらいが丁度良いのさ」

大声で笑う小さい男――ジョージ2をボスが諌《いさ》める。

「いいかジョージ！　ジョージ2！　ジョージ3！　幽霊屋敷だろうがなんだろうが、ここは金持ちの家で俺らは無敵の強盗団だ、となりゃ……行くしかねぇだろ!!」

「ヘイ！　ボス！」

「オーライ、ボス……」

「うす」


今まさに、『ウィンチェスター・ミステリー・ハウスⅡ』に突入せんとする強盗団を見て、マイケルが笑う。

感謝する、君たちの血と怨念で我が家はまた強くなる……！　事故物件世界大会に優勝するのは、この私のウィンチェスター・ミステリー・ハウスⅡだ……！」

その空は夕焼けの色か、あるいは人間の血の色か。

この屋敷が空と同じ色に染まる時を思いながら、マイケルは言った。

まもなく世界中の代表事故物件が東京に集まり、雌雄を決することになるだろう。

そして、近日中に行われるアメリカ代表決勝戦を制して、この家ごと自身も日本に訪れる。

「さて、今日の侵入者は庭を抜けられるかな……？　私の家はアメリカ中の事故物件を集めて作ったんだ……是非、辿《たど》り着いてほしいものなのだがね……」

新たな死の予感に、『ウィンチェスター・ミステリー・ハウスⅡ』がぶるりと震えた。

第二章　家葬

独りで非常階段を上がっている。

百メートル……それだけの距離を真っ直ぐに進むなら二分もかかることはないのに、百メートル分だけ地上から離れようとすると、その何倍もの時間がかかる。

空気は淀んでいて重苦しく、まるで冷蔵庫の中にいるように冷たい。

手すりを摑《つか》み、そろりそろりと慎重に私は非常階段を上がっていく。

寒いのに汗が止まらない。

粘ついた汗は私の肌をさらりと伝って落ちることはなく、鉛のような重量感と共にただただ不快感を増していくばかりだ。


「にぇっ！」

『入居者の終《つい》の棲家《すみか》になるタワー』が揺れる、私の口から可憐な悲鳴ではなく、高所からの着地に失敗した猫のような奇声が漏れた。私は手すりを強く握りしめ、襲い来る衝撃に備えた。

今、私は巨人の体内にいる。

比喩表現なのではなく、『入居者の終の棲家になるタワー』は巨大な人型兵器に変形し、この東京を破壊せんと動き始めた。

そして、さっきまで私と行動を共にしていた俵さんは被害を抑えるためにたった一人で巨大タワーマンションロボと戦おうとしている。

ふざけている。冗談にしか思えない。もしも私がそんな様子をテレビで見ていたら笑ってしまっていたに違いない。

けれど、そんな馬鹿げた状況も、巻き込まれてみると恐怖にしかならない。滑稽さというヴェールで覆い隠したところで、痛みも苦しみも死も真実だからだ。

揺れが収まるのを待って、私は再び階段を上がっていく。

俵さんならば、揺れを気にも留めず階段を軽やかに駆け上がって行くのだろうか、なんてことを考える。もしかしたら、ジャンプで天井を破壊しながら直接屋上まで跳んでいくんじゃないか、なんてことを考えて少しだけ笑う。

階段を上がる。

照明は最低限のもので、ダラダラと続く非常階段はどこまでも薄暗い。

視界の先、見えない部分に何かが潜んでいるのではないかと、おっかなびっくり上がっていく。

私の恐怖を振り払ってくれた俵さんは、誰かの恐怖を振り払うために外で戦っている。

私は恐怖にビクビクと震えながら、私は私の戦いをする。

◆

「私があいつをぶん殴りたいんです」

そう言った私を見て、俵さんは「じゃあもう、やるしかねぇな」と言って笑った。

「ま、元々アンタだって戦いに来たんだもんな。アンタに内側で暴れてもらって……俺はタワマンロボと戦う……」

俵さんは自分で言った言葉に釈然としない表情を浮かべた後、『俺はタワマンロボと戦う……?』と何度か同じ言葉を繰り返した後にようやく飲み込んだようだった。

実際、私が俵さんの立場だとして巨大人型殺戮《さつりく》タワーマンション兵器と戦うとなって、そう簡単に飲み込むことはできなかっただろう。

「とりあえず、アンタには実際に奴をぶん殴るその前にやってほしいことがある」

「やってほしいことですか?」

「最初の目的通り、アンタの家に行ってほしい。そこで何が起こるかはわからないし、俺としても無事を保証してやることもできない……ただ、アンタを殺したい理由は間違いなく、そこにあるはずだ」

少なくとも、どっかそこらへんの部屋には散らばっていないだろうよ。そう言って俵さんが笑う。

私もその冗談に無理に笑ってみせる。

「こいつを持っていってくれ」

そう言って、俵さんが私に何かを差し出した。

それは十個の鉄の指輪だった。宝石も余計な装飾もない無骨なもので、輪に読めないような小さい文字でびっしりと何かしらの呪文が書いてある。

おそらくは何かしらの除霊アイテムなのだろう。

「俵さん、これって……」

俵さんは私の指に鉄輪を一つ一つ嵌《は》めていく、指輪を渡されたのは人生で初めてだが、おそらくこれ以上に無骨な指輪の嵌め方は無いだろうな、と思った。

「ああ、これを着けていると普通に殴るよりも攻撃力が上がる」

思っていたものと違った。

「多少の魔除けぐらいにはなるが……まぁ、基本的にはアンタのパンチ力に期待だな」

「頑張ります」

と言っても、自分の人生で誰かを殴った経験は無い。

打てるとしてもヘニョヘニョのパンチだけだろう——それでも、鉄を着けているのだから、おそらく威力は鉄だ。そう祈るしかない。

「俺がくれてやれるのは、後はコレぐらいだな……」

私に鉄輪を嵌め終わった俵さんは私の手を取って、拳を握らせた。丸めた四つの指の上から親指を重ねるように握る。それが正しい拳、正拳なのだと俵さんは言った。「脇を締めて、真っ直ぐに打つ」

俵さんの言葉に従って、私は真っ直ぐにパンチを放った。

のっそり、そんな言葉が似合いそうなゆっくりとしたパンチが放たれる。

「任せたぜ」

伸ばした私の正拳に、俵さんが拳を握って軽く合わせて、言った。

そして、俵さんは私に何かを握らせて、出口へと駆ける。

俵さんを目で追う、分厚い背中だった、この世界のどんな災厄からも守ってくれそうな強靱《きょうじん》な盾だ。

その背に別れを告げて、私は前に進んだ。

◆

ひたすらに階段を上がり、私はとうとう最上階に辿《たど》り着いたようだ。

非常扉を開いて、どこか高級感溢《あふ》れる廊下へ躍り出る。

戦いのためか、『入居者の終の棲家になるタワー』はひたすらに揺れたが、それ以外に私の行く手を妨げるものは無くて、不自然なほどだった。

事故物件一級建築士が運転に（果たしてタワーマンションの邪悪な管理に運転という言葉が相応しいのだろうか）集中しているために、私に手を出さなかったのか。それとも何か理由があって出さなかったのか。あのエレベーターだけがトラップで幽霊の品切れを起こした、であるとか、あるいは私の家の前にびっしりと警備悪霊が待ち受けているとか。

どうせ来るならばと待ち受けている……私はその想像にぶるりと震えた。

私は深呼吸をし、拳を握る。小さい私の手の中に戦う力を握り込む。

通路の最奥、私の家の前に緑色の何かが座り込んでいる。

人型の何かだ、その背には亀のような甲羅を背負っている。

黄色い嘴《くちばし》があり、まるで落ち武者のように眩《まばゆ》い禿頭《はげあたま》の両隣に緑の髪が垂れている。

「……ッパ！」

奇怪な笑い声が響き渡った。

河童だ。

その外見と、そしてなぜだかわからないが魂が直感した。

おそらくはメリーさんのような怪異の部類なのだろう。

「オメェが、例の女かッパ……」

醜悪な顔で河童が嘲笑《あざわら》う。

「オラァ、元々は迷惑系ユーチューバーをやっててよぉ、全員が死んだこのタワーマンションに凸してみたんだがッパ……殺されて、このザマッパよ……もう人間の頃の記憶も薄れてきたッパ……もっとも、人殺すのは楽しいから良いッパがねぇ……」

そう言って、河童が腰を深く落とした。

「相撲を取って、負けた相手の内臓引きずり出して殺すッパ……人生……いや河童生にこれ以上幸福なものは無いッパ……さぁ、相撲を取──」

悲鳴を上げる代わりに、私は俵さんから受け取ったものを取り出した。

黒光りする拳銃、最後に俵さんから受け取ったものだ。

私は反動に備えて、両足を広げ脇を締めて真っ直ぐに撃った。

「ッパ⁉」
吐き出された鉛玉が河童の頭部を吹き飛ばした、おそらくは銃弾も特別製なのだろう。二度撃ち《ダブルタップ》で心臓部にも銃弾を撃ち込むと、手の痺れる感触に閉口しながら、私は拳銃を仕舞い、河童の死体を踏み越えて進んだ。

東城、その表札はまだ残っていた。
結局、一度も訪れることのなかった私の家だ。
ドアノブに手をかける。
思わず悲鳴を上げてしまいそうなほどに冷たい。
重いのはドアノブのせいか、それとも私のせいなのか。
重く、軋《きし》んだ音を立てて扉が開く。
私はとうとう、初めての帰宅を果たした。

◇◇◇

百メートル。

一番高い建造物——というわけではない。

例えば東京タワー、『入居者の終の棲家になるタワー』が生まれる五十年以上も前に造られたこの建造物の高さは『入居者の終の棲家になるタワー』の三倍以上である。同じタワーマンションの中でも、百メートルはそこそこ高いと言えるかもしれないが、それでも一番には程遠い。日本の中だけでも二百メートルを超えるタワーマンションは存在するし、世界に目を向ければ四百メートルを超えるタワーマンションなんてものも存在する。

ただし、それは何の救いにもならない。

東京タワーは動かない。世界一高いタワーマンションも動かない。

だが、この百メートルのタワーマンションは動く。

百メートルの巨人が動き出せば、東京タワーであろうと世界一高いタワーマンションであろうと容赦なく破壊できることは間違いないだろう。

俵が相手にしようとしているのは、そういう敵だった。


「さて……初めまして、俵」

屋外へと脱出した俵をタワマンロボの威容が見下ろしている。

俵へと降り注ぐ声は、タワマンロボに備え付けられたスピーカーから発せられたものか。

先程までは人が異常なほどに死ぬ以外は普通のタワーマンションであった。だが、超絶変形を遂げた今、『入居者の終の棲家になるタワー』は人型タワマンロボ兵器と化していた。

タワーマンションの立方体の胴体に、その立方体から分かれたやはり立方体の手足、まるで子供の描いた人間のようである。


「俺の名前を知っているんだな」

「まあね、君は有名だから」

「そいつは嬉しいな」

何の喜びもなさそうな声で、俵が言った。

「アンタの名前も聞かせてくれるかい？」

「君も知っているだろ？　事故物件一級建築士でいいよ」

「初めてだな、資格の名前を言われるのは……ま、普通自動二輪車免許さんよりはまだ特定しやすいだろうけどな」

互いの言葉に感情の昂《たかぶ》りはない。どこまでも平熱の会話だった。

怒りも殺意も滲《にじ》み出ることすら無く、言葉の奥深くに礼儀正しく隠れている。

「何故、彼女を殺したいんだ？」

その会話の中でとうとう隠しきれぬ熱を持った言葉が俵から放たれた。

「……腫瘍《しゅよう》」

「は？」

「弱点を告白するようでなんだけれど……あの部屋は僕……というか、このタワマンロボにとって腫瘍のようなものでね、十全の力が発揮できないんだ」

「そいつはさらに嬉しいことだな」

燃え上がって消える一瞬の火だったのか、俵の言葉は平熱に戻っている。

「ところで、僕がこのようなタワマンロボを作った理由については聞かなくて良いのかな？」

「そっちはどうでもいい。どんな理由があろうと、知ったこっちゃねぇからな」

「ふうん。ところで……君がここに来ることはあのお嬢さん以外に誰か知っているのかな？」

「生憎《あいにく》だが、仲間は彼女だけでな……」

「そうか……じゃあ、君の名前を知っておいてよかったよ」

「どうしてだ――」

ごう、と凄《すさ》まじい風が吹いた。

俵が放とうとした音まで吹き飛ばしてしまうほどの烈風《れっぷう》だった。

世間話でもするかのような平熱の会話――そんな日常の穏やかさのまま、事故物件一級建築士は拳を放った。

タワマンロボの右拳である。

その拳の大きさは人間の比ではない。

新幹線と比べなければならないような巨大な拳だ。

拳風だけで、周辺の建築物の窓ガラスにヒビが入る。

そのような重く、疾《はや》い拳だった。

「君がここに来たことを誰も知らないんじゃ……僕以外に誰も君の墓を建ててやれないだろう？」

ずおん。

タワマンロボの拳が地面に命中し、地面が揺れた。

まるで隕石が衝突したかのように、俵のいた場所にはクレーターが出来ていた。

そこに俵の死体はない。

血も肉も骨も何もかもこの世から消し飛ばして残さない、そういう威力の拳だ。

「それを言うなら……」

俵の声がした。

「俺だって、アンタの墓に事故物件一級建築士だなんて刻んでやらないといけなくなる」

タワマンロボの拳の上に立った俵が屋上を睨《ね》め上げ、言った。

「避《よ》けたか」

「避けるだけじゃなくて、この細長い腕を駆け上がってアンタを殴りにも行けるだろうよ」

「それは、困ったなぁ……」

ずん。

タワマンロボが歩行を開始する。

一歩が重い。何千トンもの衝撃を地面に与えながら動く。

激しく揺れるタワーマンションの巨体に俵が体勢を崩すことはない、俵は根を張ったようにタワマンロボの拳の上に立っている。

「ところで……君はどれが良い？」

「あ？」

「この事故物件は入ると死ぬだなんて生易《なまやさ》しい事故物件じゃない、入らなくても事故物件から殺しに行けるぐらいに殺傷力を高めてある。けれど……まだ足りないんだ。武器が、足りない」

ぬうっと、タワマンロボの左腕が動き——隣の駅に見えるオフィスビルを指し示した。

「あの会社を引っこ抜いて、超巨大鈍器にしようか」

指し示す対象がオフィスビルから動き、運行中の電車に移った。

「あの電車を持ち上げて、ヌンチャクとして振るってみようか」

超巨大質量は俵一人を殺すことはできなかった。

だが、俵以外を殺すには十全の効果を発揮する。

「住民を全滅させた事故物件……僕は『入居者の終の棲家になるタワー』をそんな生易しい事故物件で済ませるつもりはないよ」

俵の位置から、事故物件一級建築士の表情はわからない。

だが、その悪意に満ちた笑みが俵には透けて見えるようであった。

「一千万人殺した最強の事故物件、そこからがこの『入居者の終の棲家になるタワー』の伝説の始まりだよ」

「……そいつは無理だな」

「どうし――」

平熱の言葉で事故物件一級建築士が言う。

俵の油断を刺さんと、その言葉の途中でタワマンロボの左腕が地面を薙《な》ごうとして、動かなかった。

俵がタワマンロボの左腕に跳び、その関節部分に蹴りを打ち込んでいた。

「今、アンタをぶん殴るために頑張ってる奴がいるからな」

◆

ふと、私は二人の葬式のことを思い出していた。

金色に輝く豪華な祭壇は人が思い描く楽園の建築物によく似ている。そしてパパとママの死を悼む人から贈られた落ち着いた色の供花が葬式会場に花畑を作る。私が頭の中で思い描くものとは違うし、沈痛な雰囲気が邪魔するけれど、それでもあの葬式会場は地上に現れた極楽浄土のように思えた。きっと故人が死んだ先があのような楽園であってくれという祈りが込められているのだろう。

その楽園の中心にパパもママもいない。

遺影の中で自分が死んだことを知らない顔で微笑んでいるばかりで、棺桶《かんおけ》は空っぽのまま葬儀は進行していった。

あの死体を見てあれがパパとママの二人のものであると言うことは娘の私ですらできない、そういう死体だった。二つの死はどこまでも人格無く並んでいて、あらゆる誰かの死を代入できるようなそういう死体だった。

エンバーミングは死体の時間を止めることができるけれど、時間を巻き戻すことはできない。どう取り繕っても取り繕いようの無い二つの死体が葬式に出ることはなかった。

弔辞《ちょうじ》を読む。パパとママとの思い出を語る。

弔問客の中には泣いている人もいたけれど、私は泣けなかった。

やはり、死の実感が無かった。

両親の葬式に出ているというのに、どこまでも他人事だった。

はっきりとパパとママのものだとわかる死体があれば泣けたのだろうか、死の直前にちゃんと二人に会って、二度と会えないということを強く実感していれば泣けたのだろうか。

「おかえり」

パパとママがそう言った。

扉を開くと、何もなかった。

河童もいない、悪霊もいない、メリーさんもいないし、事故物件一級建築士もいない、惨劇の跡が広がっているでもない。

「た、ただいま……？」

なにか変だな、と思った。

二人のいる家とはいえ、初めて入る家だから「お邪魔します」の方が良かったのかもしれない。

綺麗な場所だった。

パパとママが私を普通に迎え入れて、リビングに案内してくれる。

タワーマンションにはどこか不釣り合いな和風の——パパとママが『入居者の終の棲家になるタワー』に引っ越す前、私達三人が暮らしていた頃の家の中にあった家具の中にタワーマンションに合わせて新しく買ったのか、ちょっと良いテーブル。

窓ガラスからは東京を一望できる。

きっと天国から見える景色はこんな感じなんだろうな、と思った。

人間の姿は見えない、路地に落ちたゴミもわからない。ただミニチュアみたいな建造物が現実味無く見えるだけ。

「アキちゃん」

パパが嬉しそうに言った。

ああ、やっぱりそうだったんだ。

パパもママも本当は生きていたんだな。と思った。

帰ってこれて、よかった。

◇◇◇

地上からはこの部屋にある生活の灯《ひ》が見えるのだろうか。

この部屋のガラスウォールから地上を見ても人の姿を認識できないのと同じみたいに、もしかしたら地上からこの部屋を見上げても、誰か人がいるかどころか、部屋の電気がついているかどうかすらもわからないのかもしれない。

だとしたら不思議だな、と思う。

確かにここにいるのに。

「座って、座って」

そう言って、パパが私に椅子を勧めてくる。

思い出の中の声と何一つ変わらない愛情に満ちた声。

子供の頃から優しくて、私が大人になった今もちっとも変わらない。

「今日はパパが料理を作るからね」

そう言って張り切ってキッチンに向かうパパを見て、ママが呆《あき》れたように言う。

「パパったら普段は料理なんてしないくせに、こういう時だけ張り切るのよ。けど、作るだけ作って後片付けは私に、なんてことになったら……」

もう離婚ね、そう冗談めかしてママが笑う。

「ところであったかいお茶と冷たいお茶、どっちがいい？」

「冷たいのでいいよ」

「が、って言ってよ」

「冷たいのがいいな」

「よろしい」

そう言いながら、ママが冷蔵庫からアイスティーを取り出して、グラスに注ぐ。

ティーポットの底には、麦茶のティーバッグみたいに紅茶のティーバッグが沈みっぱなしになっていたけれど、温かい紅茶を入れる時みたいに完成したら取り出すのが正解なのか、最後まで入れておくのが正解なのか私にはわからない。もっとも途中で取り出さないといけないものでも、ママは「飲めるんだから良いでしょ？」と言ってティーポットに沈めておくタイプだ。私も多分そうする。

「お茶請けにちょっと良いクッキーを買ってきたんだけど……」

ママがそう言った後、ちらりとキッチンを見やれば、視線の先にはステーキ肉と悪戦苦闘するパパ。

「お肉を残すとあの人が拗《す》ねちゃうから、後にしましょうか」

「うん」

無糖のアイスティーを飲みながら私は頷く。

「あっ」

「えっ？」

「ごめん、甘いの忘れてたわね」

そう言って、砂糖を取りに行こうとしたママを制して私は言う。

「別に甘くしなくても飲めるよ」

昔は紅茶にミルクと砂糖をたっぷり入れて飲んでいたけれど、それも高校生までのことだ。甘いほうが好きだけれど、今となってはカロリーの方がよっぽど気になる。

「いいからいいから、今は私達だけなんだから」

けど、ママにとっても私はいつまでも子供で、私が大人ぶって無理しているだけだと思っているのだろうか。パックのミルクとガムシロップを私の前に置く。

「本当にいいって」

「そう？　後ろでも向いてようか？」

「……別に見られるのが恥ずかしいわけじゃないから」

この家に住みたいか、パパとママの二人の家に帰りたいか——そういうわけじゃない。私には私の生活がある。けれど、なるべく二人には会いに行ったほうが良いのかもしれないな、と思った。

長い間会っていなかったから、最後に会った時、いや、その思い出すら曖昧になって、もっと子供の頃のイメージのままで止まっているのかもしれない。もっと二人に会って思い出を更新していかなければならない。いつまでも子供扱いされたままでも困る。

「本当に良いの？　甘いの好きなのに？」

「別に嫌いじゃないけど……」

本当に困った。

けど、ギャップはこれから埋めていけば良いか。そう思い直す。

まだ二人には会えるんだから。


「アキちゃん、お肉焼けたよ」

キッチンから和牛の放つ濃厚な香りが漂ってくる。

良いお肉を使ったシンプルなステーキは、素材の力に全てを託したパパの得意料理だ。焼き方をどこまでこだわっているのかはわからないが、良い素材を使って失敗しない程度に焼いているので、普通に美味しい。付け合わせはない。ステーキとご飯、それだけだ。

パパが調理を終えたフライパンから皿にステーキを移そうとした瞬間、室内が揺れた。

この家はこんなにも空に近いのに、不思議だなと思った。

けど、どれだけ建物を高く高く伸ばしても地面からは逃げられないもんなという変な納得もあった。

キッチンを見る、火は出ていない。

調理が終わったから火を消したのか、それとも隣の電気調理用のプレートを使ったのか、どっちでも良いけど、とりあえずは安心だな、なんてことを考える。机の下に隠れないとな、って思うけど、どうも他人事のように思えて、それよりも刃物とか色々あるからパパのほうが不安だなと私はキッチンのパパに呼びかける。

「パパ！　危ない！」

室内が揺れる。

強い揺れで、ステーキを焼いたばかりのフライパンが滑り落ちた。

ママも私も室内ではスリッパを履いているけれど、パパは家の中では裸足だ。

私がパパに「なんでスリッパを履かないの？」と聞くと、パパは「だって裸足のほうが楽じゃないか」と悪びれる様子もなく言う。

私を子供扱いするくせに、自分自身も子供みたいな人だ。

ママがパパにスリッパを履くように怒っている姿を見たけれど、いつの間にか、ママも諦めてしまったみたいで、結局私の記憶の中のパパはいつも、そして今も、ペタペタと音を立てながら室内をペンギンみたいに歩き回っている。

そんなパパの足にフライパンが落ちた。

想像していた悲鳴は無かった。

パパは何も気にしていない様子で、フライパンを拾い上げる。

「大丈夫⁉」

「なにが？」

平然とした顔で、パパが私を見た。

記憶の中のものと全く同じ笑顔で、ニコニコと笑っている。

「ほら、早くお肉食べましょ」

ママも、パパの事を特に気にする様子もなく、ニコニコと笑っている。

何もなかったかのように。

パパがステーキを皿に移す。

何もなかったかのように。

「……ひっ」

私はなんで忘れていたんだろう。

パパも、ママも、死んでいたのに。

――もっとも、殆《ほとん》どの悪霊は部屋から一歩も出ることができない。悪霊は基本的に死んだ場所や物に取り憑くだけで指向性が無いからね。相手が呪われに来ることを待ち受けることしかできないんだ。けど、怪異にするという形で指向性を与えてやることはできる。

俵さんから聞いた事故物件一級建築士の言葉を、私は思い出していた。

――妖怪、怪談、都市伝説、ネットロア……本当にあったから人間が語ったのか、それとも人間が語ったから生じるようになったのか……いずれにせよ、人間のよく知るそういう話は強い力を持つ、それこそ悪霊がその物語に取り憑ける程にね。

メリーさん、きっと沢山の人が知っている都市伝説だ。

河童という妖怪のことは、きっと日本中で知らない人の方が少ないだろう。

そういう物語に悪霊は取り憑いた――らしい。

じゃあ、パパとママは悪霊になったの？

それとも。

「アキちゃん」

「アキちゃん」

私の記憶の中のものと一切変わらない顔で、二人が笑みを浮かべている。

他愛もない、二人が生きてくれていればいい、そんな想像に——二人は取り憑いたの？

私は……どうすればいい？

◆

「すごいね」

東城明子のささやかな祈りをよそに、彼女の家を内包するタワーマンションは家庭暴力《おおあばれ》を続ける。

周囲のオフィスビルを摑まんとするタワーマンション式アイアンクロー。

運行する電車をヌンチャクとして摑みにいかんとする物理引っ越し歩行《ステップ》。

『入居者の終の棲家になるタワー』という名の不動産は今や動産であった。ただ人を害するためだけに軽やかに動き続ける。

「ぐっ！」

「おっ！」

「はっ！」

その殺人的増改築を止めるために、俵はひたすらに動き続けている。

拳が放たれれば全身で受け止め、歩行をしようとすれば、足で応じてその歩みを止めんとする。

圧倒的な質量差である。

そもそも、止められていることがおかしい。

蟻が一匹で象の進行を食い止めているのに似たものがある。

「霊能力とか以前の問題として、こんだけの質量の攻撃を受けたら死ぬと思うんだけど」

「柔道を習っててな、受け身は得意なんだ」

軽口を叩《たた》いて、次の攻撃を妨害しようとする俵。

その息は荒い。おそらく骨も折れている。

なにより全身が血まみれであった。

だが、その程度で済んでいることがおかしい。

本来ならば、一撃一撃が肉塊になっているほどの攻撃である。

『入居者の終の棲家になるタワー』の殺人建築は伊達ではないのだ。

「へぇー、凄いな。この戦いが終わったら私もやってみようかな、柔道……」

俵の軽口に苛立《いらだ》つ様子も見せず、事故物件一級建築士はローキックを放たんとした。

ローキックといっても、『入居者の終の棲家になるタワー』にとっての下段である。大抵の人間、いや、それどころか低階層の建築物にとってはその一撃で薙ぎ倒されてしまうほどの回し蹴りである。

その放たんとした蹴りが途中で止まっている。

俵が何かをしたわけではない、かといって事故物件一級建築士が止めたわけでもない。

「あー、これだ」

事故物件一級建築士の困ったような声。

「なるほど、アンタはあの部屋を腫瘍って言ったが……こんだけの事故物件、ここの住民の気持ちが一つにならないと動かせるものじゃない……あの部屋があるせいで、そういう誤作動が起きるってことか」

「そう、だから……僕にとっては彼女を殺すことが最善の策だった。けど、それはもう諦めた」

事故物件一級建築士が独りごちる。

「彼女が頑張ってあの悪霊共を追っ払ってくれたら……きっと、この家もフルパワーを出せると思う」

タワマンロボの窓が一斉に開き、悪霊たちが俵に投石を開始する。

遠距離攻撃対応住宅である。

「良かったな、俵。僕と君の目的は一致しているようだ」

「クソがッ！」

俵は獣のように唸《うな》った。

◇◇◇

室内が揺れている。

名前も知らない沢山の人の死を乗せて、このタワーマンションは名前も知らない沢山の人を殺すために動き続けている。

けれど、周囲を取り囲む死も、これから行われる殺戮も気にすること無く、二人は死とは無関係みたいな顔で食卓についている。

「ひっ……」

二人に対する恐怖があった。

死がわかりやすい姿をしていたのならば、私は容易に受け入れることができただろう。いっそ、私が会ってきた怪存在のようであれば怖くなかったかもしれない。

けれど、二人は私の思い出の中からそのまま取り出したみたいな姿で私の前にいる。自分が死んだことにも気づかないで。

「大丈夫？　体調悪いのかい？　やっぱり女の子の一人暮らしっていうのは大変だから、やっぱり自分が思っているよりも疲れちゃうんじゃないかな？」

「寝る？　お布団敷こっか？」

心配そうな表情で私を見て、二人がそう言う。

「そのうち、アキちゃん用のベッドも買わないといけないいなぁ……」

そして自分が死んだことなんて意に介さず、未来のことを考えている。

帰ろう。

そう思った。

死んでいることは間違いない。

悪霊とか、河童とか、そういうものと同じ存在になってしまったことは間違いない。けれども、二人は今ここにいる。

生きていないけど、生きているフリをしてくれている。

これは私のエゴでしかないけれど、二人にはここにいてほしい。

二人が年を取って老衰で死んだなら受け入れることができたのだろうか、病気で死んだのならば受け入れることができたのだろうか。誰も悪くなくて、ただ当然のことが当然起きるという形ならば、私は人が死ぬということを受け入れることができたのだろうか。それとも、こんな事故物件死だとしても、二人のものだとわかる死体をちゃんと見ることができれば、しっかりと受け入れることができたのだろうか。

わからない。

ただ、今ここにいる私は――パパとママが死んだことなんて受け入れたくないと思っている。

「アキちゃん？」

私は二人に背を向けた。

もう、これ以上二人の顔を見ることはできなかった。

死んだ後、どうしてあげることが正解なのだろうか。

あの世というものがあるのならば、その世界に行ってもらうことが二人にとっての幸せなのだろうか。それとも二人がまだこの世界にいられることは幸せなのだろうか。けど、私にとっての幸せは——二人がこの家で幸せに暮らしていることで、たまに二人からかかってくる電話にうんざりしながらも応じることで、でも、一体私に何ができるというのだろう。結局、私がこの家に帰ってきたところで俵さんの役に立つことはできそうにない。何かをすることができそうにない。


「……アキちゃん、どこに行くんだい？」

玄関へ向かう私の肩にパパの手が置かれる。

私と大して変わらない体温。

生きている人間の温かさが死んだパパの手から伝わってくる。

その手を私は振り払う。

「帰らなきゃ」

「……帰る？」

「泊まっていけばいいじゃない……顔色悪いわよ？」

「お肉が食べられないなら……何か呼ぼうか？　おうどんとか……？」

焼きたてのステーキの良い匂いが漂ってくる。

私が初めてこの家に来たちょっとだけ特別な日のための御馳走《ごちそう》は、何を思って用意されたのだろう。

涙が出そうになって、私は拳を強く握りしめた。

どこまでも無機質な鉄輪の冷たい感触が少しだけ私を強くさせる。

ぶん殴ってやる、と思った。

屋上に上がって、あの事故物件一級建築士をぶん殴る。

もう、本当に、そうすることでしか、私の心の中で膨らんでいる感情は発散できそうになかった。


鍵は掛かっていない。

プッシュプルハンドルのドアは軽く押しただけで開く。

そのはずなのに、ドアは動かなかった。


「アキちゃん」

優しい声だった。

何も変わってはいない。声も。漂ってくるステーキの匂いも。そして今、もう一度私の肩に置かれた手の温かさも柔らかな感触も。

「帰っておいで、ここで一緒に暮らそう」

「そうよ、アキちゃん……やっぱり家族で暮らすのが一番よ」

家族だから、何もかも全部わかるわけじゃない。

パパもママも私のことをいつまでも子供扱いして、全然わかってくれてはいない。

けれど、家族だからわかることがある。

二人とも心の底から、それを願っているのだ。

「……ドアを開けて」

私の声は震えていた。

許されるならば、私だってそうしたかった。

二人と一緒に暮らしたい。

いや、二人が生きていてくれるのならば――私がこの家で暮らしても構わない。心の底からそう思っている。

けれど、今じゃない。


「アキちゃん?」

「ドアを開けてッ!」

私はもう一度パパの手を振り払うと、その心臓部に拳銃を構えた。

銃弾は通用するのだろうか、そんなことは考えなかった。

ただ、武器を手にしなければ私の弱い意志は負けてしまいそうだった。


俵さんを助けたい。パパとママを殺した奴を許せない。名前も知らない誰かが二人みたいな目に遭うのが許せない。事故物件一級建築士をぶん殴ってやりたい。

私が今いるべき場所はここじゃない。

だから、そのための行動を取らなければならなかった。

少しの沈黙があった。

二人は無言のまま、しばらく私をまじまじと見つめて、そしてパパが口を開いた。

「君は誰だ」

「えっ」

「アキちゃんはそんなことはしない……っ！　き、君は……アキちゃんのフリをして……何を企んでいる？」

「……わ、私は」

二人が私を見つめる視線の中には確かな怯《おび》えと、そして怒りがあった。

私に向けられたことのない感情だった。

「ここは私とママとアキちゃんの家だ……！　わ、私には家族を守る義務がある！」

パパの声は微《かす》かに震えていた。

けれど、その奥底には家族を守ろうとする勇気が感じられた。

そうだ、パパはそういう人なんだ。

――わ、私の娘に手を出すなんて許さないぞっ！

そんなことを大真面目に言いながら、リードの外れたチワワから私を庇《かば》おうとしたことを今でも覚えている。

パパは犬嫌いで、あの犬がチワワだとしても飛び出すのに大変な勇気を必要としただろう。そういう人だった。

　そして今も、その勇気で家族を守ろうとしている。

「ピ、ピストルなんて怖くないわよっ！」

　咄嗟《とっさ》に近くにあったフォークを摑んで、ママが叫ぶ。

　そうだ大人しく、パパの後ろに隠れていられるような人ではないのだ。

　互いが互いを思い合っていて――そして、その二人の愛情を確かに受けて私は育ったのだ。

　もう一度、私はドアを押した。

　ドアは最初から開閉する機能など無いかのように動かなかった。

　二人だって、私を追い出したいだろう。

　けれど、そんな二人の意思とは無関係にこの家はあるのだろうか。

　この家を壊してしまえば、出られるのだろうか。

「ドアを開けて……」

　生きている二人ならば、私が銃を持っていたとしてもきっと話を聞いてくれただろうか。良くも悪くもそれを娘の成長として、それを受け入れてくれただろうか。死んだ二人にとっては銃を持った私は娘ではないらしい。

　二人が怯えと怒りの混ざった視線で、私を見ている。

　私はフィクションの幽霊を思った。

遺族と話をして、心残りを解消して、そして成仏する。
もし、それができるのならば――私は何時間だって、何日だって、私は付き合う。
部屋が揺れている。
今も、俵さんは戦っている。
今も、タワマンロボは動き続けている。
「ドアを……開けて……お願いだから……」
この部屋に対して、私ができることは――これだったのだろうか。
これしかなかったのだろうか。わからない。

銃声が二発して、扉が開いた。
振り返った二人の家は、ただ壊れた家具と血痕がこびりついていて、誰も住めそうにはなかった。

◇◇◇

ポルターガイスト現象――ポルターガイストとはドイツ語で騒々しい霊を表す言葉であり、誰も触れていないのに物が動いたり、あるいは突然に物音が聞こえるような心霊現象のことをそう呼ぶ。

「死ねェーッ！！！」

「クソボケがァーッ！！！」

「高値で購入したタワーマンションの価値がゴミ以下になったストレスはテメェで解消してやるぜェーッ！！！」

悪罵《あくば》の限りを尽くしながら俵に今行われている投石攻撃もまたポルターガイスト現象と言う他ない。騒々しい霊による攻撃なのだ。

「なんだってタワーマンションの中に石を用意してるんだよッ！」

「セキュリティのためだよ、結局マンションの平和は住民自身が守らないといけないからね」

一般成人悪霊が手に持って投げられる程度のサイズの石である。触れただけで人体どころか、街そのものに壊滅的な被害をもたらすタワマンロボの破滅的な一挙手一投足ほどのものではないが、二階から投げられた石でも当たりどころが悪ければ死ぬし、高層から放たれた石は重力による加速を受けて、当たりどころなど関係なく殺せる威力になっている。

その全てが正確に俵に向かっているわけではない。

悪霊と言えど素人の投石攻撃である。低階層ならば狙いはある程度正確に俵の元に向かうが、高層からの攻撃は殆どが避けるまでもなく、ただ地面を叩くだけに終わる。

しかし、投石量が半端ない。

果たしてどれほどの悪霊が一斉に投石攻撃を行っているのか。

避けようと思えば、その位置に石が向かっている。

雨粒を全て避ければ、傘を持たなくても濡れずに済む。大半の子供が一度はその考えに思い至り、そしてたった数秒でその行為が不可能であることを悟る。

雨粒を避けられる人間はいない。

死は雨のように俵に降り注いだ。

俵は素手であった。

「さて……元甲子園球児のピッチング見せてやるよォーッ!!　デッドボールであの世に塁を進めやが……なにッ!?」

悪霊の一人が驚愕の声を上げた。

「はッ！」

時速百四十キロメートル、低い階から俵の頭部を狙った投石は正確であった。

それを俵は首を僅《わず》かに動かして避ける。

「俺は県大会の決勝に進出したキャッチャーだぜェーッ!!」

「サッカーやってました」

「高校時代のことは思い出したくない」

頭部への投石を回避した刹那《せつな》、俵の頭頂部を、胴体を、肩をめがけ、石は雨のように降り注ぐ。

「りゃッ！」

頭頂部への投石を回し受けで流し、胴体への投石を払い落とし、僅かに身体を傾けて、肩への投石を回避する。

一瞬で行われた回避行動、だが石は降り注ぎ続ける。

だが、降り注ぐ数百の死を、俵は避け続けた。


「よかった、動いた。じゃあ次は前蹴り行ってみようか」

その雨に混ざってタワマンロボが破壊活動を再開しようとする。

雨を避け、タワマンロボが動けば破壊活動を阻止するために動く。

タワマンロボから付かず離れず――死の雨が降り注ぐ範囲内にいなければならなかった。離れ過ぎれば、タワマンロボの破壊活動を止めることができない。


タワマンロボは巨大で、その攻撃の一発一発は重いが、タワマンロボの攻撃にはある程度の間隔があった。

「ハァ……ハァ……」

「お疲れかな？　俵？」

「今日はもうやめにしたいね」

血に濡れた顔で俵は笑う。

荒い呼吸だった。

タワマンロボの攻撃と攻撃の間を投石が埋め、俵への攻撃の密度は高くなる一方であった。一発も命中していない石は未だに当たらぬまま俵の体力を奪い続けている。

「遺族から隠し通した資産価値数百万のダイヤモンド攻撃だァーッ!!」

「時は金なり……この高級腕時計を喰らいやがれェーッ!!」

「税務署から隠し通したこの一億入りアタッシュケースで金の重みを思い知りなァーッ!!」

「勿体《もったい》ねぇことするなッ!」

石が尽きたのか、あるいは異なる形のものを混ぜて対応を難しくするためか。石に交ざって投げられる高級品の数々、人一人を殺すにはあまりにも高額な武器である。

「まぁ、あの世まで金は持っていけねぇか……」

彼らが生きている間に成した財を容赦なく避け、受け、拳で迎撃し、

「チッ」

降り注いだ金属製のフォトフレームを俵は咄嗟に受け止めた。

遊園地のマスコットと共に撮った若い男女の写真が収められている。

「テメェを殺して一生物の思い出にしてやるぜェーッ!!」

若い男の声が響く。

写真に写った男の声なのだろうか、別の悪霊の声なのだろうか。

だが、悪霊にとって幸福な思い出が何の意味もないものになってしまったことは間違いない。

「……お、隙あり」

闇が俵を喰らうかのように、タワマンロボの巨影が俵を覆った。

先程までの攻撃の間隔から察するに、本来よりも早い。
それは最早、技ではなかった。
ただ、タワマンロボがその巨大な足で俵を踏み潰《つぶ》そうとしただけだ。
空がそのまま墜《お》ちてきたかのような圧倒的な質量が俵に迫る。

「こっちは準備ができたよ、彼女が上手くやってくれたみたいだ」

◆

何もわからない。
もっと正しい方法があったんじゃないか、そればっかりが頭を埋め尽くしている。
硝煙《しょうえん》が線香のように立ち上る。
殺した。
いや、もう死んでいたのだから、それは違うのかもしれない。
けれど、殺したとしか言いようがない。
何もしたくなかった。
ここは廊下だけれど、横になって目を瞑《つぶ》りたかった。
疲れていた。

心に引きずられるようにして、身体も終わりたがっている。

けれど、相変わらず、この『入居者の終の棲家になるタワー』は揺れていて、俵さんの戦いは続いているらしい。少なくとも、私のやったことにわかりやすい意味はないみたいだ。

「……フッ」

銃口から立ち上る硝煙に、バースデーケーキのロウソクを消すみたいに息を吹いた。

「まだ、終わっていない……！」

口に出して、私は言った。

屋上へと続く階段はすぐに見つかった。

なるべく静かに私は階段を上がり、扉を開く。


三百六十度から東京を一望できる絶景だった。

入居者は皆一度はこの屋上から東京を眺めて……そして、その景色を何の特別でもない日常にしていったのだろう。

けれど、今は違う。

ただのタワマンロボの操縦席だ。

心の中でパパとママ、そして河童のことを思った。

河童は撃てた。

パパとママは撃てた——撃ててしまった。

では、私は撃てるんだろうか。

事故物件一級建築士――生きた人間を。

「こっちは準備ができたよ、彼女が上手くやってくれたみたいだ」

私に背を向けて、下界へと言葉を降らす事故物件一級建築士。

躊躇《ちゅうちょ》はなかった。

その姿を見た瞬間、私は引き金を引いていた。

◇◇◇

世界が私の心に合わせてその姿を変えることはない。

雲一つ無い快晴の空、罪など何一つ知らないかのように澄み切っている。

鳴り響く銃声。怒りか、慣れか、河童を撃ち、両親の幽霊を撃ち、そして私は人間を撃った。

けれど、良心か、恐怖か、それとも単純に手元がぶれただけなのか。銃弾は事故物件一級建築士の足元を穿《うが》つに留まった。

「……そういえば、いたね」

事故物件一級建築士が冷めた目で私を見た。

清潔なスーツ姿の若い男だった。

両手で銃を構えて、銃口を事故物件一級建築士に向ける。

手が震えていた。

心臓は早鐘を打ち、息が運動した後のように荒くなっている。

先程まで稼働していたタワマンロボの動きが止まっていた。

私に向かい合うために操縦を止めたのだろうか。

「つ、次は撃ちます……」

「どうぞ」

事故物件一級建築士がそう言って、口元を三日月のように歪《ゆが》めて笑う。

撃たなければならない、頭ではそう思っている。

なのに、さっきは感じることの無かった引き金の重さを、今ははっきりと感じている。

「交通事故を起こす人間の殆どは別に人を轢《ひ》きたくて運転をしているわけじゃない。つい、うっかり、人を轢いてしまうだけだ」

事故物件一級建築士は愉快そうに言った。

「たまたま自分が銃を握っていて、そしてたまたま自分が銃を持っている時、つい、うっかり、反射的に銃の引き金を引けてしまうことがあるだろうし、パパとママをどうすれば良いかわからなくなって、うっかり引き金を引けることもあるだろう。二度も三度も引き金を引けば、四度目は勢いで引けてしまうだろうさ」

　一歩、二歩、三歩、事故物件一級建築士が私に距離を詰めてくる。

　知り合いに挨拶をするために近づいていくかのように無造作だった。

「近づかないでくださいっ！」

　引き金の重さが指から消えていた。

　銃声が響く、銃弾が空を切る。

　事故物件一級建築士に向けていたはずの銃口はあらぬ方向に向いていた。

「けれど、両親を撃ち殺した……おっと、失礼。もう死んでいるから、殺すというのは違うか。まあ両親を撃った君の心中はお察しするよ……どれだけの精神的負荷が君にかかったことか……撃たなければならないと思っていても、撃ちたくないだろう？」

　私のすぐ前に、事故物件一級建築士が立っている。

　おそらく、どんな人だってその距離で銃を外すことはないだろう。

　銃口は事故物件一級建築士の身体にひしと触れていた。

　撃たなければならない、と思った。

　そうでなければ、何の意味もなくなる。

　パパとママを無意味に撃って、ただ怯えるためにここに来たことになる。

「……なんで、パパとママを……皆を殺したんですか？」

　銃身越しに事故物件一級建築士の命を感じながら、私は尋ねた。

「なんでそんなこと聞くの？」

引き金を引けば終わらせることができる。俵さんを助けることもできるし、誰かが……私のように家族を失うこともなくなる。そうだとわかっているのに、私は指ではなく口を動かしていた。事故物件一級建築士の言った通りに、私は撃ちたくないと思って、引き金を引くことを先延ばしにしているのかもしれない。

「答えてください」

けれど、聞きたいという気持ちもまた本当だった。

「君の両親が死んだことに正当な理由があれば納得してくれるのかな、例えばこの地球に隕石が迫ってきていて、その隕石を破壊するためにこのタワマンロボを稼働しなければならなかったとか、そういう正しい理由が……それともあれかな、納得できる理由が欲しいかな？　君のパパとママも含めて、実はこのタワーマンションに住んでいる人間は全員悪人で、被害者の復讐《ふくしゅう》のために殺したとか……」

ゴボ。

厭《いや》な咳が出た。

私は銃口を事故物件一級建築士に突きつけたまま離さない。

「あるいはタワーマンションの住人だけでなくて、全ての人間を憎んでいて、人間を絶滅させたくなるような悲しい過去があるとかもいいかもね……」

ゴボ。

咳の後、澄んだ音がした。

五百円玉が地面に落ちる音だ。

硬貨は私の口から漏れていた。

「無いよ」

「……は？」

「君が納得に足るような理由は何一つとして無い。住人に殺されるに相応しいような悪人は一人もいないと思うし、タワマンロボは人間を殺して、あと周りの事故物件一級建築士たちに見せびらかすために作ったし、更に言うと僕の過去に何一つとして曇りはない。父親は公務員で母親はパート、兄は銀行で働いていて、家族仲は良い。いじめられたことはないし、てひどい失恋をすることもなかった」

「じゃあ……なんで……？」

胃の中からなにか重いものが込み上げてくる。

凄まじい嘔吐《おうと》感、だけれど——吐くのはきっと吐瀉《としゃ》物なんかじゃない。

「人が死ぬのってめちゃくちゃ楽しいんだよ。悪霊になって、生前とは似ても似つかない様子で生きている人間を憎んで襲っているのを見ると二倍楽しいね。甲子園に出場したことがある……そんな思い出を人生の糧にして生きてきた人間が悪霊になって、その思い出をただ相手に石を投げつけるための武器にしかしないのを見るのはとんでもなく愉快だし、恋人と未来の子供のために必死に働いて、こんな立派なタワーマンションに住めるようになったお父さんが、ゴミみたいに思い出の写真を投げ捨ててしまうのを見るともう……ふふ、なんか前フリの利いたボケを見るみたいで最高の気持ちになれる……うん、アレだね。一言で言うと……生の実感かな」

大当たりしたメダルゲーム機みたいに五百円玉が私の口から溢れ出した。

事故物件一級建築士の周囲では著しく下がった土地の価値を私は身体で実感していた。

「ご……」

それでも、私は事故物件一級建築士から目を逸《そ》らさなかった。

「ごろず……」

五百円玉を吐き出した喉のせいか、それとも事故物件一級建築士のくだらない動機を聞いたせいか、自分でも信じられないような声が出た。

引き金に重さはなく、生きた人間の命を奪うという罪悪感も無かった。

うっかり、反射的に——引き金を引けてしまう。

おそらく、事故物件一級建築士の言葉は正しい。

怒りは指先の感触を消した。

だが、銃声は無かった。

銃が宙を舞っていた。

高く上がった事故物件一級建築士の足。

事故物件一級建築士のハイキックが、銃を吹き飛ばしていた——のだと思う。

「あ……っ……」

視線が銃に行く。

神様に捧げられた生贄《いけにえ》みたいに高く飛んだ銃は、神様に拒絶されたみたいに地面へと——屋上のフェンスを越えて、遥《はる》か下に落ちていった。

「助けは来ないよ……俵は潰した」

「えっ……？」

「君が家族を撃ってくれたおかげで、上手にタワマンロボを動かすことができてね……ああ、一応お礼を言っておこうか」

事故物件一級建築士が慇懃《いんぎん》に頭を下げて、なにか言葉を吐いた。

頭が白くなって、音は頭の中に入ってこなかった。

泣きたかった。

その場に倒れ込んで、何もかもを諦めてしまいたかった。

もう何も考えたくなかった。


けれども、私は立っている。

パパはいない、ママもいない。俵さんもいない。

迷子の子供みたいにその場に立ち尽くしているだけだ、何もできることはない。それでも何もかも全てを投げ出すことはできず、ただ立っている。

事故物件一級建築士が愉快そうに笑っている。

まるで、事故物件一級建築士の周りだけが夜になってしまったかのような笑みだった。絶望の闇の中で月の形をした嘲笑だけがはっきりと輝いている。

「……僕が人間を殺しまくるのを、この特等席から見ているといいよ。それがタワーマンションの最上層に住む人間だけに許された景色だからね」

そう言って、もう一度事故物件一級建築士が嘲笑《あざわら》う。

◇◇◇

その時、私は信じられないものを見た。

「確かにいい景色だなぁ……」

聞いているだけで、心が安らぐような声がした。

巌《いわお》のような人が私の視線の先にいた。

「俵ァ!?」

事故物件一級建築士が振り返って叫ぶ。私達の視線の先、屋上の縁に俵さんが立っていた。

「教えたこと、忘れてないよな？」

俵さんの言葉に返す代わりに、脇を締めて、拳を握った。

完全に俵さんに気を取られた事故物件一級建築士を私は思いっきりぶん殴った。

人間が蟻を踏み潰せば死ぬ。

それと同じことが、俵に起こっているはずだった。

タワマンロボの全質量をかけて踏み潰してやった。

靴を履いて踏めば、靴底の隙間に入ってうっかり生き残ることはあるだろうが、タワマンロボの足は子供の落書きのように単純な造形で、そしてその底面は滑らかだ。どうやったって逃れようがない。

血も肉も骨も全てがぐじゃぐじゃになったシミになっていなければならない。であるというのに、何故、俵は――

「ぐぉぉぉぉぉぉぉっ!!」

明子の拳が事故物件一級建築士の鳩尾《みぞおち》に突き刺さった瞬間、事故物件一級建築士から、全ての思考が消えた。

明子の拳は鍛え上げられたものではないが、彼女の装着した指輪がナックルダスターの役割を果たしている。文字通りの鉄拳である。その上、事故物件一級建築士の意識は完全に俵に向かっていたために、その攻撃に対し完全に無防備であった。

この一瞬だけは事故物件一級建築士の脳ではなく、殴られた鳩尾の奥にある腹腔神経叢《ふくくうしんけいそう》が事故物件一級建築士の身体を支配していた。腹腔神経叢は事故物件一級建築士に俵のことを考えさせない、明子のことも考えさせない、対処すべき現実を考えさせることも、あるいは未来について考えさせることもしない。考えることはただ一つ、自分が今痛いということ、ただそれだけだ。

「こ、殺してやる……」

だが、それも一瞬のことだ。

痛みは未だ腹部に残っている。

だが、いつまでも苦痛に身を浸すことを事故物件一級建築士の殺意は許さなかった。事故物件一級建築士は右手にスマートフォンを構えた。スマートフォンはデフォルトの機能である通話とメールだけに留まらず、様々なアプリを利用できることでお馴染みであるが、事故物件一級建築士ならばメリーさんを召喚する魔具として用いることもできるし、あるいはシンプルに武器として利用することもできる。

事故物件一級建築士はスマートフォンを握りしめ、明子の鳩尾を目掛けて真っ直ぐに突いた。スマートフォンを握りしめることでパンチ力は通常よりも上昇する。明子に自身と同じ苦痛を与えてやろうという意趣返しである。

事故物件一級建築士の右拳の中で着信音が鳴る。画面に表示される名はマーキュリー・メリーさん、『入居者の終の棲家になるタワー』の中には、まだメリーさんがいる。明子を排除しながら数の優位を確保する心算であった。

「二度と両親と同じところに逝《い》けないように、このマンションに縛り――」

「いいパンチだったな」

しかし、その拳が明子に届くことはなかった。

事故物件一級建築士が苦痛に呻《うめ》いている一瞬、それだけの時間があれば十分であったらしい。俵は既に跳んでいた。

「ぐああああああああああああああああっ！！！！」

フライングドロップキック、俵の巨体が軽やかに宙を舞い、揃えた両脚で事故物件一級建築士の背を思いっきり蹴り飛ばした。

衝撃でトラックに撥《は》ねられたかのように、事故物件一級建築士の身体が宙に放られた。その手からスマートフォンが離れ、地面に叩きつけられる。ヒビの入ったスマートフォンの画面には、まだマーキュリー・メリーさんの名が表示されていたが、メリーさんからの呼びかけは事故物件一級建築士の悲鳴によってかき消された。

「……散々、人を苦しめといて自分が痛いのはイヤか？」

フライングドロップキックの反動を利用して俵は猫のように空中で回転し、両足から地面に着地すると、事故物件一級建築士のスマートフォンを思いっきり踏み潰し、着信拒否をした。

「東城ォ……ッ！　俵ァ……ッ！」

顔面からコンクリートの地面に叩きつけられた事故物件一級建築士が立ち上がり、血走った目で俵を睨め上げる。睨《にら》み続ければそれだけで人を殺すことができそうな、凄まじい憎悪の視線であった。睨むだけで事故物件一級建築士はまだ動かない、俵もまた動かない。

明子を背にその視線から守る盾のように、俵は立っていた。

「俵さん……」

明子は俵の横に立ち、共に事故物件一級建築士の憎悪の視線を受けた。

いや、俵が遮《さえぎ》っていたのは事故物件一級建築士からの視線ではなく、彼に向けられた視線なのかもしれない。そう思えるほどに、明子の目は怒りに燃えていた。

「アイツを……」

そこから先の言葉を、明子は口にしなかった。

たった一言、返事に相応しい言葉がある。心の底から思った真実の言葉がある。

その言葉を明子は返せなかった。俵という優しい男にそんなことはしてほしくなかった。だから、その代わりに明子は言った。

瞳を潤ませて、迷子になった子供のように俵を見上げて言った。

「思いっきりぶん殴ってください……！」

その言葉が開戦の合図だった。

刹那よりも短い僅かの時間、俵の意識が明子に向く。

普通の人間ならば、それを隙とは言わない。認識することさえできないほどの短い時間であったが、事故物件一級建築士はその僅かな時間を捉え、それを隙と見てスマートフォンを明子に向けて投擲《とうてき》した。空気を切り裂きながらスマートフォンは明子の元に亜音速で飛来する。人間の目に留まる速さではない。明子を狙った攻撃を俵は咄嗟に右腕を伸ばして庇《かば》った。その太い腕にスマートフォンが突き刺さる。だが、スマートフォンの投擲はその一発に留まらなかった。二発、三発、四発――事故物件一級建築士はひたすらに明子を狙い続けている。

『わたし、マーキュリー・メリーさん。今……』

スマートフォンからメリーさん達の声が響く。

それと同時に、事故物件一級建築士も駆け出した。

メリーさんは待たない、というよりも待てない。時間稼ぎをしている余裕はない。俵にスマートフォンから庇わせると同時に、自身の渾身《こんしん》の一撃を俵に見舞う心算である。二発目、俵の手の平に。三発目、俵が明子を伏せさせて、スマートフォンは空を切る。四発目、明子の足元を狙ったものだ。これは俵の右の太ももに刺さった。五、六、七、八、九――事故物件一級建築士が俵の前に立ったのは十発目の着弾と同時だった。

十発目は俵の頭部に向かって、飛来していた。

明子を庇わせて、庇わせて、庇わせて、そういうリズムを作ったところで、俵自身を狙う。避けても、受けても、当たるならば尚良い。俵のリズムが崩れたところを撃つ、そう事故物件一級建築士は決めていた。自身の手刀で心臓を抉《えぐ》ってやろう、事故物件一級建築士はそう思った。普通の人間ならばとてもできないような攻撃を事故物件一級建築士は行える。


メリーさん、地縛霊、河童、ポルターガイスト、そしてタワマンロボ、今日一日で様々な怪現象が俵達を襲ったが、最後の最後で牙を剥《む》いたのは――いや、今日の出来事は最初から人間によるものだった。

十発目のスマートフォンが俵の頭部に着弾し、その右目に深く突き刺さった。

どのような怪現象よりも人間が一番恐ろしい。それを証明するかのように——俵の心臓を抉《えぐ》らんとする事故物件一級建築士、だが、その途中で不思議なことに気づいた。俵の右腕が無いのだ。何故か、疑問の答えはすぐに出た。あまりにも速すぎたために、その拳が見えなかったのだ。自身の顔面に俵の拳がめり込んでから、ようやく事故物件一級建築士はそれに気づいた。

なるほどな、と事故物件一級建築士はどこか他人事のように思った。

最初から決めていたのだろう。自身に突き刺さった数多《あまた》のスマートフォンを一切意に介することなく、それどころか右目が失われることすら気にせず、僕が目の前に立ったらその瞬間に渾身の右ストレートを打つと。僕を思いっきりぶん殴ると。

でも大丈夫だ、と事故物件一級建築士は思った。

さっき、鳩尾を思いっきり殴られた時はとんでもなく痛くて、考えることすらできなかったけれど、今度はちゃんと考えることができている。僕を祝福するような綺麗な青空が目の前に広がっている。そして、タワーマンションは空に近いからな、その分、空がよく見えるな。もう少し目を凝らせば月だって視《み》えるだろう。高ければ高いほど、月に近づくから良い。けれど今は……雲一つ無い青い空に、俵と東城の頭が浮かんでいる。最悪の空模様だ。

ん？　見え方がおかしいな。まるで僕が地面に寝そべって、二人を見上げているみたいだ。敵を見上げるなんてゴメンだ。見下すのが良い、だからタワーマンションを事故物件にしてやったのに。って、ああそうか……見上げているみたい、じゃなくて見上げているのか。俵の一撃で地面に倒れてしまったんだな。起き上がらないといけない。戦いは続いているからな。

あれ、おきあがれないぞ。

どうしたんだろう。

どうにもちからがはいらない。

あれか、たわらのいちげきがあまりにもすごすぎて、あのいっぱつでもううごけなくなってしまったのか、ぼくのからだは。

こまるな

もっとひとをころしまくってあれみたいになりたいのにな

あれになれたらきもちいいんだろうにな

どうにかたちあがってふたりをころしてつづきをやりたいな

あしにちからがはいらない

うでもだめか

ゆびさきがひくひくとうごくぐらいだ

じゃあだめだな

ぼくをころすにしてもころさないにしても

ぼくがうごけないあいだにこのたわーまんしょんはかいたいされてしまうだろう
それじゃあだめだ
それだけはだめだ
どこかうごくところはないかな
は
はだ
ははうごくぞ
ああよかった
はがうごくならまだできることがある
ああ
めりーさんがきた
よかったよかった
じかんをかせいでくれよ

事故物件一級建築士は歯に力を込めた。
思うように動かない、ただ僅かな力でひたすらに歯で自身の舌を押し続けた。
舌に血が滲み、それでも事故物件一級建築士はそれをやめない。
全ての力を振り絞って、事故物件一級建築士は舌を噛《か》み切った。

こうして『入居者の終の棲家になるタワー』の最後の入居者は死んだ。

◆

死んでも続きがある——そんなことをイヤというほど思わされる一日だった。あの世があるのかはわからないけれど、少なくとも幽霊は実在していて、死んだ後にも続く命がある。

けれど、やっぱり死んでしまっては終わりだ。

「殺す」

メリーさん達との戦いを終えた私達が見たものは、事故物件一級建築士の死体、そして……事故物件一級建築士の幽霊だった。

人を殺し、その死を理不尽に利用してきた事故物件一級建築士は最期、自身の死すらも利用しようとしたのだろうか、だったら……これ以上に皮肉なことはないと、私は思った。

目の前の幽霊に生前の事故物件一級建築士の理性や悪意といったものはなかった。あったのは理不尽な憎悪と殺意だけで、事故物件一級建築士が第二の生として死ぬことを選んだのならば、少なくともその目論見は大外れだったことになる。

「……馬鹿だな」

憐れむように俵さんが言って、俵さんが思いっきり事故物件一級建築士だった悪霊を殴った。

その一発で、悪霊は消え去ってしまった。

あまりにもあっけない終わりだった。

けれど、もう私にとってはそんなことはどうでも良かった。

「俵さん……少しだけ、私を一人にしてくれませんか？」

俵さんの返事を待たずに、私は言葉を続けた。

「少しだけ、家にいたいんです」

もう誰もいない家に。

◇◇◇

俵さんと少しだけ別れ、私は自分の家に戻ってきた。

権利だけを持っている、もう誰も住んでいない家に、おそらく、これからも誰かが住むことはないであろう家に。

床には掃除されることのなかった血痕が、当時のままこびりつき、このタワーマンションに住むにあたって用意したであろう新しい家具も、元々私達が住んでいた家から持ってきた思い出の詰まった古い家具も事故物件にされた時の衝撃のためか、殆どが破壊されていた。平等に降り積もった埃《ほこり》はかつてあった残酷を雪のように平等に消してくれたりはしない。ただ、かつてあった生活の痕跡など今となっては何の価値も無いのだと言っているようだ。

この家から見える東京の景色は灰色だ。墓みたいなビルばかりが目立つばかりで、生活の姿は一切見えない。あるいは私の心が、地上百メートルから見える東京の街をただの灰色の墓場に見せているのだろうか。もしかしたら昼なのが良くなかったのかもしれない。夜闇の中では人間の生活の灯がよく見える。キラキラと輝くそれをこの窓から見下ろせば、地上に銀河が広がっているように見えるかもしれない。

果たして自分は何を求めてここに来たのだろう。

警察か自衛隊か、あるいはマスコミなのか。人はすぐにでもこの『入居者の終の棲家になるタワー』に集まってくるだろう。何もかもが終わった今、こんな場所からは早く逃げ出してしまわなければならない。

私は自分の手の平をガラスに強く押し当てる。

手の平の中にある硬く冷たい感触のものが消え失《う》せれば、今すぐにでもこのタワーマンションの外に出ていくことができる。加速度をつけて。

自分の中に生まれた発想に、私はハッと気づく。

勿論、そうなるわけがない。

手で押したぐらいでガラス戸が外れるはずがない。分厚い壁を押したらバタンと音を立てて壁が倒れたりしないのと同じだ。こんな高層のガラスだ。私が全力で殴っても、ちょっと削れるぐらいのヒビが入れば良いところで、私の力じゃ割ることもできないだろう。

けれど、多分、無意識的に……死のうかな、と思ったのだろう。

もし私の弱い力で奇跡的にガラスが外れて、そのガラスを押す勢いのまま宙に放り投げられたのならば、最期の瞬間がパパとママのいた家だったのなら、それでも良いと、私は思ってしまったのだろう。

「そっちに逝《い》っても良いかなぁ」

誰もいない部屋で、私は独り問いかける。

返事はない、言葉を返してくれる人を私は自分自身の手で撃った。

既に死んでいた人だから、あの世というものがあるのならばそこに送り飛ばしただけだから……そういう自分を納得させられるような理屈はいくらでも湧いてくるけれど、心はそれに頷いてはくれない。

タワマンロボの破壊から東京を救い、直接の仇《かたき》である事故物件一級建築士との決着をつけた今、全てを終わらせた空虚の中に心の奥底に押し込めたはずの罪悪感が蘇っていた。

「やめとけよ」

扉の外から声がした。今日一日ですっかり聞き馴染んだ、俵さんの声だ。

こっそりと玄関ドアの前に立っていたらしい。

「やだな、一人にしてくださいって言ったじゃないですか」

さっきまでの感情を冗談にするみたいに、無理に明るい声を作って私は言った。

「ああ、ごめんな……でも、放っておけないだろ」

俵さんが玄関のドア越しに言う。

鍵は閉めていない、もっとも閉めていたとしても俵さんの力なら扉ごと引きちぎって入ってくることができるだろう。けれど、俵さんは家の中に入ってこようとはしなかった。

「どうすればよかったんでしょうね」

結果的に俵さんが事故物件一級建築士を倒してこの事件は終わった。結果だけの話をすれば、私は事故物件一級建築士を相手に時間を稼いで、タワマンロボに誰も殺させずに俵さんが事故物件一級建築士のところに到達するまでの時間を稼いだ、ということになる。ただ、もっと上手くやれる方法があったはずなのだ、と。そんな後悔が消えない。

「私はパパとママを撃ちました。もしかしたら話し合いで解決できたのかもしれなかったのに……もう何もわからなくなっちゃって……考えることをやめて、撃ってしまったんです……」

聞いているのかいないのか、俵さんからの返事は聞こえない。

けれど、ドア越しに俵さんが黙って頷いている姿が見えた気がして、私は言葉を続けた。

「パパとママは生活を続けていただけなんです、いつか私が帰ってくると信じて。パパとママは私の思い出の中のそのままの二人で、全然悪霊なんかじゃなくて、ただ私がそうじゃなかったから……私がパパとママにとっての私じゃなかったから、私は……」

「忍者がやって来て、悪霊をボコボコにしてくれたなんてさ、嘘だよ」

「えっ？」

「あの日の後悔は消えない、けど……誰かを助けることはできる。だから、俺は……そうするって決めたんだ。あの時、何もできなかった自分の代わりに何かをしてやることはできないけれど、今、何もできない奴の代わりに都合が良いぐらいの理不尽に強い奴として助けてやりたい」

俵さんが絞り出すように言った。

「生きてくれ、明子さん。過去は変えられないけれど、アンタがそうしてくれると……今の俺がちょっと救われる」

「俵さん……」

俵さんに言うべき言葉が頭の中に浮かんでは消えて、最終的にありがとうございます、その言葉だけが残った。俵さんにそれだけでも返せればと思ったのに、それを口にしようと思ったのに。嗚咽《おえつ》が込み上げて、どうしても口に出せそうになかった。

後悔は消えない。

結局、私は生きている間にパパとママの暮らすこの家に来ることはなかった。そして死んでから……もしかしたら、それはパパとママに正しい形でさよならを言うチャンスだったかもしれなかったのに、私はその機会を捨て去って、パパとママをこの家の外に追いやっただけだった。

私は家の中を見回す。

そこにかつてあったパパとママの生活の姿はない。

空っぽになってしまった入居者のいなくなった部屋に、私は心の中で別れを告げ、玄関のドアノブに手をかけて、そして振り返った。

振り返った家の中に、やはりパパとママの姿はなかった。

奇跡が起きて、パパとママの幽霊がこの家に戻ってくるということはない。あるいは幸福な幻覚を見るということもない。ただの空虚を見て、私ははっきりと言った。

「いってきます」

そして私は、家の外に出た。

◆

俵さんは私の前を去り、私もまたゆるゆると日常に戻っていった。

ただ、気になったことがあり、私はあることを調べることにした。

そして、『入居者の終の棲家になるタワー』の一件から一週間後、私はとうとう、ある記事を手にすることとなる。

東京の外れで起こった一家心中事件。

貧しい生活をしていた母親と息子が心中したというものだ。

母親は息子の首を絞めて殺した後、自分自身もまたロープで首を吊《つ》って死亡。

その、被害者の名は俵耕太《こうた》

後悔は消えない。

俵さんの言葉を思い出しながら、私は虚空に問いかける。

俵さん、あなたは一体誰だったんですか？

第三章　回帰

事件から一週間が経《た》った今も、世間の話題の中心はタワーマンションが人型に変形して大暴れした件だ。タワーマンションほどの質量を変形させるだけでもフィクションの絵空事であるというのに、それが動いたというのだ。その動力源は未だに発見されていないし、調査の結果、そもそもタワーマンションは人型になったというだけで、それを動かすためのあらゆる仕組みが存在しなかったらしい。糸の存在しない操り人形がひとりでに動いて華麗な曲芸を披露したようなものだ、奇跡か妄想としか言う他にない。

しかし、奇跡というには証拠があまりにも多すぎた。

未だに破壊の跡は色濃く残り、その破壊を近場で見ていた人間もいる。なにより一般人からテレビマン、迷惑系動画配信者までがそのタワーマンションを撮影していた。タワーマンションが二本足で立ち上がって破壊の限りを尽くすことと、そういう妄想を見知らぬ数多《あまた》の他人が全く同じタイミングで共有し、その妄想の証拠となるフェイク動画まで用意していること、後者の方が説明をつけやすいような気がするが、前者の方が世間的には優勢だ。タワーマンションが動き出した理由は今の科学ではまだわからないだけで説明がつかないだけの話かもしれないけれど、タワーマンションが動いたとしか思えないような破壊の跡があって、そんな幻覚を見た人間が多数いて、テレビ局も含めてそんなフェイク動画を用意した、そんな一生かかっても理解できないような物事の方が世間としては恐ろしいみたいだ。

真実を語る人間はいない。私だって世間を安心させるために、『入居者の終《つい》の棲家《すみか》になるタワー』の秘密を明かしたりはしない。あのタワーマンションは事故物件一級建築士が作ったもので、大量の悪霊が一致団結してあのタワーマンションを物理的に動かしていて、そして操縦手である事故物件一級建築士は死んだから、あのタワーマンションに関して心配することはなにもないのだ……そんなことを言ったところで、誰も安心したりはしない。近しい人ならば私という心配事を一つ増やすだけの結果に終わる。

結局、誰も何が起こっているかわからないまま、不安を心の底に押し込めて日常は続いていく。東京はどうだかわからないけれど、静岡にある私の勤め先は特に休みにはならなかったし、スーパーで特別に何かが品切れになるということもなく、私はいつも通りに閉店ギリギリにスーパーに寄って、半額の惣菜《そうざい》とカット野菜セットを買うような生活を続けていた。

いつも通りのフリをして過ぎてゆく日々の中で、私は俵《たわら》さんについて調べ……そして今日、とあるマンションの一階に向かうことになった。

俵さんと同じ名前の子供とその母親が一家心中をしたという記事に具体的な住所は載っていないけれど、東京都内のどこで起こった事件なのか、それぐらいはわかる。あとは俵さんから聞いたマンションの一階、１０３号室という情報と、インターネットの事故物件サイトの情報を合わせれば、俵さん……らしき子供が死んだマンションの場所を突き止めることはできる。

不動産のサイトを見た。

事件から十年以上経った今も、103号室は空き室でその家賃は安かった。私の住んでいるマンションの半額以下の値段だ。家具も以前の住人が使っていたものが利用できて、型の古い家電までついているらしい。心中事件からどれだけの住民がこの部屋から去っていったのか。もしかしたら誰一人としてこの部屋に住もうとは思わなかったのかもしれない。いずれにせよ、入居者はいないらしい。


気づけば不動産会社に内見の予約を入れていた。実際にそこに住もうという気は無いが、毎月の家賃は私の貯金からでも無理なく払うことができそうだ。パパもママも死んで、上司にも理由を説明するのが難しいから保証人をどうするかは難しそうだが、そこはもう現地でなんとかするしかないだろう。

あの心中で死んだ少年が俵さんでも、あるいはあの心中で死んだ少年を、私が俵さんと呼んだ人が騙《かた》っているだけでも、俵さんが私のことを助けてくれたのは事実であり、そして……そのマンションが無関係ということは無い、と思う。

もっとも、十年以上も前のことだ。そこに行ったところで何も無いかもしれない。あったところで、自分になにかできるわけでもない。何も得ることができないというのが最上の結果で、無駄に恩人の傷口を抉《えぐ》るだけの結果に終わるかもしれない。

それでも真実を知りたい。

俵さんのことを知って、それで……私にできる何かがあるのならば、私のことを助けてくれた俵さんのことを助けてあげたいと思う。

私に生きてくれ、と俵さんは言った。

そうすれば、ちょっとは救われると俵さんは言った。

本当は、その言葉の枠から一ミリもはみ出ないように、今までのように命の危機とは無関係な平穏な日々を過ごすことが一番の正解なのだろう。

後悔は消えない。

私は余計な領分に手を出して後悔するかもしれない。けれど、手を出さなかったことによる後悔を私は知っている。生きているうちにパパとママに会うべきだったのだ、私は。何もかもが終わった後の家に向かって、結局、私が家に帰った時のような後悔を繰り返すだけの結果に終わるのかもしれない。けれど、私は向かう。あの家へ。俵さんの家へ。


「いってきます」

誰に言うともなくそう言って、朝早く、私は家を飛び出して駅に向かった。

曇天の空、海の底から見上げているような空の深い青色、太陽が出ているだけの夜のような青い世界を私は進む。

◆

アメリカ合衆国、カリフォルニア州の郊外、ウィンチェスター・ミステリー・ハウスⅡにて一人の男が死んでいた。

名はマイケル、大天使を由来とするその名前が男の本名であるかはわからない。

男は事故物件一級建築士——死者の魂すら逃すことのない牢獄《ろうごく》を作るものであり、人間社会に存在するありとあらゆる喜びよりも、その社会を破壊することに喜びを見出《みいだ》す存在であった。日本の事故物件一級建築士がただ事故物件一級建築士と名乗ったように、社会制度上の名前など彼らにとってはどうでもいいことだったのである。

彼の操る武器であり、彼を守る盾であるはずの事故物件、『ウィンチェスター・ミステリー・ハウスⅡ』は破壊の限りを尽くされていた。壁はなく、床もなく、屋根もなく、柱もない。家と呼ぶために必要なあらゆるものは粉々の破片になり、ただ山のように積もった残骸だけがそこには残されていた。


事故物件世界大会アメリカ代表の有力候補である彼の家に、ここまでの破壊をし尽くした者は誰か。おそらくはアメリカに存在する他の事故物件の持ち主が彼の家に対する攻撃を仕掛けたのだろう。『入居者の終の棲家になるタワー』がそうであるように、破壊の限りを尽くされた『ウィンチェスター・ミステリー・ハウスⅡ』がそうであるように、事故物件一級建築士の作り出した事故物件は人間社会を破壊し、他者の事故物件を破壊し、そして事故物件世界大会優勝のために存在している。

だが、鮫《さめ》の悪霊を詰め込んだ『ホワイトシャーク・ハウス』も、悪魔を殺しその悪霊を憑《つ》かせたとも噂《うわさ》される『ザ・ハウス・オブ・ザ・デーモン』も、自由の女神そっくりな銅像の内部をくり抜いて居住スペースを作ったものを家と言い張る殺戮《さつりく》二足歩行戦闘兵器『スタチュー・オブ・セルフィッシュ』も『ウィンチェスター・ミステリー・ハウスⅡ』と同じような無惨な姿をアメリカの大地に晒《さら》し、アメリカ代表となりうる無事な事故物件は存在しなかった。

バル、バル、バル、バル。

プロペラ音と共に、『ウィンチェスター・ミステリー・ハウスⅡ』が突如として影に覆われた。屋敷よりも巨大な一台のヘリコプターが『ウィンチェスター・ミステリー・ハウスⅡ』の残骸の上に飛来したのである。

ヘリコプターは事故物件の残骸を自身に装着されたクレーンで一摑《つか》みすると、東京へのフライトを開始した。

事故物件世界大会——開催地は東京。

アメリカ代表となりうる事故物件は全て破壊され、ただ残骸だけが東京に向かう。それは不戦敗の証左か、あるいは名目上の代表として破壊の意志の残滓《ざんし》が選ばれたのか。如何なる理由があったとしても、一応は自分の作った事故物件が目的通り東京へと向かうこととなった。マイケルはそのことについて喜びを語ることもしないし、あるいは憎しみを語ることもない。

死体は感情を語ることも真実を語ることもなく、ただ黙していた。

事故物件一級建築士としては皮肉なことに、それは死体がそうあるべき真の有様であった。

◇◇◇

聞いたことのある駅から聞いたことのない駅を何度か乗り継いで、私は例の不動産会社へとやって来た。

東京都内ではあったけれど、区内ではない。東京という街はどこもビル街か、あるいはどこかお洒落なものだと思っていたから、線路沿いに家やアパートが立ち並んでいて、住民の生活の匂いがむんと漂ってくるようなこの街が東京という首都の中に含まれているのは少し不思議なように思える。

店頭のガラス掲示板には物件情報がずらりと並んでいる。賃貸マンション、賃貸一戸建て、ちらりと空きオフィスの情報なんかも混ざっているが、どの建物も東京に住む予定の無い私には縁がない。

ただ、不動産会社に入るのが数年ぶりだったので少し気後れしてしまったのだろうか、店頭の物件情報を目で追っていると、賃貸マンション欄の情報に異様なものがあった。

『表示価格より10％引き』

『表示価格より30％引き』

『表示価格より半額』

まるで閉店直前のスーパーの惣菜に貼られるような値引きシールが、その物件写真の上にベタベタと貼られていた。下らない悪戯《いたずら》——そうとしか思えない。なのに、その粘着質な薄っぺらい紙切れは厭《いや》な重量感を発していて、遮るもののない日差しを浴びながら、私の身体は震えていた。

「マンション『マヨヒガ』……103号室……」

思わず私はその名前を口にしていた。

半額の値引きシールが貼られていた物件は、まさしく私が今日内見に訪れようとしていた部屋だった。

これは偶然か、あるいは運命か。

背筋を這《は》い登るような悪寒に、いっそ、引き返してしまおうかと思う自分がいる。

瞬間、何に反応したのか——不動産会社のタッチ式の自動ドアが、誰かに触れられるでもなくひとりでに開いた。

なにかおぞましいものが私を呑《の》み込もうとしている、そんな気がした。引き返せと訴える本能の声を無視して、私は口を開いた運命の中に飛び込んだ。

「どうも、内見でお越しの東城《とうじよう》様ですね。私、長谷川《はせがわ》と申します」

白を基調とした不動産会社の受付で、毎日ジムに行ってそうなツーブロックの若い男の人が私に慇《いん》懃《ぎん》に頭を下げた。その身体は引き締まっていてよく鍛えられているのだろうけれど、無意識に俵さんの巌《いわお》のような巨躯《きよく》と比べてしまう。

「は、はい……ちょっと住むかわからなくて申し訳ないんですけど……」

「いえいえ、その参考にしていただくための内見ですから」

白い歯を見せて、長谷川さんが笑う。

その笑顔に私はますます申し訳ない気持ちになってしまった。

内見の目的は住むかどうかの参考にするためではなく、ただ単純にこの部屋のことを知ることだ。

「ところで、店頭の掲示板は見られましたか？」

求人広告に採用したくなるような爽やかな笑顔を浮かべたまま、夏の日差しのように明るい声色で長谷川さんが言った。

「は、はい……半額シールが貼られてましたけど」

「幸運でしたね、東城さん」

『様』が『さん』に替わっている、成程、こういう風に距離を詰めていくんだな、などと私の中の奇妙に冷静な部分がそんなことを考えている。現実逃避だ。

「今日貼られたばかりでして、例のお部屋ですが、東城さんからご連絡頂いた際の半値でご案内できます」

私はあの厭な感覚を思い出していた。

体内から小銭が生じた時の苦痛を伴う異物感を。

「あの、ちなみに……基本的なことって聞いても大丈夫ですか？」

「なんでもお聞き頂いて大丈夫ですよ」

「なんで、不動産屋に値引きシールがあるんですか？」

「……なんででしょうね？」

相変わらずの笑顔のまま、長谷川さんが言った。

本来表に出すべき感情を隠して笑顔を浮かべているのかあるいはその感情自体がどこかに追いやられてしまったのか、私にはわからない。

ただ、凍りついた太陽のような笑顔を見ながら、私は現在進行系で事件が起こっていることを察した。

「……内見なんですけど、私一人で行っても大丈夫ですか？」

「いえ、それは流石に……」

「じゃあ、今すぐ契約するので……鍵を渡してもらっても良いですか？」

「良いんですか、東城さん？」

一筋の赤い線が長谷川さんの頬を伝い、地面に落ちた。

それは長谷川さんの目から流れた血の涙だった。

何も気にしていないのか、長谷川さんは相変わらずの笑顔で私に問いかける。

「きっと、もっと安くなりますよ」

それは長谷川さんの声帯を震わせて出した、長谷川さんの声だったけれど、多分、長谷川さんの声ではない。そんな気がした。

「アナタが誰かは知りませんが……今すぐ、私の部屋の鍵を渡して頂けますか？」

「東城さん、賃貸ってそんなにすぐに契約できるものじゃないですよ……まぁ、でも……」

長谷川さんの身体を借りたものが、ポケットから銀色の鍵を取り出した。

その鍵が次の瞬間には金色の輝きを帯びている。

家賃が下がりすぎて、住むだけで入居者に利益が発生する。事故物件の特徴だ。

「是非、俺の家に遊びに来てくださいよ」

「私の家です」

握りしめた部屋の鍵がずしりと重い、純金製なのだろうか。

私が鍵を財布に納めた瞬間、長谷川さんが白目を剥《む》いて倒れた。

その目からは血を流し、しかし私に先程まで向けられていた口元の笑みはそのままだ。

「……救急車！」

◆

五階建て……周りの建物に比べれば大きいけれど、この前のタワーマンションと比べればかなり小さい、そんなマンションの前に立っていた。

救急車で搬送される長谷川さんに対し、部外者の私にできることはない。

ただ、長谷川さんの無事を祈り……私は、かつて俵さんが住んでいたであろう、そして現在進行系で何かが起こっているであろうマンション『マヨヒガ』にやって来た。

マヨヒガ……漢字で書くならば、迷家だろうか。

そのような名前をした訪れた人に幸福をもたらす家の伝承を一度だけ聞いたことがある。その家は現実とは違う不思議な空間にあって、その家に辿《たど》り着くことができた人間はその家にあるものを持ち出してもいいらしい。ただ、このマンションは伝承と違って幸福をもたらしはしないだろう。もしも、幸福をもたらす家ならば……誰も死ななくて済んだはずだ。


迷家の名を冠したマンションを、私は一切迷わず、103号室に突き進む。

名前がそうというだけで、古い賃貸マンションだ。外部からの侵入者を防ぐセキュリティもなく、私はあっさりと目的の部屋の前に辿り着いた。

マヨヒガ103号室、家具付き2RDK。

表札に名前はない。

本来ならば誰もいないはずの家だ。

ノックをすることもないし、インターホンを押したりもしない。

ドアノブに差し込んだ純金製の鍵に対し、スチールのドアは安っぽく見える。

ぎい。

軋《きし》んだ音を立てて、扉が開く。

「ゴォォォッ！！！」

玄関に待ち受けていたものは、唸《うな》り声を上げる棍棒《こんぼう》を持った緑の子鬼だった。

「うわっ！」

私は扉を閉めた。

また、河童だったのだろうか。

しかし、一瞬だったから断言できないが、頭に皿は無かったし、甲羅も無かったように思える。

私は深呼吸を繰り返し、何かが出現したらすぐに殴れるように心を整えた。

ぎい。

軋んだ音を立てて、扉が開く。

「……えっ？」

扉を開けた私の前に先程の緑の子鬼はいなかった。

しかし、それだけならば私は困惑の声を上げなかっただろう。

先ほど、扉を開いた時……そこは玄関だった。

当然だろう、玄関の扉を開いたのだから玄関があるに決まっている。

けれど、今私の前に広がっている光景は……

「お風呂……？」

然程《さほど》広くもないバスルームだった。

「ええっ!?」

奇妙なことはそれだけではない、背後にあったはずの玄関のドアは浴槽用の磨《す》りガラスの折りたたみ式ドアに変化していた。

バスルームの中に扉は二つ。

私がこのバスルームに入るのに使用した先程まで玄関だったドアともう一つはトイレ……に繫《つな》がっているのだろうか。

「あれ？」

その時、私は陽光を受けて浴槽の中で何かがキラリと輝いているのを見て、それを拾い上げた。

「これは……剣……？」

剣に詳しいわけではない。

ただ、浴槽の中に落ちていたものはいかにもファンタジーに登場しそうな……鋼の剣だった。

私が家具付き２ＲＤＫの意味を思い知るのは、この後すぐのことだ。

◇◇◇

剣の使い方はわからない。

ただ、その場に残しておいて……例えば、さっき見た緑の子鬼のような生物に使われてしまってはたまったものではない。

私は包丁を持つ時のように、鞘《さや》のない抜き身の剣の刀身を床に向けた。

剣の切っ先は床に触れるか触れないかぐらいの距離で僅《わず》かに震えている。無理に持とうとせずにぶら下げておいても、重いものは重い。杖をついて歩くように床に剣をついて歩いていけばかなり楽になるだろうけれど、原状回復義務という言葉が私の頭の中に過《よぎ》って、それは躊躇《ためら》われた。

笑ってしまう。原状回復も何も無いだろうに、何度異常に触れても私の根底《こんてい》には未だに常識がずっしりと居座っているらしい。

果たして何が待ち受けているのか、さっきまでは玄関に繋がっていて、本当ならば脱衣所に続くであろう磨りガラスの折れ戸を開く。

「……っ」

バスルームから出た先は広さから判断するにリビングルームだろうか。

少なくとも、私が事前に調べた間取りとは全く違う。

そのような異様な構造なのだろうか、それとも……ドアを開くと室内のランダムな部屋にワープするのだろうか。


生活感の無い部屋だった。

部屋の中央、台どころかマットすら無い床にテレビが直接置かれている。

そして部屋のあちこちに、中から何枚かの小銭が溢《あふ》れ出しているビニール袋と特に包装されていないバゲットが落ちていた。乱雑なように見えるが、埃《ほこり》一つ落ちていない。小綺麗なフローリングの床に、ただ物だけがある程度のまとまりをもって散らかされているのは不気味だった。

ただパッと見では先程の小鬼のようなものは見えなかった、私が意を決して室内に一歩踏み込んだ……その時。

「危ないですよ……」

「えっ⁉」

突然かけられた声に驚いて、私の持つ剣が床に触れた。

切っ先が私のすぐ前の床をついた瞬間……何故、気づかなかったのだろう、それとも、たった今出現したのだろうか。私のすぐ前に、バネじかけで動物を捕らえる罠《わな》……トラバサミがあった。

「……こんにちは」

壁にぴっしりと背をつけて、部屋の隅、その角を埋めるかのように、一人の男の人がリビングルームに体育座りをしていた。

「……こんにちは」

掠《かす》れた声の挨拶に、私も挨拶を返す。

着古したジャージを着た、痩せた男の人だった。

髪は繁殖した庭の雑草みたいに野放図に伸びている。

皺《しわ》も白髪も皮膚のたるみも、身体に老化を示す具体的な証拠は刻まれていない。ただ、落ち窪《くぼ》んだ目と誰からも見向きされない街路樹のような雰囲気を見ていると、二十も三十も私よりも年上なように思えてくる。

「幽霊の人ですか？」

この家に人間は住んでいないはずだ、そうであるなら私がこうやってこの部屋に上がり込んでいるわけがない。

「幽霊の人、ですか。人の幽霊はいても、幽霊の人なんていませんよ」

幽霊はただのバケモノですから。そう言った後、ジャージの人はくつくつと声を殺して笑い、そして立ち上がった。

イメージに反して高い、百八十センチメートルぐらいはあるだろうか。

「はじめまして、東城さん」

「なんで、私の名前を……？」

ジャージの人が私の名前を呼んだ瞬間、私は剣を両手で持って垂直に構えた。一度か二度だけ見たことがある剣道の構えはこんなものだっただろうか、ブラフにすらならないだろうけれど、少なくとも何もしないで会話を続けられないだろう。

「あっ、すみません……俺だけが名前を知っているというのも女性には気味の悪い話ですよね。自己紹介させていただきます。西原六彦《さいばらろくひこ》と申します。普段は深夜のコンビニで働かせていただいています……ああ、お恥ずかしい話ですが、正社員というわけではなく、アルバイトでして、週三回だけ入れさせてもらっています……贅沢もせず、未来のことも考えなければ、生きていくには週三回の労働で十分なんですよ」

滔々《とうとう》と語る口ぶりに嘘《うそ》を言っている様子はない。

だがズレている。

聞きたいのはそこではないし、別に私がジャージの人……西原さんの名前を知ったところで、別に不安が払拭《ふっしょく》されるわけでもない。剣の柄《つか》を握る手に余計に力が籠《こ》もった。

「なぜ、名前を知っているのかを聞きたいんですけど……」

「ああ、すみません……すみません……」

西原さんは慇懃に頭を下げながら、私に向かって歩きだしてきた。

「近づかないでください！」

警告するように私は剣を縦に振った。

腕の力だけで振った剣に、どれだけ警告の効力があるのか。

ただ、剣は剣だから使い手の私がどれだけへっぽこでも、当たりどころが良かったり悪かったりすれば斬《き》れる。少なくとも私なら近づきたいとは思わない。

「ああ、すみません……近づきません、ごめんなさい」

西原さんがぴたりと足を止めた。

哀れを誘う弱々しい口ぶりで、むしろこちらの方が謝りたくなってしまうぐらいだったけれど、決して油断はできない。

「ただ、ちょっとこの部屋に関してはちょっと準備中なものでして……その、本当に申し訳ないのですけれど、この部屋に興味を示す人間がいないか、四六時中、不動産会社の方を監視させていただいていたんです……すみません……」

「どういうことですか……？」

「俺、その……事故物件を作っているものでして……あっ……一応、資格としては事故物件一級建築士というのですけれど、まあ仕事というわけではなく、趣味のようなもので、はい……お金は一銭も貰《もら》っていないで、勝手にやっていることなんですけれど……メインはアルバイト……」

「事故物件一級建築士!?」

おぞましい称号だった。

私の親を含めたたくさんの人を殺し、それを燃料としてさらにたくさんの人を殺そうとした最悪のタワーマンションを生み出したあの事故物件一級建築士と眼の前の西原さんは同じだと言うのだろうか。

いや、何より……かつて俵さんが住んでいたらしきこの部屋には、事故物件一級建築士が関わっているのだろうか。

「知っていますよ……西原さん、私、事故物件一級建築士のこと……」

頭がかっと熱くなる。

感情が私自身を焼きそうになるほどに燃え上がっている。

私は感情を抑えて努めて冷静に振る舞おうとした。

そうでなければ、声の代わりに炎を吐き出してしまっていただろう。

「ああ、ご存知なんですか……じゃあ、この家賃がとんでもなく安くて天国にも近いお得な部屋に住みに来たわけじゃないんですかね……？」

部屋の隅の床が水面のように揺らいだ。

水の底に沈めた風船が浮かび上がってくるみたいに、何かが浮かび上がってきた。

物理的な法則性を無視して、そこには小銭の詰まったビニール袋があった。

「俵さんについて知っていることがあるなら教えてください」

◇◇◇

「それは……この家に住んでいた記録がある俵さんのことでいいんですか？」

口ぶりは落ち着いていて、伏し目がちで暗い表情は彼のデフォルトらしい。

俵という名前になにか心を動かす様子も見せずに、西原さんは答えた。

「……多分、そうです」

「なるほど……ところで貴方は事故物件一級建築士なんですか？　会報では見たことがありませんが」

「会報なんてあるんですね」

あんなもののわけがないと答える代わりにそう言った。

身体の内側で燃え盛るものが叫びになって現れそうだったのを必死で抑える。

私が西原さんについて知っていることはただ二つ、事故物件一級建築士ということとどう考えてもまともな人間ではないということの二つだけ。

今はまだ会話が通じているけれど、タワーマンションの事故物件一級建築士のようにその殺傷能力をいつ私に向けてくるかわかったものではない。それでも相手が穏やかであるうちは私自身もそのように接したいと思っている。

「事故物件一級建築士協会っていうのがありまして、月会費四千円払って季節ごとに会報が貰えるんですよ。あ、すみません……話がズレましたね、その俵さんのことなんですけど……えーっと、ちょっと待ってくださいね。俺も以前の住民についてはネカフェで軽く調べたぐらいでよくわからないんですけど、貴方の何なんですか？　いや、その怒らないで欲しいんですけど……今更になってこんな部屋にまで来たっていうのがよくわからなくて」

「……私の大切な人です」

命を救われた、というだけではない。

命を助けられただけならば、私は胸の中に渦巻く感情に苛《さいな》まれて、こうして立ってはいられないだろう。

悲しみは消えないけれど、俵さんが見守ってくれたから、私は絶望に負けること無く生きていられる。

「……あー、ちょっと話が遠回りになるんですけど、俺が何故この家に棲《す》んでいるか、っていう話をしても大丈夫ですか……？」

「はい」

おそらくは愉快な話ではないのだろうな、内心でそう思いながら私は頷く。

「……すみません、ありがとうございます。えーっとですね、事故物件一級建築士というものを東城さんは知っているみたいなので、まあざっくり言いますが、俺達事故物件一級建築士は事故物件を造ります。ただ単純に人が死んだ家というよりかは、死んだ人間が家に取り憑いて次に家に来た人間も殺すような持続可能な殺戮物件みたいな感じですね」

自身の悪意を平然と語る西原さんの言葉に気分が悪くなる。

ただ口を挟んだりはしない、私は何も言わずに続きを促す。

「勿論《もちろん》、世界中に存在する事故物件……の中でも悪霊が憑いた物件の全てを俺達のような事故物件一級建築士が作っているわけではありません。ホラー映画であるじゃないですか、恨みを残して死んだ人間が死んだ後も家とかに取り憑いて後の入居者を呪い殺していくやつ、別に俺等が介入するでもなく自然に発生することがあります。まあ、人間なんてよっぽどの奴でもなければいつまでも他人を憎み続けることができないんで、そういう悪霊になってもそのうち自然に消えちゃうんですけどね、暴れられて満足……みたいな感じで、まず、この部屋はそういう事故物件……だったと思うんですよね。少なくとも事故物件一級建築士が関わらない形で呪われていた」

私は俵さんの言葉を思い出す。

全員、呪ってやる——そう言って、俵さんたち親子を苦しめていた中年男性の霊がいたらしい。

この物件に事故物件一級建築士は関わっていない。

剣を握る私の手に力が籠もる。

その言葉を信じて良いのか、あるいは西原さんの嘘なのかはわからない。

事故物件一級建築士の関わった必然性のある悪意にせよ、あるいは自然に発生した偶然の悪意にせよ、苦しめられた人間にとってはそんなこと関係なくて、何の救いにもならない。

「もっとも、そういう家には幽霊が成仏した後も癖がつくのですが」

「癖……ですか？」

理不尽に暴れ出したくなるような、そんな気持ちを抑えて私は会話を続ける。

「なんていうか、悪霊が消えていなくなって、そいつによる祟《たた》りが起きなくなっても、その家に住んでると体調が悪くなったり、ちょっとした不幸に見舞われやすくなったり、なんてことがあるんですよ。タバコを吸い終わってもその後に色や臭いはこびりつく……みたいな感じなんですかね。プラシーボってわけじゃないですよ。俺達のような事故物件一級建築士のお墨付きです。まあ、そういうわけなので、自然発生した事故物件は、俺達にとってもなんていうか相性が良いんですよね。死者の怨念を定着させるとか、そういうことがやりやすくなるんです……あ、すみません」

そこまで言って、慇懃に西原さんが私に頭を下げた。

別に意識したわけではない、けれど——こういう話を聞かされて自然に私の顔は険しくなっていたらしい。

不気味だった。

目の前の人間の機嫌に気を遣えるのに、それでいて平然と悪意をばら撒《ま》くことができるらしい。

いっそ、何もかもが人間と違ってくれたらと思う。

「……それでまあ、俺はさっきも言った通り、別に仕事ってわけじゃなくて、趣味で事故物件を作っているんですが……事故物件サイトを漁《あさ》ってたら、この部屋が載ってて、あ、丁度良いな……って思ったんですよね。時間的におっさんもまだ成仏していないだろうし、成仏しててもいい感じに呪われてそうだな、って。それで、不動産のサイトを見たら今は誰も住んでないみたいなので……上がり込んで、事故物件にしてやろっかな、って」

「……はあ？」

「いや、本当にすみません……」

深々と下がった頭を見ながら、私は剣で切りつけてやりたい衝動を必死に抑える。

「……人の命を何だと思っているんですか？」

しまったな、と思った。

抑えていたのは声量だけで、感情は抑えきれなかった。

殆ど独り言のようなものだったけれど、目の前の事故物件一級建築士はしっかりと聞き取っていたらしい。

「誤解しないでください、俺は他人の命に価値があると思っています！」

叫ぶように西原さんは私に言い返した。

「……は？」

信じられない言葉だった。

いっそ、表面だけ取り繕った薄っぺらなものであってほしかった。

けれど、その言葉には今まで放った言葉と違ってほんのりと熱があった。

感情が乗っている。

「……あ、すみません……話を続けましょう……」

西原さんの言葉が平熱に戻る。

「俺は気にしてないですけど、東城さんのほうが気にしますよね……すみません……とりあえず東城さんの聞きたいことはしっかりと話しますので――」

少し困ったような目で、西原さんが私の持つ剣を見た。

「――そしたら、どうしましょうか？」

刀身に映る顔は歪《ゆが》んでいた。

無事に別れて、家に帰る――そういうことができるのだろうか。

相手がそれを許すだろうか、いや、私がそれを許すだろうか。

俵さんのように私は強いわけじゃない。

戦って勝てるとは思えない。たとえ私が勝てたとしても、私はきっと殺せない。

目の前の相手に何かをされたわけじゃない、タワーマンションの時と違って、命を捨ててまで立ち向かうような理由はない。

ただ、私は怒っている。

目の前の人間の姿をした理不尽に。

「東城さんのやりたいことに、付き合ってもいいですけど……多分、死ぬので辞めたほうがいいと思いますよ」

淡々と、一足す一の答えを告げるように西原さんが言った。

事実だろう。きっと、そうなる。

「……話を続けてください」

私の声は震えていた。

「……ところで、この部屋、俺の仕業でこうなった……と思っていませんか？」

「貴方以外に誰がこんなことをするんですか……？」

「確かに俺達は事故物件を作っていますが、しかし、さっきも言った通り、この世界にある事故物件の全てが俺達の仕業ってわけではないんですよ……」

そう言って、西原さんが嘲《あざけ》るように笑った。

「家具付き2R　D　K《ランダムダンジョンキッチン》……どれほど捻《ひね》くれた幽霊の仕業なのか、この家は俵さんとやらのせいでこうなっているのかもしれませんよ」

◇◇◇

「家具付き2RDK《ランダムダンジョンキッチン》……」

私は西原さんが放った言葉をそっくりそのまま繰り返した。

ランダムダンジョン――私自身はそういうゲームで遊んだことはないけれど、パパが遊んでいる姿を見たことがある。


――このゲームはダンジョンがランダムになっていて、遊ぶ度にダンジョンの構造やアイテムや敵の配置が変わるから、何度でも新鮮な気持ちで遊ぶことができるんだよ。だから、どれだけお小遣いを減らされたってパパは平気なんだよ、アキちゃん。

――なにか言いたいことがあるならアキちゃんじゃなくて、私に直接言ってください。

「あー……!」

泣きたくなって、私は自分の頬を叩《たた》いた。

パパとママの二人が死んで、世界に二人の形の穴が空いてしまった。失ったものが戻ってくることは決してないのだから、きっと……何度でも二人の形の穴に躓《つまず》いてしまうのだろう。けれど今は転がったまま思い出に浸っている場合ではない、早く立ち上がらなければいけない。

「貴方の仕業じゃないんですか?」

「俺自身も、まだこの事故物件を掌握《しょうあく》できていないんです……実際、誰の仕業でこうなっているのか、よくわからないんですよ。まあ、証明する方法はありませんけれど……」

そう言って西原さんが肩をすくめる。

「そこで提案なのですが、東城さん……この事故物件、俺と一緒に攻略してくれませんか？」

「えっ!?」

彼は嘘を言っている――私はそう考えたい。それが一番楽だ。

この物件の現状は事故物件一級建築士という悪意の仕業で、彼をなんとかすれば……この家は元に戻る。誰も住んでいない家で、俵さんだってきっと良い思い出なんてものは大してなかっただろうけれど、それでもあの人が昔住んでいた家は元に戻るし、このランダムダンジョンで犠牲者が発生したのかはわからないけれど、少なくとも未来の誰かがこの２ＲＤＫ《ランダムダンジョンでキル》されるような事態は防げる。

もっとも、そんな嘘を吐《つ》く理由があるのかはわからない。

私を騙《だま》して排除したいというのならば――そもそも、嘘を吐く必要がないし、こんな嘘である必要もない。

西原さんがどれだけ強いのかはわからないけれど、タワーマンションの事故物件一級建築士と同じぐらいだとすれば、私は卵を割るよりもあっさりと殺されてしまうだろうし、そういう異次元の強さ比較を抜きにしても単純な体格差が大きい。本気で彼が殺す気ならば、私は間違いなく殺されてしまう。

私は怒っていて、彼のことを許せないと思っているけれど、思いだけで現実を変えることはできない。もしも、それができるならば――いや、できなかったから、私は今ここにいる。せめて未来に後悔することが無いように。

……考えばかり逸《はや》ってしまう。

私を騙して利用したいというならどうだろう——やはり嘘を吐く必要はない。このランダムダンジョンを探索させたいというのならば、私がこの室内を逃げ回るように脅しつければいいだけのことであるし、それに、そうならば西原さんはこの事故物件を掌握できているということだ。そもそも私といっしょに歩き回る必要は……多分無い。生贄《いけにえ》という可能性が頭を過ったが、私を騙すまでもなくそんなものは問答無用にできてしまう。

私を騙して楽しむ——それはどうだろう。

俵さんたちに関する不可解な点、それを餌にして私にダンジョン探索ゲームを仕掛け、無意味に私が調査をしている姿を見て楽しむ。西原さんがどれほどの性格の悪さをしているのかはわからないが、可能性は有り得そうな気がする……けれど、餌としては弱い。子供の幽霊を見たとか、母親の幽霊を見たとか、そういう具体的な餌で釣った上で私がのたうち回る姿を見て楽しむんじゃないかと思う。

親切心か、それとも私を盾のように利用したいのか。

ただ、嘘は吐いていないのだと思う。

「なんで、そんな提案を？」

「一人よりは二人のほうがなんかあったときに良いと思ったからですが、どうせ目的は同じでしょうし」

言葉や表情から、西原さんが嘘を言っているかどうかはわからない。

ただ、覚悟を決めるしか無い。

断ったところで他に道はない。

殺されるのか、大人しく私を見送ってくれるのか、玄関から出たところで無事に外に出られる保証はない。そもそも断るという道はない。

何があるのかはわからないけれど、私は真実を知るためにここに来た。


「……わかりました」

「ありがとうございます」

西原さんが頭を下げる。

床に向けられた表情を知る術《すべ》はない、私に向けられた頭頂部を見ても彼の悪意を知る術はない。

私の持つ刃の切っ先はひたすらに西原さんに向けられ続けている。

「……それでは、まずこの事故物件についてわかっていることを確認します」

西原さんはその場にどっしりと座り込んで、胡座《あぐら》をかいた。

私は座らない。一応は協力するということになったが、決して油断のできる相手ではない。西原さんが座るのは余裕の表れだろう。

「まず、事故物件としての特性……地価が極限まで低下したことによる利益の発生です。小銭の入った袋であるとか、……珍しいことですが、武器や防具、あとは食料アイテムみたいな感じで惣菜パンだとか、あとは化粧品なども発生しています」

「珍しいことなんですか？」

私が出くわした事故物件はあのタワーマンションだけだ。

そこで私は確かにお金を拾うことになったが、それ以外のものはなかった気がする。そもそも今回の事故物件のように落ちているというよりも私に直接発生したという印象のほうが強い。

「事故物件における利益の発生ですが、俺達もコントロールして行っているというわけではありません。自然に発生する現象という感じなんです。事故物件の主体……物件の意思といいますか、ほら……家っていうのは住んでもらうのが目的じゃないですか……その目的を果たそうとしているのか、人を呼びたいんですよ。事故物件は。だから、誰かに住んでもらうために不動産屋に訴えかけて家賃を下げる……どころか入居者やその候補にお金をあげてしまうんですよ。だから金銭を発生させる……けれど、それだけだと思うんですよね。少なくとも武器や防具が発生するようになった事態は初めてです」

「……成程、家の意思ですか」

「俺個人としては家の意思なんてものは信じていないんですが、現象として実際に発生していますし、付喪神《つくもがみ》なんて伝承もあるんですから、そういうことはあるんでしょうね」

とりあえずは西原さんの言葉に頷いておく。

納得しておくしかない。

「回収したアイテムはどうしたんですか?」

「えっ、アイテム回収なんてしませんよ……物には興味ないし、多分ばっちいんで」

「………………」

「さて、次に東城さんも体験されたと思いますが……ドアを開けた際の転移先がランダムになっています」

「……この家の中に入ってしまった場合、外に出ることはできるんでしょうか？」

「たまに開いた先が外になっていることがあるので、それに賭けるしかないですね……」

タワーマンション、での出来事——私の家のことを思い出す。

帰るつもりはないけれど、少なくとも誰かを殺さなければ出られないということはないらしい。

「そして、貴方が出会ったかどうかはわかりませんが、この２ＲＤＫの中ではランダムに敵が発生します」

「家に入った瞬間、私は緑の子鬼のような存在に出会いました」

「ゴブリンですね」

……河童やメリーさんもなんか違うが、ゴブリンも事故物件で出会う悪霊の印象とは違う。

「悪霊が物語に取り憑く……そういう話を聞きました」

タワーマンションの事故物件一級建築士がそのようなことを言っていた。

彼は悪意に満ちた調教でタワーマンション内の犠牲者を怪異に仕立てて、タワーマンションの外に派遣してみせた。

「ネットロアとか都市伝説とか、ゴブリンもそういう存在なんでしょうか」

「……中身を感じませんでした」

「中身ですか？」

「なんていうか……そういう死人の魂みたいなものを感じませんでした。そもそも、この物件は中年男性と俵さん親子以外に犠牲者が出ていませんでしたしね……誰かによって仕立て上げられた悪霊という可能性は低いと思います」

「じゃあ、なんで事故物件にゴブリンが出るんですか？」

「……さあ」

出てしまったのを否定するわけにもいかないし、そもそも今更になってそういう常識のようなものを気にしてもしょうがないけれど。

「そして最後に……貴方は入ったばかりだから、まだ出会っていないでしょうが……この部屋は地下に下りる階段があります……」

「それは元から、この部屋にあるというわけではなく……？」

「見取り図にはありませんでした、おそらくはこの事故物件が発生して初めて生じたものだと思われます」

「……地下何階まであるんでしょうか」

「わかりません……とりあえずは地下十階までは確認しましたが、フロアは上り下りを行う度に構造やアイテム、モンスターにトラップの配置がランダムに変化し、安定した攻略ができませんから」

「文字通りのランダムダンジョンというわけですね……」

「その代わり、この部屋と違って部屋の出入り口がランダムに繋がっていたりはしません」

それこそパパが遊んでいたものによく似ている。

「私が前に行ったことがある事故物件はロボットに変形するタワーマンションでした。そういう制作者の意図のようなものが反映されて、この事故物件はランダムダンジョンになっているんでしょうか」

「……おそらくは」

「……成程」

別に納得できたわけではない。ただ、なっているものを否定したところでしょうがない。現実はただ理不尽に目の前に立ち塞《ふさ》がる。進むしかない。

「その下りる階段の位置もランダムなんでしょうか」

「ええ」

「……階段を同じタイミングで降りれば、私達は同じ場所に辿り着くんでしょうか」

「試してみないとわかりませんね」

私達は何度かのランダムな移動を繰り返し、トイレに地下へ繋がる階段を発見した。床はフローリングであるというのに、便座の横が奇妙に拡張され、そこに石造りの床と、同じく石造りの下り階段がある。


「それでは」

「ええ」

西原さんを先頭に、私達は階段を下りていく。

私達は同じ場所で出会うことになるのか、それとも勝手わからぬランダムダンジョンで離れ離れになってしまうのか。

別に一緒にいてありがたい存在というわけではない。

事故物件一級建築士は、恐るべき力を持っていると同時に、その力を行使することに躊躇《ちゅうちょ》がない。

言葉が通じるだけの猛獣のようなものだ。

それでも、彼のそばを離れたくはない。

自分の知らない場所で起こる悲劇にはもううんざりしている。

何かができるとは思わないけれど。

西原さんの背を追って、私は黴《かび》臭い迷宮に入っていった。

◇◇◇

こつ。こつ。という靴音が壁に反響してやたらにうるさく響く。

手すりのない階段を私は両手で剣の柄を握ったまま下りてゆく。

空気はひんやりとしていて、そして湿っている。

ぽつ、ぽつ、という水滴の垂れる音はどこから聞こえてくるのだろう。

階段を下りた先にあったものは上階のリビングルームと同じぐらいの広さの石造りの部屋だった。西原さんか、あるいは私がランダムな場所に移動することはなく、同じ部屋に辿り着いた。

どうやってマンションの地下にこれほどの空間を用意したのだろう、想像していたよりも天井は高い。百八十センチメートルほどの身長がある西原さんでも頭一つ分ぐらいの余裕がある。部屋の四隅には他の部屋に通じているのであろう通路があったが、人が一人通るぐらいのスペースしかない。

本当にパパが遊んでいたゲームみたいな構造をしているんだな、と思った。

「……人が死んでいればなんでも事故物件なんですよね、例えば観光地の城とかでも当時のままのものなら、広義の意味では事故物件と呼べますし……ただ、それはそれとして、やはりこの地下迷宮に来ると、事故物件という存在について深く考えさせられますね……」

「……私は最初に出会ったのが、殺戮ロボに変形するタワーマンションでしたので、それよりはマシだなと思っていますよ」

「……多分感覚おかしくなってますよ」

光源のようなものは周囲に見当たらない。

その割に、西原さんの姿やこの部屋の中の様子はよく見えた。

少なくとも、この部屋の中にアイテムは落ちていないし、敵もいない。下り階段もない。

「……えっ」

そして振り返った瞬間、気づく。

上階に続く上り階段が消えている。

勿論、言われていたことだ。わかっている――わかってはいるが、実際確認してみるとぎょっとする。

「上がり階段もランダムに再配置されます……戻りたいと思ったら、頑張って探していくしかないですね」

「……進むのも大変そうですが、戻るのも大変みたいですね」

現在確認されている最深部は十階のようだが、もっと深いのかもしれないし――あるいは、このランダムダンジョンに果てなどなく、無限に続いていくのかもしれない。あるいは西原さんが出会わなかっただけで、なにかこの事故物件の原因となっている誰か、あるいは何かが途中にあって、それを見つけることができれば……少なくとも、私の方の目的は達成することができるのかもしれない。

「とりあえず……」

私は一旦、剣を左手に持ち替えて、スマートフォンを取り出す。おそらくそうだろうとは思っていたが、電波は通じていない。もっともこんな場所ではGPSも役に立たなかっただろう。ただ、電源自体は入るのだ。いざという時のライトとしては役に立ってもらおう。

通路は四つ、地下空間の広さがわからない以上、ある方角の通路は行き止まりになっている――なんてこともわからない、そもそもコンパスを持っていないから方角もわからない。

通路は暗闇に覆われていて、ただ横方向に空いているだけの穴のようにも思えた。

室内の存在しない光源は通路の中までは照らしてくれないらしい。

「……その剣でも倒してどっちに進むか決めます？」

「右で良いと思います」

「根拠は？」

「勘です」

「成程」

とりあえず、私達は下り階段を求めて私から見て右側の通路へと進み始めた。

わかっていたことであるが、暗い。

私はスマートフォンのライトをかざした。

だが、明かりは闇に呑み込まれていくばかりで――視界をちっとも広げてはくれない。

それでも奇妙なことに、自分たちの手の届く範囲にあるものぐらいは理解することができた。

通路は奇妙に折れ曲がって、右に歩かせたり、左に歩かせたり、人のために通路があるというよりも、通路のために人が歩かされているように思う。

「……通路の暗闇に明かりって役に立たないんですね」

西原さんが嘆息《たんそく》して言った。

「試してなかったんですか？」

「俺、スマートフォンは持っていないんですよ……連絡する必要のある人間も、繫がりたい人間もいませんからね」

だから、事故物件で他人を害することができるのだろうか。

繫がりたいと思えるような人間がいれば、彼は事故物件一級建築士なんてやらないのだろうか。

タワーマンションの事故物件一級建築士のことを思い出す。

どこまで真実を語っていたのかはわからない、けれど彼は普通の家族がいて、普通の出会いがあったらしい。彼はそれを全部切り捨てることができてしまう人間だった。それに相応しい憎しみがあったなら良かったというわけではない、それに相応しい悲しみがあったなら良かったというわけでもない。けれど、理不尽だ。ただそれができてしまうというだけの人間に、私の家族は殺された。

「なんで、事故物件なんて作っているんですか？」

一瞬だけ躊躇して、しかし私ははっきりと声に出して尋ねた。

「……悲劇には道理が通っていてほしいですよね」

私を先導する西原さんは振り向くことなく、ただ私に背を向けたまま答える。

「何らかの悲劇が起こって、事故物件一級建築士という怪物が誕生し、彼らはあちこちに住むどころか、立ち入ることすら危険な事故物件を建築している……怪物にはその誕生に相応しいような悲惨な過去があり、その犠牲になるのは彼らのルールを破ってしまったから……けど、他の人がどうかは知りませんけれど、俺は楽しいから事故物件を作っていますし、誰かが住んでいる家に押し入って無理矢理に事故物件に仕立て上げることもありますよ」

ひょろりとした頼りなさげな背中だった。

俵さんほど大きくはなく、厚みもない。頼りにはならないけれど、少なくとも持っている剣はよく刺さりそうだ。

私の殺意を察したのか、あるいは単純に私の顔を見るためか。

そのタイミングで西原さんが振り返った。

悪意など微塵《みじん》も窺《うかが》わせない顔だ、眉を曇らして困っているようにすら見える。

「ただ、俺の性根がクソなのはしょうがないんですけど……事故物件一級建築士っていうのは知っちゃった存在なんですよ、人生の全てがどうでもよくなってしまうようなものを。あー、俺もう、普通の幸せっていいかな、ってなってしまうようなものを」

西原さんの言葉は僅かに震えていた。

それは恐怖なのか、あるいは歓喜なのだろうか。

「それって……？」

その答えを聞いたところで私は納得したりはしないだろう。

それでも聞きたいと思った。

その知ってしまったものとやらがなければ、西原さんもタワーマンションの事故物件一級建築士も、事故物件を作ることなんて無かったのだろうか。

悲劇など起きなかったのだろうか。

「あー……すみません……」

私の前方——西原さんを挟んだ通路の先から、きい、という鳴き声が聞こえた。

西原さんは私に向けていた視線を通路の先に戻し、走り始めた。

私もそれを追って走り始める。

最初の部屋を出て、どう考えてもマンションの敷地の外に出ただろう、それほどの距離を歩いて、私達は次の部屋に辿り着いた。

「……この話は一旦、置いておきましょう」

新たな部屋、その入り口に西原さんが立ち、ちょうど、その反対。

部屋の壁を背に三匹のゴブリンがいた。

そして私は西原さんが邪魔で部屋の中に入れない。ただ通路の中から部屋の様子を窺うだけだ。

緑肌の子鬼はどこかデフォルメが効いていて、実際に存在する生物というよりかはゲームに登場するモンスターが、ゲームの中からそのまま抜け出してきたかのようだ。体躯はそれこそ人間の園児と同じか、それよりも小さいぐらいだろうか。おそらくは一メートルぐらいしかないのだろう。

けれど、その手には石でできた棍棒《こんぼう》が握られている。

少なくとも、私を殺すには十分過ぎるぐらいの武器だ。

きいきいと鳴きながら、彼らは立ち止まっている私達を睨《にら》むように見ている。

西原さんは動かない。

そして、私も動けない。

様子を見ているのか、ゴブリンも動かない。

一分ほどの沈黙の後に、西原さんが言った。

「ターン制行動って知っていますか？」

「……いえ」

「あのゴブリン達、私達が動かないと動けないいんですよ」

西原さんが部屋の中に一歩踏み入れると同時に、ゴブリンたちもまた西原さんに向けて歩を進めた。

「もっとも――」

瞬間、私の目から西原さんの姿が消えた。

目にも止まらない速さじゃない――目にも映らない速さなのだろうか、もしかしたら瞬間移動をしているのかもしれない。私は彼らに何ができるか、その限界を知らない。そのようなことができてもおかしくはない。

ゴブリンたちとの距離は一瞬にして詰められていた。

ターン制行動と言ったが、ゴブリン達に次の行動はなかった。

中段回し蹴り――やはり、私の目に西原さんの足の動きが留まることはなかったが、少なくともそれをしたのだ――ということは理解することができた。
一、二、三。
バターを割くかのように、ゴブリンの首が切断され、頭部が宙を待った。

回し蹴りというよりも、足の形をした斧《おの》が彼らの首に振るわれたようだった。

首が吹き飛ぶと同時に、彼らの胴体が消え――そして、頭部もまた消滅した。

「俺が動いたら、彼らは動けないいんですけどね……」

◇◇◇

血の臭いはなかった。流れることすらなかった。

バラバラになった命の破片が壁に叩きつけられたり、床に飛び散ったりということもない。

まるでゴブリンなんて最初から幻だったみたいに。退治されたゴブリンは消え去った。目の前で命が消えた——そんな感じはなかった。ただ一瞬だけ夢を見て、その内容も思い出すこともなく、目を覚ましてしまった。そんな感じだった。

「さっきまで……ゴブリンがいたんですよね」

「確かにいました、俺の足にも肉が触れた感触がありました……でも、倒したら煙に触れてしまうみたいに消えてしまう。この事故物件に出るモンスターはいつもそうなんですよね……」

そう言うと、西原さんは壁に背をつけて私に向き直った。

モンスターの消え去った部屋の中に私は入り込む。

何も無い部屋だ。アイテムもなければ、下り階段もない。入ってきた通路があるだけだ。元の場所に戻ることしかできない。

「それでどうでしょう」

西原さんは相変わらず困ったような表情で私に言った。

「結構、俺は強いので……いい加減、剣を構えるのは辞めたらどうですか。疲れるでしょう？」

ゴブリンであるとか、まだ見ぬエンカウントモンスターに備えてというわけではなく、ただ西原さんのために私は剣を構え続けている。

「一応、その……剣を構えてようが、構えてなかろうが、殺そうと思えばすぐにでも殺せますから」

その言葉に剣を握る私の手により強く力が入る。

先ほど、西原さんに対峙《たいじ》したものがゴブリンではなく、私でも結果は同じだっただろう。ただ死体が残るかどうかの違いぐらいしかない。一応の武器を構えても無駄なものは無駄だ。

「……そうですね」

少し考えた後、私は剣を下ろし、重力に任せるように切っ先を下に向けた。

鞘のない剣だ。結局は抜き身のまま持ち歩かなければならない。

「……良いですね」

西原さんが私の顔をまじまじと見て言った。

その視線から逃れようと私は顔を背けて、吐き捨てるように言葉を返す。

「何がですか？」

「俺に勝てないとわかっているから、武器は下ろしている……けれど、それは心が折れて諦めたわけじゃない。別の手段を探しているだけなんですね」

「……まあ、そうですね。なにか他に道具があって……それで貴方を拘束とかできるなら、すぐにでもやるでしょうね」

正直に言ったところで西原さんは大して気にしないだろう。

いや、表面上は困ったように眉を曇らして少しは顔を俯《うつむ》けるのだろうが、それだけだ。

「そんなに用心しなくても、別に貴方に危害を加えるつもりはないんですけどね、一応は」

「……一応ですか」

「まあ、世の中何があるかわかりませんし……少なくとも、東城さんの方がどうしてもやりたいなぁ……ってなったら、まあ殺しますけど」

そう言って、空を叩くように西原さんは平手を打った。

ビンタ一発——それで私は死ぬだろう。

別に死にたいというわけじゃない、今はこうして落ち着いている——というか、西原さんが私を殺さないんだろうなっていう打算があるだけで、実際に殺されそうになったら泣いて悲鳴を上げるかもしれない。

「殺人鬼が目の前にいて、警察官には頼れない……そんな状況が来たら、止めたくなりませんか？」

「普通の人間なら逃げると思いますね」

当然のことを当然に西原さんは述べた。

「それに例えで言ったのか、あるいはわかってて言ったのかはわかりませんけど、例え東城さんがめちゃくちゃ強くて、俺を止められたとして……けれど、警察官に引き渡して終わりってわけにはいきませんよ。俺を刑事裁判に引きずり出すことはできると思いますし、有罪を勧告することもできると思いますけど……牢に繋ぎ止めておくことはできませんから……」

挑発するかのような笑いが西原さんの口元に浮かんでいた。

「東城さんって自分のためじゃなくて他人のために戦える素敵な人だと思うんですよね、まあ俺が勝手に言ってるだけで、東城さんが心の奥底で何考えてるかなんて俺にはわかりませんけど……ただ、優しくてまともだから、殺しはしたくないタイプの人だと思うんですよね……まあ、実際試してみたら案外人とか殺せてしまう人間か……も……し……」

西原さんが途中まで言いかけた言葉は完成することなく、地下迷宮の冷えた空気の中に間延びしながら、消えていった。そのかわり「あっ」という音が西原さんの口から漏れた。その音自体に意味はないが、感情が籠もっている。何かに気づいた時、思わず人はそういう音を発する。

「試してみましょうか」

「えっ」

西原さんのジャージが縦に割かれていく。

何のことはない、真ん中を走るファスナーが下ろされていくだけだ。

下に肌着を着ていないのか、あっという間に西原さんの裸の上半身が顕《あらわ》になった。

果たして、目にも映らないほどの凄まじい速さを生み出す力はその身体のどこに眠っているというのだろう。

痩せぎすの身体に脂肪はなく、かといって筋肉があるわけでもない。

ただの皮とあるかないかの肉が骨に張り付いている――うっすらと浮かび上がった骨を見れば思わずそんな感想を抱いてしまう。そういう身体だった。

ジャージを一つの衣類として保っていたファスナーの黒い線ではない、西原さんの痩せた身体に赤い縦線が走った。

一瞬、私はザクロを思った。

赤子を食らう鬼子母神《きしもじん》は、赤子の代わりにお釈迦《しゃか》様からザクロを食べるように言われたらしい。ザクロは人肉の代わりとなる味がするからなのだろうか。それとも単にその見た目の瑞々《みずみず》しい赤々しさが血を、そして果皮を剥《む》けば出てくる多数のぶつぶつとした果肉がどこか人間の臓物や、あるいは傷口にぷっくりと浮かぶ血の玉を連想させるからなのだろうか。

人間の中にはザクロの果肉のようなものが詰まっている——そんなことを思って、私はザクロが食べられなくなってしまった。

本物はザクロの果肉ほど色鮮やかでもなければ、形が丸々としてどれもが同じような形をしているというわけでもない。

私の目の前に西原さんの剥き出しの心臓と臓物があった。

自分の手で自分の体を割いたのだろうか、おそらく実現する能力に不足はないだろう。だが、それを実行してしまう精神性は足りているというべきなのか、それとも足りないというべきなのか。

剥き出しの心臓が規則正しく脈を打っている。

医療の知識は無いが、人間の中身をこのような場所に晒《さら》すべきではないと思う。

「きゃあああああああああああ!!!!!!」

私の頭の中のどこか冷静な部分がそこまで考えていたけれど、身体の反応は素直で悲鳴を上げていた。肉体のグロテスクさに恐怖を覚えてしまったのか、それとも突然に人間の中身を顕にする目の前の男の精神のグロテスクさに恐怖を覚えてしまったのか。

「……落ち着いてください」

痛みは間違いなく感じているのだろう。

その顔に玉のような汗を浮かべ、表情は苦悶《くもん》に歪んでいた。

その割に口ぶりは落ち着いていて、そのアンバランスさが余計に怖かった。

「何をしているんですか⁉　いいから、それ閉めて……仕舞わないと！」

心臓が見えるように綺麗に肉と皮を割いたのか、少なくとも西原さんの中身は大人しく体内に収まっている。ただ、少しでも身体を動かしたら中身が漏れ出してしまうんじゃないか、そんなことを考えてしまう。

「……東城さん、そのチャンスです」

「は？」

「今、俺の心臓は剥き出しになっているので……その剣で刺せば殺せると思う……いや、間違いなく死にます。チャンスです」

「何を言っているんですか⁉」

「確かめてるんですよ、東城さんは……俺が思っているだけで俺みたいなのを殺せる人間なのか、それとも絶好のチャンスでも見逃してしまうような心の優しい人間なのか」

「……どうかしてますよ!?」

「……いや、わかってたことじゃないですか」

汗を顔中にべっとりと貼り付けながら、西原さんが苦笑した。

「勿論、俺はそういう奴ですよ……そして、そういう奴だから、東城さんは俺から目を離すことができない……わかっていたことじゃないですか……で、どうするんですか？　早く決めてくださいよ……痛いんですよ」

私はちらりと右手の剣を見やった。

恐ろしい人だ、と思った。

「俺は東城さんがそういうことできないと思っていますけど、でも案外やれるなあーと思うなら、全然やってくれても大丈夫ですよ」

◇◇◇

私は両親の仇《かたき》を討てなかった——殺してくださいとも言えなかった。

ただ、そういうものを悟って私を試しているのではないのだろう——ただ、自己完結で自分の問いに答えを出すためだけに私を試している。

彼が具体的に私の前で何かをしたというわけではない、こういうことを平然とできてしまう人間は間違いなく危険だ——そういう説得力がある。

あの時は殺せなくて良かったと思った。

殺すのは最悪だ。

パパとママを撃った時、無機質な冷たい引き金に血は通っていないはずなのに、私は生暖かい体温と人の柔らかな部分に触れているかのような感触を覚えた。

弾丸が放たれた時、それと同じ速度で私の腹の底から何かが込み上げて食道を通り抜け、喉を焼き、私の口の中を酸っぱい感覚でいっぱいにした。

けれどそれ以上には殺さなくて済んだ、俵さんが私を守ってくれたから。

今、私のそばに俵さんはいない。

その代わりに、無抵抗で、心臓が剥き出しで——そして生かしておけば、きっと私と同じような人間を生み出す存在が私の前にいる。

私は切っ先を西原さんの心臓に向けた。

大人しく元の日常に戻っておけばよかったのか。

そうすれば、生かすか殺すかの世界とは永遠に無縁でいられた。俵さんが私をそういう世界に戻してくれた。

切っ先が震えている。

柄を握る私の手が震えているからだ。

両手で握ったって震えは止まらない。

その感触を想像してしまう。

「なんで……貴方はそんなことができてしまうんですか？」

視界が滲《にじ》んでいた。

意思とは無関係に涙が出てしまう。

滲んだ世界の中で西原さんの身体は曖昧になってしまったけれど、私の身体は剣を持ったまま動かなかった。

「……あ、そうか。そうですよね。すみません」

やはり、西原さんは困ったなとでも言いたげな顔で慇懃に頭を下げた。

「試してみたくなってしまうんですよ、俺……屋台のくじ引き全部引いて、当たりは入っているのか、とか、どれぐらいしたら自分が相手を嫌うのか、とか。どれぐらいしたら、人間は壊れてしまうのか、とか。本に載っている答えならいちいち、求めなくていいんですけど、人間一人一人の説明書なんてものは、この世の中にはなくて、実際に……やってみるしかない……」

試してみたいんです。

西原さんはそう言って、割かれた皮膚の断面と断面を寄せ合って、こよりを作るかのように捻《ひね》った。

不細工で、どう考えても間違っているのに――西原さんの中身は再び西原さんの中に収まっていった。

「俺が間違ってましたよ、東城さん」

「ずっと間違ってましたよ……」

絶対に、これだけは確信できる。

目の前の彼は、ただ自己完結しただけで心を改めたというわけじゃないのだろう。

彼の心を改めさせるほどの何かを私はしていない。

ただ、怯えて、そしてできなかっただけだ。

そして、それを見て自分の過ちを悟るような人間ならば、多分こんな変な場所で出会うようなことにはなっていない。

「……俺は東城さんの前で悪人っぽいことを一切してませんでした。勿論、事故物件一級建築士アピールはしていましたけれど、俺が殺すべき悪人であるという実感はなかったと思います……」

「は？」

「次に、こういう選択を迫る時はちゃんと東城さんにフェアであるように、人質でも取るか、あるいは目の前で何人かぶっ殺すか、そういうアピールを欠かさずに行いたいと思います」

剣が地面に落ちて、からりとやけに軽い音を立てた。

先程まで柄を握っていた私の手には、今はただ純粋な力だけが握られている。

握り拳——俵さんに使い方を教わった武器だ。

私の怒りが西原の痩せた頬を打っていた。

避けようと思えば簡単に避けることができただろうその拳はいともたやすく、西原に命中していた。

「……フフ」

命中した瞬間、私は拳を引いていた。

その手を掴むこともせず、西原は笑った。

「とりあえず、これで禊《みそぎ》ということで……探索を続けましょう、東城さん」

「どういう神経をしているんですか？」

もはや、怒気は隠しようもなかった。

戦えるわけではない、けれど、戦わないわけにはいかない。

もう、そういうところに私はいる。

「……あー、わかりました。決着をつけないと、そうですよね。とてもじゃないけれど、一緒に行動はできない、けれど、俺から目を離すことだってできない。だから、もう……戦うしか無い、みたいな」

「……ッ」

「でも、俺は東城さんを殺したくないし……今の東城さんはめちゃくちゃ怒ってるっぽいけど、それでも俺は殺せないし……多分、つけることができませんよ、決着」

握りしめた両の拳を私は視線の先に置き、構えを取る。

「……うん、じゃあアレですね。俺のほうが――」

私の放った顔面へのストレートは頭部を動かすだけでたやすく回避されてしまった。

胴体へのワン「気を――」ツー、「遣って――」パンチ、体裁きに無駄がない。最小限の左右への足運びで回避されてしまう。「やさ」ただ、避けられるとは思っていた。拳を放ちながら前へ、前へ「しく」西原との距離を詰めていく。

「倒してあげれば良いんですね」

吐き気が込み上げて、目眩《めまい》がした。頭の中でいつまでもぐるぐると何かが回っている。顎に衝撃があった。遅れてそれに気づいた。それはそうだろう。納得した。相手の攻撃は目にも映らない速さで、私は、普通の、人間で、それでも許せなくて、怒っていて、でも……駄目で……

私の身体は膝から崩れ落ち、視界は徐々に暗くなっていく。

せめて最後まで目の前の相手を睨みつけていたかったけれど、どうもそれは無理みたいで、視界の中の西原は困ったように眉を曇らせていた。

ただ、ただ、ただ、ただ悔しかった。

◇◇◇

目が覚めても私の視界は白い闇に覆われていた。

殺されてしまったのだろうか、と一瞬だけ考えて――私の顔になにか紙のようなものが覆いかぶさっていることに気づき、手で掴み取った。

「ここは……」

背中の感触は硬く冷たい。

私は立ち上がり、振り返った。

スチール製のドア、そして部屋番号は『１０３』。

マンション『マヨヒガ』――その廊下の、かつて俵さんが住んでいた2ＲＤＫの部屋の前、西原に倒された私は部屋を追い出されて扉に寄りかからされていたらしい。剣はない。どうやら取り上げられてしまったみたいだ。


「……あれ」

私の顔を覆っていた紙には文字が書いてあった。

どうやら手紙らしい――送り主は当然の一人しか考えられない。

読まずに破り捨てたいと思ったけれど、私は一応その文章に目を通す。

『東城さん、お身体にお大事は無かったでしょうか、貴方を苦しめることなく倒したいと思い、アッパーカットで貴方の顎を打ちました。痛みはなかったと思いますが脳震盪《のうしんとう》ですので一応は病院に行ってください。とりあえず俺は、この部屋を去ることにします。調査を途中で打ち切ってしまうことになるのは大変悔しいことですが、東城さんと目的が同じままならば、俺としては問題ないのですが、やはり貴方の方から俺への衝突は避けられません。とりあえずクールダウンのために時間を置きたいと思っています。落ち着きましたらまたお会いして、お話ししましょう　西原

追伸　とりあえず事故物件を作ったり人を殺すのは貴方に再会するまで止《や》めておこうと思います。先ほども言いましたが、他者への優しさで力を発揮できるのか、その答えが知りたいのです』

私はその手紙を無言で破り捨てて、ポケットの中に突っ込んだ。

ポケットの中に入れることすら不快だけれど、私は怒っていても廊下にゴミを捨てられるような人間にはなれないらしい。

「落ち着こう……落ち着こう……落ち着こう……」

口に出して言葉を発する。

そして、ストレッチで強張《こわば》った身体を和らげる。

廊下に置物のように置かれていた私の身体はどうもカチコチだ。

ひとしきり、身体を伸ばすと深く深呼吸をする。

深く息を吸う度に、思考が落ちついていく。

深く息を吐く度に、頭の中から怒りがどこかへ去っていく。

「……ッ」

もういいだろう、そう思った瞬間、割れたボールペンのインクみたいに怒りが頭の中に滲んでいく。

落ち着けるわけがない。それでも必死で落ち着こうと私は何度も深呼吸を繰り返す。

いっそ怒りに身を全部任せてしまいたい。

けど、駄目だ。

落ち着いて行動しないといけない。

私が怒ったからって漫画のキャラみたいにパワーアップするわけじゃない。むしろ失敗するだけだ。西原の時だってそうだ。アイツは完全に私のことを舐めていて……だから、私がつきまとっても何も思わなかっただろう。アイツについて回っていれば助けられた命があったかもしれない。

「ああー……っ！」

思わず叫んで、どんどんと103号室のドアを叩いた。

手紙を信じるなら、アイツとはまた会うことになる多分。けれど、それまでに本当に犠牲者は出ないのだろうか。いや、それまでに誰も死なないのだとしても、私に選択が突きつけられることになる。

「ハワイ……」

私が行きたい国というわけではない。

ただ、パパは仕事が忙しい時に、虚《うつ》ろな目でよく「ハワイ……」と口にしていた。

逃げてしまおうか、再会を引き延ばしにすれば……それまで西原による犠牲者は出ない。逃避気味にそう考えて、私は頬を叩いて気合を入れ直す。

そんな言葉を信じて良いわけがない。

絶対の約束というわけじゃない、一方的な言葉だ。相手はいつだってそれを無かったことにできる。そんなものに自分の行動を委ねてしまうつもりか。

もう一度、頬を叩く。

熱のような痛みが私の身体から弱音を追い出す。

2RDK《ランダムダンジョンキッチン》から西原は去り、私一人で探索が可能になった。

モンスターの強さがどれほどのものかわからないけれど、行動がターン制というのならば、私でも攻略ができるかもしれない。ダンジョンの中に落ちているもので戦闘力は補えるかもしれない。

……けれど、私一人で突っ込んだところで普通に死ぬだろう。どれだけ頑張ったところで、結局のところ生きてきた世界が違うのだ。

私の中の冷静な私が耳元で囁《ささや》く。

俵さんのために何かをしたいのか、自分自身が俵さんのことを知りたいのか、それともただ単純に無力な自分に腹を立てて、自暴自棄になっているだけなのかもしれないぞ。余計なことに首を突っ込もうとするな、ただ助けられたことを感謝して日常を生きよう。俵さんへの恩返しを考えるなら、それが一番じゃないのか。少なくとも、気になるから、ちょっと調査してみよう――なんて段階はとうに過ぎてしまっている。2RDK《ランダムダンジョンキッチン》なんて私一人の手に負えるものじゃない。

どこまでも正論だった。

いや、最初からわかっていたことだ。

ただ、私の怒りと無力感と悲しみがその正論に蓋《ふた》をしていたんだ。

ただ、生きるということが許せなくなるほど、私は自分が許せなかった。

罰が欲しかったのだろうか、肯定感が欲しかったのだろうか。けれど私は……今のままの私が許せないことは間違いない。

今の私はそういう正しさに背を向けないと生きていけない。

「……帰ろう」

とりあえず私はマンション『マヨヒガ』を出た。

一応はあの部屋も私の家だけれど、今帰るべき場所はここじゃない。

普段よりも明るく輝いているように見える月を見ながら、私は帰路につく。


エントランスホールに入り、いい加減に中身が溜《た》まっているであろうポストを一応はチェックする。

大切なメッセージが文章で送られてくることは殆ど無い。

基本的にはうっかり私が住所を教えることになってしまった企業から届くダイレクトメールか、マンションのポスト全てに投げ入れられた下手すれば年齢も性別も合わないような広告だ。

そのような紙束をポストから取り出して、家の中で確認したそばからゴミ箱に放り投げていく。


『マンションを買いませんか』『マンションを買いませんか』『マンションを買いませんか』『修行して霊能力を身につけませんか』どれほどマンションを買わせたいのだろう、マンションDMを放り捨て、マンションDMを放り捨て、マンションDMを放り捨て、そして修行DMを放り捨てかけたところで、私の手が止まった。

『心霊現象にお困りの方必見です　もう怪しげな霊能者やスピリチュアルに頼る時代は終わりです。貴方自身が力を身につけ、貴方自身の力で貴方を悩ませる心霊現象を解決するのです。一週間で霊能力を身につけるお急ぎコースから、スタンダードな三十年コースまでコースは充実。さあ、貴方もレッツゴースト！』

「胡散臭《うさんくさ》すぎる！」

思わず口に出してしまうほどに胡散臭い広告だった。

特に、レッツゴーストが最悪だ。ＤＭに連絡しかけた人間ですら、その手を止めてゴミ箱に放り捨てるだろう。私もそうだ。力が足りないというのならば補えば良い……ならば、修行を、そう思いかけた私の頭をレッツゴーストが冷やしきった。こんなところがまともな修行先のわけがない。

「けど……逆に……」

しかし、怪しすぎて逆に本物なのじゃないか。

ゴミ箱に捨てようとした手を止めて、私は再びそのＤＭをまじまじと眺めた。

連絡先は０９０から始まり、修行場所は都内の雑居ビルらしい。

あまりにも怪しすぎる。やはり信じられる要素がない。

「けれど……」

溺れる者は藁《わら》をも摑む。

私には怒りがあり、無力感があり、絶望があり、悲しみがあり、そして修行という名のゴミ箱に突っ込むことができるぐらいの貯金もあった。

気づくと私はもはや今が何時であるのかを気にすることもなく、相手方の電話番号をプッシュしていた。

「すみません……」

「あ……ふぁい……」

「あの！　一週間で事故物件の２ＲＤＫ《ランダムダンジョンキッチン》を攻略できるようになりたいんですけれども！」

「……間違いじゃありませんか？」

切られた。

第四章　帰家

東京都内——山手線内ではないが、駅前の雑居ビルの前に私は立っていた。

例の修行場だ。

日付が変わった午前中に電話をかけ直し、よろしければ午後からいらっしゃいということになった。ビルの一階部分にはグラフィティアートだろうか、派手な字体で『KUSOBOKE』と描かれている。少なくとも、ビルの持ち主に許可を得て描かれたものではないだろう。古い雑居ビルだ。五階建てのビルだが、そのうち三階分の窓は割れており、壁には大きくヒビが入っている。なんだか、こんなビルが駅前に存在を許されている理由がわからなくなってきた。

胡散《うさん》臭いどころの話じゃない。ビルの中に入ったら殺されるんじゃないかとすら思う。身体は自然にビルに背を向け、足は自動的にビルから遠ざかろうとしている。

「あ、どうもどうも、アンタが東城《とうじょう》さんですか」

私の肩に触れる感触と同時に、聞いたことのある声がした。

電話越しに聞いた声だ——修行場の事務対応の人なのか、あるいは修行を教えるという師匠なのか、電話口では名乗らなかったけれど、その声の主が私の肩に手を置いている。

振り返ると怪しい男がいた。

派手というよりは毒々しい蛍光ピンクのアロハシャツ、目深に被《かぶ》ったニット帽に殆《ほとん》ど闇を纏《まと》っているみたいな濃いサングラス。首からは十字架であるとか、おそらくはパワーストーンでできているであろうネックレスであるとか、あるいはドクロのネックレスであるとか、そういうものを節操なくジャラジャラと下げている。腕も同じだ。数珠とパワーストーンとミサンガが一つの手首に同居している。

加護と加護が喧嘩にならないか不安になる人だ。

「えっと、貴方が……」

「ええ、電話いただいた除霊師育成会代表の、ギメイです」

「ギメイさん、ですか……？　もしかして偽の名前って書きます？」

「はい……本名を知られたくないんで、色々変えてたんですけどね……もう、面倒くさいんで、もうギメイでいいやって思って、ギメイって名乗ってるんですよ」

そう言ってギメイさんは心底楽しそうに笑う。

「で、ウチで修行したいって」

「まあ、はい……」

できればキャンセルで、と言いたい。

ただ、そういう言葉を発する私の中の勇気は事故物件の中では発揮できても、なんでもない平和な場所では発揮できないらしい。ごにょごにょと曖昧に頷いて、「じゃあ、ついておいで」と先導するギメイさんの後をついて行った。

雑居ビルの二階、窓の割れていない部屋がギメイさんの修行場らしい。

元はバレエ教室かなにかだったのか、壁一面に鏡が張られており、さらに手すりが設置されている。異様なことに鏡面のあちこちに、なんらかの呪文が描かれた御札《おふだ》が張られている。

「……んで、東城さん……アレ、事故物件を攻略したいみたいな」

「まあ、そういう感じですね……」

我ながら、何故事故物件という言葉に攻略がくっついているのか理解に苦しむところであるが、しかし事故物件を攻略しなければならないのだからしょうがない。

「それも一週間コースで」

「まあ、時間あんまりありませんから……」

「まあ、そうだね。意味もなく霊能者になりたい人間には無限の時間があるけど、意味があって霊能者になりたい人間はだいたい手遅れだからね」

そう言って、ギメイさんがブハハと笑う。

一応私は手遅れではないが、目の前の先生はそういうデリカシーのない冗談を飛ばすタイプらしい。

「ん、じゃあアレだね……まずはこれだね」

修行道具を取ってくる、そう言って部屋の隅の物置からギメイさんが持ってきたのは白い粉がたっぷりと詰まったツボと、なみなみと水をたたえたツボの二つだった。

「ちょっと塩のツボのほうに手を入れてみて。手首まで入るぐらいね」

「あ、はい……あの……」

塩のツボ——らしい、手に傷が無くてよかったなと思いながら私は言われた通り、ツボの中に手を突っ込む。

「塩なんですか」

「まあ、清めの塩だね」

「ははあ……」

「じゃあ、塩突っ込んだ手をこっちの聖水のツボで洗って……手首までね」

「あっはい……」

やはり言われた通りに、聖水のツボに塩まみれになった私の手を手首まで突っ込む。

「一日中、これを繰り返す」

「これを……？」

「東城さん、毒手って知ってる？」

「いえ……？」

「ま、簡単に言うと手に毒を含ませて、触れたら相手が死ぬ毒の手を作るの……そういうのを漫画で読んだの、僕ね」

「……漫画ですか」

「まあ、医者の漫画を読んで医者になる人もいるからね。僕は漫画もなかなか馬鹿にできないと思うよ、日本は漫画大国だしね」

「……帰っていいですか？」

「ま、ま、ま、僕って受講費返さないタイプだから……騙《だま》されたなと思って、清めの塩と聖水で素手の攻撃力上げていこうよ」

「あの……」

「なにかな？」

「いや、これ……成分を手に染み込ませなくても、聖水と清めの塩を持っていけばいいだけじゃないですか？」

「あー……でも、素手の攻撃力は間違いなく上がるよ」

私は頭の中で西原《さいばら》の姿を思い起こす。

そもそも、手の攻撃力を上げたところで、攻撃を当てることができるのだろうか。

「ちなみにその手が完成するまでどれぐらいかかるんしょうか」

「一応、一週間コースなんでね。七日七晩不眠不休で漬け続けて……っていう感じかね」

「……とりあえず、この手はやめて、聖水と塩だけ貰《もら》っていいですか」

「それなら、持ち帰り用の塩と聖水を買っていきなさいよ、それなら家でも手の修行ができるようになるから」

これが霊感商法の部類だとして……ここまで下手な人間っていうのはこの世にいて良いんだろうか。もっと上手いことこなすもんなんじゃないだろうか。

「じゃあ、まあアレだ……アンタは手よりも目の方がいいかもね」

「目っていうのはいわゆる霊視みたいな……」

「まあ、あんまりオススメはしないけどね……見たいものは見えるけど、見たくないものも見えてしまうからね……」

「見たくないものっていうのは……？」

「絶望」

底冷えするような声だった。

サングラスのまま、天井を見上げ、ギメイさんはそう言った。

もしかしたら彼の目は天井を透視して、空を――空にある何かを見ているのかもしれない。


「タワマン大変だったね、霊だって親は親だ。いい気分にゃならないよね……」

天井から視線を落とし、ギメイさんが私の顔をまじまじと見て同情するように言った。

「なんで、それを⁉」

それを知っているのは俵《たわら》さんだけだ。

「一応、僕が本当に視《み》えるっていうことだけは知っといてほしくてねぇ。いや、本当に申し訳ないんだけど……まあ、視せてもらったよ」

霊視でそれを見たというのならば、ギメイさんは本物の霊視能力者だ。

もしも俵さんに話を聞いたというのならば、それはそれで――信頼してもいいような気がする。

「……事故物件一級建築士は皆、絶望を見てる。僕も同じものを見て結構どうでも良くなってる……東城さん、アンタも何もかもどうでも良くなるかもね」

西原も言っていた、知っちゃった存在である、と。

「……空に何かがあるんですか？」

「ま、アンタが一端《いっぱし》の霊視能力者になったら……見えるようになってしまうかもね」

ギメイさんの言葉には薄っすらとした後悔と諦念が滲《にじ》んでいた。

「けど、少なくとも僕はそれを口に出して言いたくない、多分、アンタは信じてはくれると思うけど、けれどなんていうか心からの理解は示してくれないと思うからね……僕はそういうの人並みに気にしちゃうから」

少なくとも言葉で説明できるものではあるらしい。

もし修行が上手くいったならば、私は何を見ることになるのだろう。

「どうする？」

「……今までの私は絶望と後悔しか見えませんでした」

見たくないものを見ることになるって言われても、私の視界にはそんなものしか映ってませんでしたよ、私はそう言って自嘲《じちょう》するように笑う。

「目、お願いします」

「うん……じゃあ、アレだね」

やはり「道具を取ってくる」と言って、ギメイさんは物置からコンタクトケースを持って戻ってきた。

「ウチで扱える霊視は三種類、第三の目を開くか、テレパシーで感じ取って脳に送り込んだ情報を視覚として処理するか、あるいはもともとの目を視えるものに変えるか」

「第三の目ですか」

「ま、簡単に言うと霊視に特化した三つ目の目ん玉だね。だいたいの人間は額に開くもんだけど――僕はここに開いてしまった」

そう言って、ギメイさんがサングラスを外した。

右目に瞳が二つ、黒いものと金色のものがあった。

一瞬だけ、それを私に見せた後、ギメイさんは再びサングラスを装着した。

「まあ、めちゃくちゃよく見えるけど……僕みたいに目ん玉に新しく開くのは勿論《もちろん》、額に開いても今日日隠すのに困るし……そもそも長い修行が必要になるから、一応説明だけということで」

「ふーむ」

「同じくテレパシーなんだけど、そもそも使えないやつは使えるように修行しないといけないし、使えるようになってからが修行の本番になる……まあ、テレパシーだって、別にスマホがあるから無理に使える必要はないでしょう……というわけで」

ギメイさんが取ってきたコンタクトケースを開く。

そこには甘い匂いのする薔薇《ばら》色の液体で洗浄されている金色のカラーコンタクトが入っていた。

「というわけでこのコンタクトレンズをアンタには装着してもらうよ」

「視力矯正《きょうせい》は」

「必要なし、どうせ霊視できるようになるしね」

「……成程」

「さて、このコンタクトレンズは補助輪だ」

コンタクトレンズを指に取り、目に装着――しようとして思わず目を閉じてしまう。それを繰り返している私を気にしてかしないか、ギメイさんが話し始める。

「これを装着するだけで、もう視えるようになる。アンタが見たいようなものはだいたいね……このコンタクトレンズに関して言えば訓練は実施でやる。塩ツボに手を入れるようなことはしなくていい、外に出たり、事故物件に行ったり、そういうのだけで良い。それだけで視えるものが増えていって、そのうちに……裸眼の方がよく見えるようになってしまう……」

「……あ、ゴロゴロします」

ようやく片目の装着を終えた私が、奇妙な感覚に思わず呟《つぶや》いてしまう。

「……とりあえず、このコンタクトレンズを装着したら、もう僕から教えられることは、通常のコンタクトレンズの使用注意ぐらいしかないね。眠る時はちゃんと外して欲しい」

「あ、はい」

そんなに付けていて嬉しい感覚じゃない、外して良いものならば外しておきたいな……そんなことを思いながら、私は天井を見上げた。見て良いものではない、きっとそうなのだろう。だが、見えてしまうというのならば、今見えるものならば、見てしまいたい。

「……絶望は見えたかな？」

「いえ、天井だけでした」

「だろうね……でも、いつかアンタは見ることになるだろうね。そん時を……楽しみに、いや……まあ、いいや。お会計にしよう。コンタクト代と洗浄液、塩と聖水は別料金で百二十八万円」

「今、見えてます絶望……」

◇◇◇

『あー、休日出勤最高～！　上司死なねぇかなぁ～!?　いや、殺す。ぜってー殺す』

座れる程度の電車に揺られながら、『愛されたいなぁ、いや愛されてんのかなぁ。愛されてるって実感できる人間になりたいなぁ』私はマンション『マヨヒガ』、その103号室に向かう。『祝儀祝儀祝儀、皆ちゃんと人間やってんなぁ。こんだけ皆のこと祝ってんのに、俺は独りで死ぬのか？　ウケるな』混んでいなくて良かった。『いつから流行はわざわざ探さなければ見つけられなくなった？　昔は流行に乗れていたはずなのに……あー……クソ、なんで上司の俺が気を遣わないといけないんだよ、部下のほうが俺にペコペコ気ぃ遣えよ』リュックサックを背負っていたから、満員電車だと面倒だ。『自己啓発書読んで……ビジネス書読んで……読んだすぐ後だけ自分ができる気になって……そんでできる気になるだけで、何もできねぇまま、そういうのを一生繰り返して終わるんだろうな、俺の人生。ま、できる気分にすらなれねぇよりはマシか』私は目を瞑《つぶ》る。何も見ない。

コンタクトレンズを被せられて金色に輝く私の瞳が、乗客が何を考えているかを無差別に見ていく。

思考は無限に私の視界に入ってくる、普通の目で見えている世界に透明な色で重なってくるような感覚だ。動いたりするには案外不便はしないが、情報の洪水に思わず酔いそうになる。

生きている人間を見るには練習はいらなかった、わざわざ見ようとしなくても向こうの方から見せてくるようなものだ。もっとも見えすぎる分は——また別に練習しなければならないだろうけれど。

人の心の声が聞こえる超能力者が頭の中に常に他人の思考を流され続けて、人間に絶望したり、自殺したり、そういう話を昔見たことがあるけれど、コンタクトレンズを付けている時しか霊視はできないし、目を閉じれば見ないでいられる。

とりあえずはそういう事態に陥《おちい》らないで済みそうだ。


こうして見えるようになった目と共に、私は恐るべき悪意の迷宮、２ＲＤＫ《ランダムダンジョンキッチン》と化したこの部屋に再びやって来た。

この家の玄関のドアは室内のどこかにランダムに繋《つな》がっている。

ドアをすぐに開くようなことはしない、私は金色の瞳で玄関のドアをじっと見つめた。

玄関ドアと重なるようにぼんやりと何かが浮かび上がってくる。

配置された三匹のゴブリン、そしてリビングだ。

このタイミングで玄関を開くと、リビングに繋がるらしい。

霊的なものを見るにはしばらく集中して、じっと見続けなければならない。

ただ、一度見えるようになったらピントが合うのか、しばらくは簡単に見ることができる。

私は玄関ドアの周辺をウロウロと歩き回りながら、しばらく待った。

初めてここに来た時はドアを開く度に行き先が変化した……では、ドアを開かなければ転移先は変わらないのだろうか、それともしばらく待っていれば時間経過で転移先は変化するのか。


しばらく周囲を歩き回っていると、玄関ドアに浮かび上がる光景が変化した。

バスルームだ、浴槽の内部に下り階段が見える。

当たりを引いたらしい。

背後にあるさっきまで玄関ドアだった、バスルーム用のドアを閉めて、浴槽に潜り込むように下り階段を下っていく。

何故、ただのマンションにこんなものがあるのか。

私は再び、この石造りの地下迷宮へと辿《たど》り着いた。

下りた先の部屋に敵の姿も見えなければ、アイテムが落ちているわけでもない。

けれど……私の目は捉えることができる。

精神を集中させて、霊視をすれば罠の判定エリア内に侵入した瞬間に発生する人知を超えたトラバサミトラップの存在が見えた。

そして壁の向こう側にはうっすらと赤い光を放つゴブリンや、初めて発見した犬の姿をした獣人、コボルトの姿が透視できる。アイテムや階段も見える。

私の霊視能力は精神を集中させなければ発揮できないものもあるが、ターン制というこの事故物件の異常環境が私に味方をした。

私が動かない状態で相手も動かないのであれば――見て、出会う前に逃げることができる。

そばに俵さんはいない。あの西原もいないのだ。

戦闘は徹底的に避けなければならない。

私の視界の中にある敵を避け――出会うことすらないように、ひたすら地下に下りていく。暗く狭い通路へ、明るい部屋、暗く狭い通路へ、曲がる、曲がる、敵の姿を確認し、引き返す。別の通路から、また階段のある部屋を目指して下りる。

モンスターが出現し、武器や防具が落ちているファンタジーな地下迷宮――であるというのに、私はベテランの運転手が運転する深夜のタクシーに乗っているみたいにスイスイと迷宮内を進んでいく。

地下二階、三階、四階――特に語ることもない。

見えている罠にはかかりようがないし、出会う前の敵から逃げているのだから危機になりようがない。


――今のところは。


「ぐううううううう！！！」

「うわあああああ！！！　ヒグマだあああああ！！！！」

地下五階への階段を下っている途中に、紫の体毛をしたヒグマが下りた先の部屋にいることに気づいた。

紫色のヒグマ、紫ヒグマと呼ぶべきだろうか。

私は引き返して、階段を上がろうとするが、完全に階段を下り切る前でも戻ることはできないらしい。

階段は消え、同じ部屋に私と紫ヒグマが取り残された。

ただ、シンプルに死という言葉が過《よぎ》った。

◇◇◇

「んんん……！！！」

一応は紫ヒグマは部屋の隅にいる。

ただ、距離という壁はあまりにも頼りない。

私の一回の行動につき、相手も一回行動する。

私が動かなければ、紫ヒグマも動かない。

一回に移動できる距離も、私の歩幅に合わせているらしい。

だから距離を取り続ければ、紫ヒグマが私に追いつくことはないけれど——そういう制約がなければ、一度の跳躍《ちょうやく》で容易に殺されてしまうだろう。その程度の距離しかない。

「まああああああああああ！！！！」

まんじりとも動かない紫ヒグマの口からその獣毛と同じ色の唾液が垂れて、地面に落ちた。じゅうという音を立てて、床が溶ける。

酸ヒグマか、いや色からすればゲーム的な毒ヒグマらしい。

「とりあえずは距離を取ってうご――」

私がそろそろと一歩下がろうとするのに対し、毒ヒグマは動かなかった。

その代わりに、くちゅくちゅと音を立てて口の中に溜《た》めた唾液を――私に向かって吐き出してきた。

果たして、獣が吐き出した唾が何故、これほどまでに指向性を持ってしっかりと私の方に飛んでくるのか。ゲーム的な都合――そういうことなのだろうか。

「うわああああああ！！！！」

私はとっさに毒ヒグマの攻撃に背を向けた。

背負っていたリュックサックが盾になることを祈って。

じゅうと音を立てて、リュックサックの下半分が溶け、どろどろに消えてしまった底からつるりと聖水の壺《つぼ》が滑り落ちて水音とともに割れた。音はやけにうるさく響いた。聖水ならモンスターにも効くのではないかと思って持ってきたのだが、結果として……ただ、高い金を払って得てしまった水を迷宮の養分にするだけに終わってしまった。

「なんで事故物件に……毒ヒグマがいるんですか！」

言ってもしょうがないことだ、納得がいかないという点ならばタワーマンションが殺戮《さつりく》ロボに変形するほうが納得がいかない。それよりはマシだ。自分をそう宥《なだ》めようとするが、やはり納得しがたい。

「ぐぐぐぐぐぐ」

毒ヒグマが低い唸《うな》り声を上げて私を威嚇《いかく》する。

おそらく次も、毒の涎《よだれ》で攻撃してくるだろう。

もうリュックサックも盾としては役に立たない。

いや、上半分は残っているから上手いこと相手の涎を受けることができれば、もう一発分の盾にはなれるかもしれないが――しかし、そんな捕球能力は私にはない。

こんなところで終わるわけにはいかない――毒涎一発分ぐらいなら耐えられると覚悟を決めるか。

しかし、毒だ。現実的に考えたら一発盛られたらおそらくアウトだろう。自分が動くまで相手も動かない。だからいくらでも考え続けることができるし、いくら考えても何の案も思い浮かばなければ、好きなタイミングでスイッチを押せるという自由があるだけの死刑囚になるだけだ。

かろ。

その時、私のリュックサックからもう一つのアイテムが私の足元に転がり落ちてきた。清めの塩を――食塩の瓶に詰めたものだ。

もう、ゲーム的な要素に賭けるしかない。

私は食塩瓶に入ったままの清めの塩を毒ヒグマに投げつけた。

ナイスコントロールと自分を褒めてやりたくなる。

清めの食塩瓶はきれいな放物線を描いて毒ヒグマの頭部に命中した。

「ぐおおおおおおお」

清めの塩が直接命中したわけではない、しかし毒ヒグマが消滅していく。

そもそも毒ヒグマに清めの塩が効くかもわからなかったし、ゲーム的な処理としてこれが命中扱いになるかもわからなかった。

けれど、結果としては正解だったらしい。

ゲーム的な扱いで清めの塩は消えなかったらしい、外から持ち込んできたもので、中のものを投げつけたのならば、このダンジョン内で消滅するのだろうか。まあ、今はこの幸運に感謝することにしよう。


私はほっと胸を撫《な》で下ろし、周囲を霊視する。

他のモンスターは私のいる場所よりも遠い、下り階段は遠くに、そして上がり階段は近くにある。

そして私は清めの塩をまだ持っているけれど、聖水を失った。霊視を得て……正直なところ油断していた部分がある。

とりあえずはこの事故物件は今は私のもので、誰かが勝手に入り込むということもない。命を優先して今日は一旦引き返そうか、別に急ぐ必要はないのだ。明日や来週に再度攻略に赴いても良い。

一旦引き返そう、そう決意し――私は上がり階段のある部屋へと移動を開始した。

階段を上がった際に敵に出会わない、これだけは祈るしかないが、それだけ大丈夫ならば、きっと

——無事に帰ることができるだろう。

くねくねと暗い通路を通り、上がり階段のある部屋に。

その時、私の目がこの部屋に落ちているアイテムに気がついた——刹那《せつな》、『お母さん……僕……』

私の頭の中に霊視による情報が流れ込んできた。

◇◇◇

『お母さん』

不安そうな声で耕太《こうた》が私を呼んだ。

あの人がいなくなって、家賃の安いこんな家にしか住めなかった。

洗っても洗っても大便と小便の臭いが消えない。

知らない誰かの足跡がある。

ぎいぎいぎいぎい、何かがいるみたいに首を吊《つ》る音がうるさい。

いや、もっといい方法はあったのかな。

わからない。

働いたことはあるから、わかる。パートだけど。

息子を小学校に通わせることも、わかる。やったことがあるから。

でも、人に助けを求めるのってどうすればよいのかしら。

私、やったことないから……わからない。

扶助とか、補助とか、そういうのわからないから、私、こんな家にしか住めない。わからないって言うと怒られるから、だからわかることしかできないの。

私、私ができることはわかるけど、あの人がやってくれてたことってよくわからないの。

でも耕太、私、アナタを守るからね。

だから、静かにしてね。

『ねえ、お母さん……』

私は不安そうな耕太の頭を撫でてやる。

ああ、うるさいな。

声には出さない、けれど自分の中にちらりと過った言葉に私は心の底から驚いた。

静かにしてほしい。

私だってどうしようもないのに。

他の家の子だったら、ゲームでも遊んで静かにしているのだろうか。

ある日、私はゲームを取り扱っているリサイクルショップに行ってみた。

古いゲームのコーナーを見る。

ダンジョンがランダムに作り直されるから、何度でも遊べるというゲームソフトが売られている。

ああ、こういうゲームがあれば、あの子は家の中で静かにしているのかな。

……駄目だ。

せめて、遊び道具ぐらいは子供が興味のあるものを買ってあげたい。

子供の流行はわからないけれど、耕太が見ていたアニメのキャラが出ているゲームがあった。

中古だけど最新のゲーム機、中古だけど新しめのゲームソフト、値札を見たけれど買えるようなものじゃなかった。

私はもう一度、ダンジョンがランダムに作り直されるというゲームを見た。

古い中古のソフト、それを遊ぶための古い中古のゲーム機、ああ、安い。

これぐらいなら、買える……ジャンク品、動かないんですか。

動くものの値段を見た。

せめてゲームで遊ばせてあげることぐらいはしたいのに。

私は息子の好みじゃない、私の都合で考えたゲームを選んだのに、それだって動かないゴミしか買えない。


『この家、何かがいるよ、おかしいよ』

そうね、静かにしてね。

耕太の声を後ろ手に聞きながら私は化粧を続ける。

この家には何かがいる、地縛霊とか悪霊とかいうのだろうか。

家賃が安いから当然だ。そういうのはわかる。

化粧というよりも工事だ、その悪霊につけられた傷を私は必死で塗りたくる。埋めるように塗りたくる。

美しくいたい、私綺麗でいたい。

綺麗じゃなきゃ褒めてくれないし、もう誰も褒めてくれないけど。

耕太が必死に声を堪《こら》えている。

ああ、そうか。

静かにしてって言ったから、静かにしようとしてくれているんだ。

耕太、いい子ね。

私はゴミしか買えない、クズなのに。


『……』

耕太はすっかり無口になった。

いや、何か言いたいのだろうけれど、すっかり諦めてしまったのだろう。

私のせいだ。

けれど眠りにつく度に悪夢に魘《うな》されている。

絶叫して目を覚ましては、大丈夫と誤魔化す。

わかる、私、お母さんだから……それぐらいのことはわかるけれど、何もできない。この家にいるものが怖い、けれど怖いと言ったところでしょうがない。
私だって、どうしようもないから。
引っ越したいって言われても、どうしようもできないから、私。
いや、本当はしなかっただけなのかな。
やったらできることをしなかっただけなのかな。
ああ……私なんなんだろ……

『全員、呪ってやる』
『辞めてぇぇぇぇぇ！！！』
この家に取り憑《つ》いている悪霊の声がした。
ああ……私はわからなかった。
耕太の首を絞めている私の腕は誰のものなのだろう。
この家の悪霊に取り憑かれて、私のものじゃなくなったのだろうか。
それとも、悪霊とは無関係に、私が私の子供を殺そうとしているのだろうか。

息子はどんどん立派になっていく。
最初は怯《おび》えていたけれど、もう何も言わなくなった。
他の子が持っているものを殆ど持っていないのにわがまま一つ言わない。

頑張っている。

私と違って、私と違って本当によくできた子供で、私だけが惨めだ。

首を絞められた息子が青ざめた顔で、私の背後を指差す。

悪霊。

私からは見えない。

いるのだろうか。

私じゃなくて悪霊が悪いと、そう言ってくれているのだろうか。

違う、悪霊じゃなくて私が悪いの。

私がもっとちゃんとしていればよかったの。

ごめん。耕太。

私もすぐ死ぬから。

死んだらせめて……耕太の好きなゲームじゃなくても、せめて遊ばせてあげるぐらいのことはしたいな。

◆

「俵さんのお母さんなんですか、この2R D K《ランダムダンジョンキッチン》を作り上げたのは⁉」

迷宮そのものに向かって叫ぶように私は言った。

返事はない。

迷宮の床に落ちた俵さんのお母さんの口紅はどれほど幻視をしても、さっき以外の光景を見せない。どれだけ目を凝らしても救いが見えない。忍者でも、なんでも良い。理不尽を理不尽に破壊してくれる人が来てくれればよかったのに、何も見えない。

「俵さんは生きています！　もう、こんなことしなくて良いんです‼」

いや、たしかに死んでいたはずだ。

ニュースにもなっている――やはり俵さんは死んでいたのだ、ならば何故生きているのか。

やはり、わからないことだらけだ。

けれど、せめて一つぐらいは決着をつけていきたい。

さっきはできなかったけれど……もう一度、今ならどれだけでも集中できそうな気がする。何か特定のものを見ようとするのではなく、家そのものに精神を集中する。一分、二分、三分、五分、十分……三十分……一時間。

私が動かなければ、この迷宮の誰も動かない。

私は見続けて、見続けて、見続けて、そして一瞬霊視に成功した。

『結局、ゲームソフトだけは買ったの……やすかったから……耕太のために何かしたって証拠が欲しかったから……何にもならないけど……でも意味がないから隠したの……』

俵さんのお母さんが母親として正しかったのか、それとも間違っているのか、そういう判断は私にはできない。そもそも悪霊に取り憑かれている時点で――心まで蝕《むしば》まれているのかもしれない、本心じゃないのかもしれない、悪霊なんかは関係なく、疲れ切ってしまった人なのかもしれない。

ただ、俵さんならばそうするだろう。

私は――

階段を駆け上がり、駆け上がり、駆け上がり、一階に戻ってきた。

配置場所はトイレ、トイレのドアを開け、玄関、玄関から――リビングルーム！

霊視をした私だから、気づけたのか。

それとも西原が無関心で、そしてダンジョン攻略を楽しんでいたから気づかなかったのか。

ただ、宝はどこまでも続く地下奥深くの迷宮なんかではなく、マンションの天井裏に隠されていた。

天井裏を霊視すると、ゲームソフトとそこに取り憑いた悪霊の姿が見えた。

口紅を霊視した時に見た女性――俵さんの母親だ。

「俵さん……いや、耕太くんのお母さんですか？」

「ギヒヒヒヒヒヒヒヒヒヒ」

「もう、こんなことはやめて大人しく成仏していただけませんか」

「ヒヒヒヒヒヒヒヒヒヒヒヒヒ」

軋《きし》んだギアのような笑い声しか帰ってこない。

自分が何のために事故物件を作ったのかを完全に忘れてしまって、ただ思い出だけが彼女のことを物語っているのか。それともただ悪意による蹂躙《じゅうりん》を楽しむ完全な悪霊と化してしまったのか。

私は目を瞑って、パパとママのことを思った。

霊ならば問答無用に消し去ってしまって良いのか。

答えは出ない。

これは単なる私のエゴイズムで、自分のパパとママだから、一生後悔している——それだけのことなのかもしれない。

それでも、今だけは……誰も幸せにならない事故物件なんてものは破壊する。

——そこに隠されたゲームソフトと、それに取り憑いた独りの母親に向かって天井を突き破らん勢いで食塩瓶の清めの塩を投げつけた。

「ぐ、おおおおおおおおおおおおおおおおお！！！！！」

ゲームソフトという物語に取り憑き、ゲームを再現しようとしたから、なのか、あるいは出力の全てがランダムダンジョンの構築と自身の存在を隠すために向けられたからなのか、あっさりと俵さんの母親は消え去った。

どす。

音がした。

カサカサに干からびた、首元に縄のかかった男――いや、男だった悪霊だ。

「……アッ……ッ……」

互いが悪霊になって立場が逆転したのか、生前の俵さん達を苦しめたこの男は、俵さんの母に拷問でもされていて、彼女の成仏で解放されたのか、それともダンジョンを構成するエネルギーと化していたのか。

どっちでもいいことだ。

どうでもいい。

天井裏から役目を終えた清めの食塩瓶が落ちてくる。

私はそれをキャッチすると、右手にパッとふりかけた。

「ノ……ロ……」

「除霊パンチ！」

「うああああああああああああああああああああああああああ！！！！！」

少し清めの塩をふりかけたパンチで成仏する――その程度まで弱まっていたのか、そもそもこの程度の攻撃で死ぬほどに弱かったのか。後者だとしたら……最悪だな、と私は思った。俵さんはその程度のものに人生を壊されてしまったんだ。けれど、私だって……俵さんが助けてくれなければ、今消えたばかりの悪霊を相手にしたって……死んでいたかもしれない。

深く考えるのをやめて、私は塩《しょ》っぱくなった手をパンパンと払った。けれど私の思考は止まらない。

俵さんならこの男は遠慮なく消滅させただろうけど、お母さんはどうなのだろう。

わからない。

わからないけれど、少なくとも私の時は最悪な気分だった。

だから、そんなことをさせるぐらいならば、私がやる。

それで、いい。

そう思っている。

◆

外に出ると、もうすっかり夜の帳《とばり》が下りていた。

星座を描けるほどではないけれど、星が見える。

そして、眩《まばゆ》い光を放って輝く月の姿も。

不思議だった。

普段なら星空なんて、そこまで興味を示さないはずなのに――月の引力に引かれるように、私は夜空に浮かぶ月から目が離せない。

私は見た。

月を見た。

かつて月にあった命を見た。

月に憑いた悪霊を見た。

月に渦巻く憎悪を見た。

月を取り巻く怨詛《えんそ》を見た。

私は気づいてしまった。

私は絶望を見た。

◇◇◇

風は吹いていない、生暖かい夜の空気がただ私の周りを取り巻いているだけだ。その存在しているだけの空気を私は吐息のように感じてしまった。

例えるなら息を荒らげた獣の呼気、獲物を前にして興奮を隠すつもりもない。そんな感じだ。いや、正確に言うのならば違うのかもしれない。獣は獲物を前にしているわけじゃない、もうとっくに獲物を口の中におさめていて、いつ、その鋭い牙で噛《か》みちぎってやろうかなと考えながら舌の上で弄《もてあそ》んで、私は獣の口内で誰よりも近い距離で獣の息を浴びせられている……そう言うべきなのが正しい。

「きゃああああああああ！！！」

思わず悲鳴を上げたのは、気づいてしまったからだ。

私は今、たまたま生きているだけだ。

病気もせず事故もせず、異常現象に殺されることもなく、今生きていられる奇跡に感謝して……とか、そういうことじゃない。


月は事故物件だ。


一瞬で目を逸《そ》らした、私はとてもじゃないけれどあんなものは見ていられない。

子供が縮こまるように、私は道路の端でうずくまった。

少しでも小さくなりたい、月と私の距離を遠ざけたい。

私は顔を伏せて、目を閉じる。たった一瞬だけ見えた光景が何度も何度も頭の中で蘇《よみがえ》る。どれだけ目を閉じたって瞼《まぶた》の裏に蘇ってくるようだ。

数えようという気にすらならない、月には大量の悪霊が蠢《うごめ》いていた。

そして私を……いや、私だけではない。地球にいる生き物たちの全てをずっと睨《にら》んでいて、そして私が月を見た瞬間に、彼らは一斉に目を合わせてきた。

目が二つある生き物、単眼の生き物、複眼の生き物、人間と完全に同じ姿の生物はいない、昔のオカルト雑誌で取り上げられるようなグレイ型宇宙人のような悪霊や、タコの姿をした火星人のような悪霊、図鑑で見た恐竜のような悪霊もいたし、虫と言うにはあまりにも巨大すぎる悪霊もいた。

もともとそういうものなのか、あるいはそうなってしまった悪霊なのかはわからない。ただ今はもう地球に存在しない悪霊たちが月に取り憑いていて、そして嗤《わら》っていた。

そういう笑みを私は知っている。

猫が弱った小動物を弄ぶような、いじめっ子がいじめられっ子に対して、ああ、こいつは虐《いじ》めても良いんだ……と判断しているような笑み。事故物件一級建築士が浮かべていた嘲笑。全ての悪霊がそんな顔で嗤っていた。


「……あんた、大丈夫!?」

悲鳴を聞きつけて家から飛び出てきたのか、上からおばさんらしき声が降ってくる。

「何かあった？　警察呼ぼうか……救急車？　ああ、話したくないことなら、話さなくていいよ……ちょうどねぇ、あたし牛乳温めて飲もうと思ってたから、一緒に飲む？　ちょっと落ち着くよ」

どたどたと慌てているようだけれど、優しい声。

「……放っておいてください」

けれど、私は顔を上げることができない。

月が見えなくなるまで……こうしていなければ。

もう気づかれている、だから少しでも月との距離を離す……私にはそれしかできない。

冷静に考えれば大丈夫なはずなのに……いくら超巨大な事故物件だからって、月は月だ。地球とはかなりの距離がある。宇宙飛行士でもなければあの死の大地に入り込む機会はない。向こうの方から乗り込んでくることだって……できないはずだ。基本的に事故物件の悪霊は向こうの方から来るのを待ち受けているだけ、もしかしたら何らかの手段でこちらに来られるのかもしれないけれど……それまではまだ私を見ているだけ、大丈夫なはずだ。そもそももう見られているのだからこんな行動に意味なんてない……でも怖い。無駄だとわかっていても何かをしないではいられない。どんなに頼りないものでも恐怖を裸で受け止められるほどに私は強くはない。

「放っておけないよぉ……」

おばさんが困ったように言った。

「そりゃ、あたしにだってできることとできないことはあるしねぇ、もしあんたが悲鳴を上げるぐらいお金に困っているって言うなら、あたしだって助けてあげられないよ……宝くじとか一回も当たったことがないからねぇ……けど、でも……ほら……あんた、とりあえず助けてあげたいじゃない……放っておいたら、時々思い出して、後悔しそうじゃない、そりゃあもうおばあちゃんになっても、ねぇ？」

きっと、優しい人なんだと思う。

俵さんみたいに、どんな相手とでも戦えるってわけじゃないけれど……でも、通りすがった先に理不尽なことがあったら放っておけないような人。

「でしたら、家に隠れていてください……夜の間はずっと……」

そして、そういう優しさとかそういうものは全て無意味だ。

もう、タワーマンションと比べるのも馬鹿馬鹿しいほどに月は巨大だ。日本列島を丸々その中に収めてしまうような超巨大事故物件……その大きさに見合うだけの悪霊が……それこそ数えようというのが馬鹿馬鹿しくなるほどに蠢いている。

どこへ行ったって逃げようがない。

「私達はたまたま生かされてるだけなんです……」

中学生の時にこういうこと言ってる男子いたな。

みんな知っていることを、さも自分だけが気づいてしまったみたいな深刻な顔で。

彼は同窓会で自分はそんなこと一度も思ったことはありませんよ、なんて能天気そうな顔でガバガバお酒を飲んでいた。

私は……無理だろうな。

「そりゃあ、あんた……人間はいつか必ず死んじゃうわよぉ、あたしもあんたもそのうちねぇ、どんだけ運が良くても結局おばあちゃんになってしわくちゃでぽっくりよぉ」

そういう話をしているわけじゃない。

けれど、本当にこのおばさんは本当に優しい人なんだな、と思った。

言葉だけの話をすれば、中学生の男子と同じレベルの話を私はしている。

それを受け止めて、返そうとしてくれている。

「まあ、とにかく……どうせ死ぬんだから、それまでは生きてるだけよぉ……ねぇ？　美味しいもの食べて、お風呂に入って、ぐっすり寝てれば、それでハッピー……じゃ、駄目？」

「……無理っぽいです」

「でしょうねぇ……ただ、そんな硬くて暗いところでうずくまるぐらいなら、あたしの家でうずくまってた方がいいわよ。クッションあるし」

「……もしかして、ですけど」

「うん？」

「私、朝が来るまでここでじっと隠れているつもりなんですけど……その、お姉さんは……」

「おばさんよぉ」

「おばさんのご招待に応じなかったら……」

「まあ、気合よねぇ。夜の路上で女の子一人放って置くわけにもいかないし、あんたが来ないなら、あたしがいることになるでしょうね」

「……じゃあ」

私は丸めた身体をびろんと伸ばして、顔が地面と擦《こす》れるんじゃないかってぐらいにうつ伏せになった。

「匍匐《ほふく》前進になりますけど……」

「まあ、いいわよぉ。進むんならどんな形でも」

私はおばさんに手を引かれながら、地を這うように進んで行った。

アスファルトのざらついた地面が皮膚を擦る。

その姿は誰がどう見たって愚かしいものだったろうが、私は気にしない。

どうせ、皆死んでしまう。

◇◇◇

「夜が明けるまで、いてくれて良いから」

マンションからほど近い距離のおそらくアパートの一階の部屋に上げてもらって、私は居間らしき場所でクッションを抱えてうずくまっている。

クッションはくたくたになっていたけれど、何も抱かずに路上でうずくまっているよりかはだいぶマシだ。

「あんた、アレねぇ」

「……なんですか？」

「面倒くさい人間の中では結構物わかりが良い方ねぇ」

「……どういうことですか？」

「まあ、あたしもアレだから、こんな人間だから、まああんたみたいな娘を放っておけなくて、何回か話したことあるけど……普通、もうちょっと泣いたり喚《わめ》いたりゲロ吐いたり、そんな感じよぉ……ただ、あんたは落ち着いているわ」

「……私、今、怖くて怖くてしょうがないんです」

「そうねぇ、何があったかはわからないし、多分あたしにはわからないジャンルだから理解もできないけど、そうでしょうねぇ……ただ、やっぱりねぇ……怖がってるだけじゃないのよ。自分なりにその恐怖に対して対策を取ってるし、あたしの言葉にちゃんと応じてくれてる」

「……まあ、無視とかしたら失礼じゃないですか。朝まで話しかけられても困りますし……」

「それよぉ、あんたやっぱ落ち着いているわ。強いのねぇ」

「強くなんかないですよ……」

強ければ、何も悩まないで済むし、怯えないでも済む。

ただ、おっかなびっくり自分にできることをやって……そして、このザマだ。

興味本位で俵さんの秘密に首を突っ込んで、事故物件一級建築士に因縁をつけられることになったし、私がどれほど矮小《わいしょう》な存在であるかを知る羽目に陥ってしまった。そして……知るべきではない俵さんの秘密を知ってしまった。最悪だ。どうしようもないほどに。こんなことならば、人の家に上がり込もうとせずに、自分の家の中で大人しくしていればよかったのだろう。

ただ、落ち着いているというのは……そうなのかもしれない。

本当に、本当に色々なことがあって、慣れてしまったのかもしれない。慣れたところで何もできないけれど。

「で、どうするのぉ？　朝になったら、お家帰れる？」

「多分大丈夫だと……」

朝になったら月は見えなくなる、見えなくなるだけで向こうはきっと私を見ているけれど……私の方から見えなければ、まだ少しはマシなはず……いや、本当にそうなんだろうか。何故、太陽の光が私をあの超巨大事故物件から守ってくれると思ったのだろう。そもそもの話をすれば、事故物件に昼も夜も無いというのに。

そう思った瞬間、身体の深い底から酸っぱいものが込み上げてきた。

逃げるとか、立ち向かうとか、やり過ごすとか、そういうことができそうにない圧倒的質量の恐怖、それを想像しただけで、熱く酸っぱいものが喉を通り、私はクッションをぐずぐずに汚してしまっていた。ごとり、それと同時に何か重たいものが落ちる音がした。

「……ゲェッ、オゲェ……ウェ……ずびばぜん……グッジョン……」

「いいのよ、クッションなんてぇ！　それよりあんたよあんた！　残っている分あるなら全部吐いちゃいなさい！　トイレが無理なら、ここでいいから、あら……？」

「ウエエ……」

何もかも何もかも何もかも、身体中の恐怖を吐き出すかのように私は吐き続けた。それでも、恐怖が消えることはない。ただ吐く胃液すら無くなっただけだ。身体の中にあるものは消えても、感情だけは心が無限に生み出し続ける。

「まあ、床はいいけど、口の周りとかお洋服とか、そういうところ……大丈夫？　流石に……洗ったほうが良いんじゃない？」

　別に私にこびりついた吐瀉物《としゃ》が迷惑だから言っているわけではないのだろう。目を閉じていても、相手の優しさはわかる。

「タオルを……」

「あら」

　私は少しだけ体を起こして、タオルを受け取ると目を閉じたまま口周りを、そして衣服を拭いた。普段遣いの服装ではなく、事故物件攻略用の動きやすい服を着ていて良かった。ああ、この服はお気に入りだったのにな……なんてことは考えなくて良い。

「ちょっとマシになったのねぇ」

「いえ、全然……」

「自分がゲロまみれになっているのは良いけど、あたしに対して申し訳ないなぁと思って、身体を拭いた感じでしょう？」

「……まあ」

「強いって、そう言うもんよぉ」

「そんなものですかね……？」

「自分がめちゃくちゃになっても、周囲に気を配れてしまう……ま、苦労する生き方だと思うし、もうちょっとワガママになっても良いと思うけど……めちゃくちゃ強いと思うわよ、あたしは」

「でも、そういうことを言われると気が引けちゃうんですよね。私、本当に強い人を知っているので……辛《つら》い過去があっても、私みたいな状況になっても、顔を上げて前を向いて戦える人……」

「あんただって戦ってるじゃない……」

「でも、私はあの人みたいにタワーマンションの大きさをしたロボットと殴り合ったりできませんから……」

「比較対象が強すぎないかしら？」

それはそうだ。

「まあ、でもアレねぇ……なんか、あんたの悩みってアレ、あたしが具体的に聞いても相談に乗ってあげられそうには……」

「そうですね……すみません……」

「いいのよぉ、あたしが余計な首突っ込んでるだけなんだから……でも、アレよ。一生、独りで抱え込むっていうのも辛いわよ？　誰か相談できる人っていうのはいないのかしら？」

月にまで乗り込んで片っ端から悪霊たちを倒して回る俵さんの姿を思い浮かべようとして……できなかった。実際の俵さんはきっと無敵なんだろう、きっと、そうなんだ……でも、私がその俵さんの強さを信じることができない。

そもそも連絡のしようがない。

ならば、後は……

「こういうことに詳しい知り合いは……」

「あら、いるのねぇ」

「私の命を狙っているストーカーか、結局百三十五万円払うことになった人ぐらいですかね……」

「まず、警察に相談するべきなんじゃない⁉」

それはまあ、そうなんだけれど……警察に相談して解決する問題じゃない。

「お節介だけどねぇ、あたし警察の方に……っていうかパトカーに送り迎えとかさせられないの⁉ あんたの税金をガソリンと人件費に変える時が来たのよ！ あと後者との縁は切りなさい！」

「いや、もう……ストーカーの方は収監されていますし、百三十五万円の方は車とか売ってもらったんで……」

もちろん、嘘《うそ》だ。

西原は未だに姿を見せていないが、おそらくは厭な形で再会することになるだろうし、ギメイさんから買ったのは車ではなく、コンタクトのセットと塩と聖水だ。塩と聖水に私は七万を支払った。

ただ、おばさんは真剣に私のために怒っているようで、こういう時は嘘でも納得してもらわないと、社会的に正しいことをされてしまうだろう。通報とか。

「あ、あらそう……でも、人聞きヤバいわよ？ かなり」

「はい……」

「ただ、まあ、アレね……百万も買い物したなら、ちょっとは相手にわがまま言って良いと思うわ、あたし。三人寄れば文殊の知恵だし、二人なら東大卒ぐらいには成れるわよ、きっと。それに……ほら、知恵が出なくったって路上でうずくまったり、匍匐前進したりするよりはマシよ」

「まあ、そうですね……」

「じゃあ、もうそうした方が良いわね……やることが決まったら、ちょっとはリラックスできたんじゃない？　どうせ目を瞑るならぐっすり眠っといたほうが良いわ、朝まで。明日は日曜だしねぇ」

「はい……あの」

「なあに？」

「なんか最近、理由もなく人に攻撃する人間にばっかり会ってまして……」

「……うん」

「それで、その……本当に、おばさんには感謝してるんです。その、放っておけば良いのに……家にまで上げてもらって」

「まあ、アレねえ……世の中、理由のない悪意もあれば、理由のない善意もあるものよ。だから、そんな捨てたもんじゃないと思うわ、あたし。あ、理由のない善意って……あたしは違うけどね」

「えっ」

「さっきも言ったけど、あんたみたいな娘を放っておいたらなんか嫌な気持ちになるでしょ？　けど、なんか助かったぽい雰囲気になったら、ちょっと良い気分になる。自分のためよ、自分のため。ねえ？」

「……はい！」

「良し」

私は目を閉じたまま、顔を上げ、おばさんの声がする方に微笑むと、恐怖で抑え込まれていた眠気が私の身体を包んでいく。

嵐に蹂躙される小舟のように、ずっと自分の力ではどうしようもない絶望の中にいるけれど、とりあえず、私の身体はしっかりと眠って、しっかりと生きるつもりでいるらしい。


目覚めると、私の前に笑みを浮かべる金髪の中年女性がいた。

「おはよう、あんた。どう、目を開けて一番に見るあたしの顔は？」

『ああ、心配してたけど、ちょっとは元気になったみたいで良かった……』

目を開いた私におばさんの心の声が形になって飛び込んでくる。

「とっても綺麗ですよ」

ありがたいことに、私のコンタクトレンズは嫌なものだけを見ることになるわけじゃないらしい。

「ところで――」

おばさんがそう切り出して、懐から何かを取り出した。

蛍光灯の明かりを受けて、キラキラと金色に輝く――金のインゴットだ。

大きさはスマートフォンと同じぐらいだろうか、バトンを渡すかのように無造作に私に差し出している。

「これ、あんたのよね？　あたし、こんな立派なの置いてたらこんな家に住んでないからねぇ」

「……いえ、どうなんでしょう」

口では否定しながらも、私は金のインゴットを受け取った。

表面にシリアルナンバーだとか重さだとか、そういうものの記載はない。

ただ重量感がある――流石に光沢と重さだけで本物の金かどうかはわからないけれど、おそらく本物なのだろう。

慣れたくはないが、もういい加減に慣れてしまった。

事故物件特有の、価値が低下しすぎて逆に貰える現象。

けれど……

「あ、ごめんね……一応ゲロまみれだから洗っちゃった、こういうのって素手で触ったり洗ったりしたら駄目なやつだったかしら」

「いえ、私も詳しくないですけど大丈夫だと思います」

私がこの部屋で吐いた時に……この金のインゴットも吐き出した？

そういえば、私が吐いている時に何か重いものが落ちるような音が聞こえた気がする。

「あの、この家って実はダース単位で人とか死んでたりしますか？」

「……やぁねぇ、このクソアパート人が死んでないことぐらいしか褒められたところがないわよぉ」

「……ですよね」

「元気になったのは嬉しいけど、それは普通に失礼よ」

「あ、すみません」

今の私ならば見ればわかる、この家は事故物件じゃない。

だったら何が原因で私は……この金のインゴットを手に入れたんだろう。

この家は事故物件の射程圏内に入っていないはず。

「あっ……！」

「どうしたの、あんた……怯えた顔してるわよ」

わかりきっていたことだ。

俵さんのマンションより後に見た事故物件なんて、たった一つだけで……ただ、考えないようにしていただけ。

月は地球の周りを公転する……地球という土地の周りを。

月に入らなければ大丈夫なわけじゃない、月の方から攻め込んでこなければ大丈夫なわけでもない。

もう私は月という超巨大事故物件の影響下にある。

◇◇◇

電車の中で高校生らしき男女が椅子に座って肩を寄せ合っている。

車内はまあまあ空《す》いていて、少なくとも他の人が座るために詰めているというわけではない、つまりはカップルということなのだろう。

コンタクトは外しているから彼らの心は見えないけれど、まあそれこそ見ればわかる。

普段ならば、ああ、微笑ましいなぁ……そう思うぐらいだ。そんな二人の姿が妬《ねた》ましく、憎らしい。

彼らは何も知らないでいられる。

いっそのこと、電車の中で思いっきり叫びだしたくなる。私の知っている何もかも、何もかも、何もかもを。そして、皆に私と同じ気分を味わわせてやるのだ。誰も信じないだろうけれど。

私は思いっきり深呼吸をして、気持ちを落ち着かせようとする。


とりあえずはあのおばさんの助言に従って、私はあの修行場に向かっている。

何か対策があるとも思えないが、それでも私のこの感情を独りで抱え込むことは無理みたいだ。

もはや、他の人を見ることすら煩《わずら》わしく、私は視線を車窓に移した。

青い空に月は見えない。そもそも月の見える方角じゃないはずだ。

車窓から見える景色はいつか見た新幹線から見える景色よりもよっぽど誰かの日常に近い。住宅街や、道路を歩く人の姿を見ながら、私は少し泣きそうになっていた。


『次は[redacted]です』

車内アナウンスが降車駅の名前を告げる。

私以外に降りる人はいないようだ、私は伏し目がちにホームへと降りた。

昼の太陽はその輝きで月を隠している。だからうっかり空を見上げて恐れる必要はない。そもそもコンタクトレンズは外しているから、月が見えたとしても見えすぎることもないはずだ。けれど恐ろしい。

しかし、見てしまうことを恐れていながら、私は時折空を見上げて青い空に月が浮かんでいないことを確認している。

おばさんの家を出て、一時間と少し。

月を見ることを恐れながら、月がないことを見ないではいられない。自傷行為みたいな安全確認をしながら、私はこの駅までやって来た。

電車を降り、黄色い点字ブロックの一歩先へ進もうとして、私の足は点字ブロックで立ち止まっている。立ち止まるべきではないとわかっているのに……ある考えが私の頭を過ってしまう。

っていうか、いいんじゃないだろうか。

誰かが悲しむというわけじゃないんだし、もう何かしら私にできることがあるというのならば、全てやってしまったし。むしろ、パパやママに会えるかもしれない。いや、無理かな。地獄に行くかもな。私。でも、地獄だとしてもここよりはマシかもしれない。いや、どうなんだろう。そもそも、あの世とかよくわからないしな。まあ、でも死ねばわかるか。


「……死なないんだ」

点字ブロックの向こう側から、声がする。

私は死を踏み越えるように、一歩前に進む。

少しずつ私は顔を上げていく、ビーチサンダル、花柄模様の目に痛いようなショートパンツ、手首には数珠とパワーストーンとミサンガ、蛍光ピンクのアロハシャツに首からかかったロザリオやパワーストーンのネックレスにドクロ。殆ど夜と同じ色をしたサングラスに、ニット帽。下から上まで怪しさで全身をコーディネートしているこの服装……ギメイさんだ。

「死んで欲しかった感じですか？」

「いや、世界はクソだけど、まあ生きたいなら生きたほうがいいと思うよ、僕は」

「……まあ、私もそんな感じです」

身体は勝手に生きたがっている。

助けられたり、優しくされたり、それだけで、頭もちょっとは生きたくなるようだ。

『ＫＵＳＯＢＯＫＥ』という今すぐにでも消したくなるようなグラフィティアートが描かれ、平然と窓が割られているような雑居ビルの二階、部屋の窓が割られていないギメイさんの道場に上がり、私はフローリングの床に座った。元はバレエ教室か何かだったのか、相変わらず道場は壁一面が鏡に覆われていて、その鏡面のあちこちに、なんらかの呪文が描かれた御札が張られている。

ギメイさんも私に向かい合うように胡座をかいて座っている。


「……一応は先に言っておくけど、ウチクーリングオフはやってないからね。法律がなんと言おうと貰った金は返したくないんだよね」

「大丈夫です、とりあえずは」

コンタクトレンズと一緒に自分が見てしまったものも引き取ってくれるというのならば、お金を払ってでも返したいぐらいだけれど。

「じゃあ、修行？」

「私、月を見ました」

私はギメイさんの言葉を無視して言った。

こちらは百三十五万円払っているのだ、できれば早めに本題に入りたい。

「そりゃ僕だって見るさ」

「月は事故物件だったんですね」

「……うん」

諦めたようにギメイさんが頷く。

そもそも修行前にギメイさん自身が言っていたのだ、絶望を見ることになると。

私が来た目的など気づいているか見えているんだから、最初から本題に入れば良いのに。

「いや、まあ……わかるよ、わかるけどさ。ただ、がっかりしちゃうからね」

「がっかり……ですか」

「月は超巨大な事故物件でした、それに気づいてしまった受講者の殆どが僕に聞いてくる『どうすれば良いんでしょう?』。僕は頭の中で『それを聞きたいのはこっちだよ』と思いながらその質問に答える『とりあえず借金でもして死ぬまで遊んで暮せばいいんじゃない?』」

ギメイさんの顔にはサングラスでも隠しようのないほどに諦念の色が浮かんでいる。

「アンタはかなりマシな人間だよ、コンタクトレンズを買った人間の中ではめちゃくちゃ頑張ってる方。多少は追い詰められているけど、それでも日常を維持しようという気力がある。でも……それだけだ。僕はさ、ずっと探してるんだよね。『あの月ムカつくんで除霊するんですけど、ちょっと手伝ってくれません？』とか『あとは月に行く手段だけなんですけど、なんとかなりません？』とか、そういう言葉を言ってくれる受講者を……いや、わかってるよ。アンタは言えない」

「……はい」

私が返事をすると、ギメイさんは口元を自嘲するかのように歪《ゆが》めた。

「わかってんだけどね、明日から人間は不老不死になるので、もう人生に関して一切悩む必要はありません……って言われたいのと同じレベルのことだってのは。それぐらい月は絶対的なもんだからね」

そう言って、ギメイさんは大きくため息を吐《つ》いた。

「見たよね、事故物件一級建築士。アンタも見た通り、彼らは……修行によるものかもしれないし、生まれつきそうなのかもしれない、まあ、いずれにせよ常人を遥《はる》かに超えた超人で……そんな彼らでも結局は常人と何一つ変わらない、ただ月に殺されていないだけの存在にすぎない……まあ、シラフじゃ生きていけないよ。だからもういっそのこと月を絶対的な存在として自分なりの月……事故物件を地上に築こうとするか、あるいは月に自分の玩具を壊される前になるべく多くの玩具を自分の手で壊そうとするか、あるいはこんな救いのない世界に生まれたことへの救済として事故物件で殺しまくるか……まあ何を思おうが、出力される結果は事故物件による殺人だよ……僕やアンタはアイツらよりマシ……と思いたいけど、もしかしたら、ヤケになって大暴れする彼らのほうが、自殺の次にまともなのかもしれないね」

「……アレがまともだって言うなら、私はまともな人間じゃなくて結構です」

「僕もそう思いたいね」

そう言って、ギメイさんが苦笑して、サングラスを少し下にずらして眉を掻《か》いた。

「まあ、そういうわけで僕の方からは何もかも諦めてのほほんと暮らせば良いんじゃない？　としか言いようがないいね。少なくとも僕にできることはないよ」

「慣れてしまったんですね」

「まあねぇ……」

あ、と思い出したかのようにギメイさんは立ち上がった。

「お茶とか出してなかったね」

「そんなおかまいなく……」

「いや、僕はお茶一杯三千円とるからさ……こっちとしてはおかまいしたいよ」

「本当におかまいしないでほしいんですけど」

「お茶菓子もあるよ、賞味期限切れの羊羹《ようかん》。多分……まだ食べられるやつ……これは無料」

「そんなもの出さないでくださいよ」

そう言いながら、ギメイさんは私に背を向けて部屋を出ようとする、給湯室が別の部屋にあるのだろうか、お茶一杯と多分まだ食べられる賞味期限切れの羊羹で三千円を取られちゃたまったもんじゃない、本当に。

「あの……」

目に優しくないアロハシャツの背に呼びかけると、ギメイさんは足を止めて私の方に振り向いた。

余計な金を取られる前に聞くべきことを聞かなくちゃ。

「月って……実際に何かするんですか？」

「ん？」

「彼らは私を見ているだけで、いつでも殺すことができるけれど、実際には何もしない……それなら、ちょっとはマシな気がするんですよ……」

常にライオンの口の中にいるだとか、常に誰かにナイフを首筋に突きつけられているとか、そういう人生でまともに生きられるとは思えない……思えないけれど、それでも、実際には何も起こらないというのなら……それなら、ちょっとはマシに生きることができそうだし、ギメイさんのように慣れることができるだろう。

勿論、そんなことを期待できそうにはないけれど。

「そろそろ来るよ、アイツら。人類を完殺するために」

「えっ……？」

胸を突き破るんじゃないかってぐらいに心臓が跳ね上がった。

「具体的にはわからない、もしかしたら案外百年後ぐらいのことかもしれないし、あるいは明日来るのかもしれない……でも、間違いなく来るよ。僕には視えてる」

ギメイさんの口は真一文字に結ばれている。

感情を押し殺すためにそうしているのだろうけれど……私にはわかる。

私だって、そうだ。

恐ろしくてたまらなくて、そして何も知らない人間が妬ましく、そして憎らしい。

私が電車の中で思ったものと同じ感情だ。

助けて欲しい……きっとギメイさんはそう思っているのと同じぐらいに、自分と同じ思いをする人間が増えてほしいのだろう。


「金がいるんだよね、僕」

急に何を言い出すのだろう、と思った。

確かに、ギメイさんは間違いなく金を欲しがっているタイプだろうけれど。

「食べられるわけじゃない、着られるわけじゃない、尻を拭く紙になるわけでもない。ただ、価値があるよと国が言って、それを皆が信じているから、いろんなものと交換できる……そして、その価値を皆が信じているから、事故物件もそれを発生させる……月だって、そういう幻想に乗っかっていてくれるんだ。アンタ、金の延べ棒を吐き出したことある？　笑えるよね。」

「……笑えないですよ」

「その程度には、月は人間のことを理解して、ルールに乗っかってくれているんだ。お金をあげるよ、生活の心配はいらないから、まだまだ自殺はするなよ、って」

西原が言っていたことだ。家は住んでもらうのが目的だから、家賃を下げ、それどころか入居者やその候補者にお金をあげる、と。

「無駄でもさ、とりあえずやっちゃうおまじないってあるよね。ジンクスっていうか……とりあえずさ、やってみるようなこと。僕はさ、とりあえず金だよ……金を集めておけば、そういう月からの利益の発生……ひいては、月が僕から少しは目を逸らしてくれるんじゃないかなって……思っちゃったんだよね」

私が路上にうずくまり、匍匐前進をしたのと同じような感じなのだろう。

意味があるのかどうかはともかく、そうせずにはいられない……何一つ抗《あらが》いようのないものをすぐそばにありながら生きていくのは辛すぎる。

「ま、やっぱり無駄だったんだけど」

ずしん。重量感のある音がした。

「視えてるからわかっていたのにね」

ぐじゅ、次に水分を含んだ重いものを潰《つぶ》す厭な音。

「ギメイさん!?」

最早重量を量るのも馬鹿馬鹿しい……乗用車ほどの大きさがあるだろうか、それほどに巨大な金塊だった。そんな巨大な金塊に、ギメイさんが押し潰されていた。

けばけばしい悪趣味な金色の輝きの下から、潰れたものの中にあった赤いものが少しずつ漏れ出して、じっとりと床を濡らしている。

「あ、そんな……」

何が月の琴線に触れたのか、あるいは理由など無いのかもしれない。

目についた誰かをたまたま殺そうと思ったのかもしれないし、あるいはそもそも殺す気すらないうっかりなのかもしれない。

「ギメイさんああああああああああああん！！！！！！」

「呼んだ？」

「は？」

気がつけば、死んだはずのギメイさんが半透明になって金塊の上に座っていた。

「事故物件一級建築士の資格は無いけれど、一応やれる範囲でやっておいたんだよ。自分が死んだ瞬間に、魂をここに定着させて……この家を事故物件化する」

そのための御札なんだよ、あれ……そう言ってギメイさんが鏡に張られた御札を指さした。

「というわけで、死の続きには辿り着いた。とりあえずは僕の魂は僕自身が支配できているから、まあ良いんだけど……一生ここから出られない感じなのは困ったね」

死は絶対の終わりではない……ここ最近の出来事を見ればわかっているはずなのに、いざ目の前で死からの続きを始められると困惑があまりにも大きい。

「とりあえずは……良かったんですか？」

「どうかな、今はとりあえず意識があることに喜べてるけど、そのうち生きてる人間が憎くなるかもしれないし……そもそも幽霊になっても終わりはあるしなぁ……除霊を喰《く》らって、消滅するのか、現世から剥《は》ぎ取られるだけなのかしらないけど……そういうのが、でも――」

何か良いことを思いついたかのように、ギメイさんが笑った。

「『どうすれば良いんでしょう？』の答え、思いついたかもしれない」

「……本当ですか？」

ギメイさんが金塊から飛び降りる。

半透明の身体は床をすり抜けるということもなく、しかし音を立てるということもなく、ふわっと床に着地した。

「月だってやってんだ、どうせ人類が全滅するなら……地球を丸ごと事故物件にして、そのまんま幽霊惑星に出来ないかな」

◇◇◇

「地球を丸ごと事故物件にするって……」

悪い冗談であってほしい、けれど……ギメイさんの言葉には真剣味があった。

どうにもならないのならば、どうにもならないなりになんとかしようとするしかないけれど……全員死んでしまうのならば、それこそどうにもなっていないようにしか思えない。

「生きているうちにどうにかしようとするから、何もかもがおかしくなるんだよ。どうせ全員死ぬのなら、死んだ後も続くようにすればいい……いや、ダメか。結局……地球に取り憑いたところで、もう一度霊的攻撃を喰らえば消滅か成仏かしらないが、地球から引き剝がされることになる……けど……やらないよりはマシか、具体的に何か……」

ブツブツと何か呪文でも唱えるかのように、ギメイさんは何事かを考え始めた。漏れ聞こえる言葉は私には理解しづらいものだったけれど、ギメイさんを救うお経のような呪文になることはなさそうだ。ただ、ギメイさんは一度死んでしまったことでタガが外れてしまったらしい。さっきまで生きていたのに、ギメイさんにとって生はもうただの通過点になってしまった。

「ギメイさん……」

私は両手を合わせて憐れむように祈った。

真剣に考えてくれていることは間違いないし、もしかしたらそれは唯一の救いなのかもしれないけれど……事故物件化した地球が月に滅ぼされてないとしても、それは生前の姿だけが地球上に焼き付くだけで、大切にしたいものは何一つとして残らない気がする。少なくとも私が見た事故物件には悲しいものしか無かった。

「多分、ギメイさんのやり方は致命的に間違える気がします」

「でも、間違ってでも……やられっぱなしはイヤなんだよな、アンタも間違ってるなぁと思いながらも突き進んだでしょ……視えてるよ、僕には」

「……っ！」

もっと強かったり、あるいは何か別の手段を取れれば……ギメイさんだって他のやり方を何か考えるのだろう。私だってそうだ。私だってそうしたかった。

コン。コン。

その時、ノックの音が二回鳴り響いた。

「……開いてるよ」

ギメイさんが応じるが、その返事を待たずに扉は開いた。

年齢のよくわからない長身の痩せた男だった。

俵さんのマンションの時と同じ、着古したジャージ。

髪は相変わらず、繁殖した庭の雑草みたいに野放図に伸びている。

巨大な金塊とその下敷きになったギメイさんの死体、そして幽霊となったギメイさんを見ると、私に視線をあわせて彼は堰《せき》を切ったように話し始めた。

「やあ、どうも東城さん……あと、はじめまして、ギメイさん。なんか興味深い話をしてるっぽくて、つい入ってしまいました……いや、盗み聞きをするつもりではなかったんですけど……その一応、東城さんとどういうタイミングで再会するのが一番劇的かなって思いながらずっと尾行してたんですけど、なんかアレですね。結局ヌルって入ってきちゃうことになっちゃって……」

「アンタの名前は……？」

「西原……」

何の前触れもなく現れた敵の名前を私は呼んでいた。その声が震えているのは怒りのためか、あるいは恐怖のためか。私は自分の中に相手に立ち向かうだけの怒りが残っていることを祈った。

「あ、すみません。代わりに紹介してもらっちゃいましたね……」

そう言って、西原は申し訳無さそうに笑った。

「ずっと尾行してたって……」

「いや、また会おうと言ったのは良かったんですが、お互いに連絡先もわからなかったので……恥ずかしい話なんですけど、バイトもサボってずっと尾行してました。それにほら、俺東城さんに約束したじゃないですか。人とか殺さないし、事故物件も作らないって。材料の取り寄せだけはやってましたけど。だから、まあ……やることもなかったんですよ。急に東城さんの目がヤバくなった時は視界に入らないようにするの、結構大変でしたけど……あ、不安ですよね……すみません。トイレとか風呂とかそういうのは覗《のぞ》いていないっていうか、どこにいるかを把握しておきたかっただけで、東城さんの生活自体は一切覗いてないです。こう見えても、俺一応そこらへんは紳士なんです。だから東城さんが不安に思うようなことは大丈夫です……安心してください」

そう、胸を叩いた後、「いや、でも怖いですよね……すみません……」と西原は言った。

背筋を冷たいものが走り抜けた。

異常な男……それはわかりきっていたことだけれど、ずっと尾行していたと言われて、冷静ではいられない。

「俺も東城さんも前の続きをしたいと思うんですけど、とりあえずまずは……月の話をしませんか？　東城さんだって今はコンタクト付けてないでしょう？　殺せるかどうかはともかく、俺のことを殴り倒したいと思ってはいるでしょうけど……今は無理なので、一旦お互いの懸念事項について建設的に話し合い、東城さんも準備とかをして、その上で……どうでしょうか」

長身の西原が少し身を屈《かが》めた。そして上目遣いで媚《こ》びるように、私に言う。

「……とりあえずは、それで」

「あー……良かったです」

「僕の意見とかは聞かない感じ？」

「そこなんですけど、まあ東城さんとはある程度お互いの納得の上で話したいとは思っているんですけど、貴方ぐらいなら、申し訳ないんですけれど、まあ……大した抵抗もできなそうなので話を聞いたり聞かせたいなと思ったら、這いつくばらせるだけなので……」

ギメイさんの言葉に西原は慇懃無礼《いんぎんぶれい》にそう応じ、「あ、すみません……勿論、皆さんの方が俺にそうできるようなら、そうしてくださっても構いませんので」と続けた。挑発の意図はなく、本人はただ事実だけを述べているらしいのが余計に腹立たしい。

とりあえずは準備時間が与えられてしまったので、私はコンタクトレンズを装着した。

「っ！」

思わず声を上げそうになって、私は両手で噛み殺した。

夜のようなどす黒い靄《もや》か何かが、西原の全身を包んでいて、それ以外には何も視えない。

「たまに、そういう奴がいる。視る難度の高い奴だ……」

「できれば視たいとも思いませんけどね」

「……同感だが、そんな奴こそ視られないと困るからな……ま、とにかく集中し続けろ」

西原は私達の会話に対して気に留める様子も見せない。

「えーと、ギメイさんは……アレですよね。事故物件一級建築士の方ではないですよね。会報に載っていたこともありませんし」

「会報なんてあるのかよ」

「それ、もう私が言ったことあります」

「一応俺ら、事故物件一級建築士協会っていうのに所属してて会報もあるんです」

「脱退しろよ、そんな会」

「まあ、脱退するまでもなく、そろそろ解散なんですが……」

一瞬だけ、ちろりと嗜虐的《しぎやくてき》な火が西原の瞳を舐めた。

おそらくは何かをやったか、やっているかに違いない。

「でも、事故物件建築技術は持っている……」

「アンタらみたいに攻撃的な事故物件を作れるわけじゃないし、幽霊を調教できたりするわけでもない。ただ俺の魂をこの場所に縛り付けただけだ。準備をすれば特に強い感情を持たなくても幽霊になって世界に残れる……それだけだけどな」

「そのやり方を使えば、地球全体を包みこんで事故物件化できるんですか？」

西原の問いにギメイさんは少しだけ沈黙した後に、「かもしれない」と答えた。

「かもしれない？」

「アンタは――」

　そう言って、ギメイさんはちらりと私を見た。

「見たと思うが、その札を使って囲めばどんな場所でも、幽霊になれる。もっとも路上にペタペタ貼って回るわけにはいかないから、僕は自分の道場に貼った。とりあえずはインターネットは繋がっているし、スマホもある。金が尽きるか、地球が滅びるまでは外と繋がっていられる」

「その札で地球をぐるっと……？」

「要するにそういうことになるが……別に札そのものが特別な素材で出来てるってわけじゃない、霊力やらなんやらを込める必要もない。そこの札もコンビニでプリントしただけだしな。大切なのはその札の図案だ。その札の図案で囲んだ場所は魂を繋ぎ止める」

「……かなり気軽にできちゃうんですね」

「ああ、かなり気軽にできてしまう……それこそ、テレビに映るなり、スマホで画像を見るなり、それだけで札扱いになる」

「……はは あ、それを利用してなんとか地球上を覆えないかな、と」

「ま、具体的な方法に関しては何も思い浮かんではいないけどさ……」

「ちょっと嬉しいですね」

　そう言って、西原が微笑んだ。

「事故物件一級建築士の皆さんも、結局月のことは諦めてるんで……俺みたいにちゃんと月をなんとかしようって考えてる人がいるのは」

「ということは……アンタも」

「まあかなり荒っぽいやり方になりますが……まず、東城さん。『入居者の終《つい》の棲家《すみか》になるタワー』のことを覚えていますか？」

「忘れられるわけないじゃないですか……」

「あ、すみません……」

怒りを隠すこともしない私の言葉に、西原が何度も頭を下げる。

「えーっと……アレは事故物件世界大会の参加者の中でもダントツの優勝候補だったんですよ」

「事故物件世界大会!?」

聞いてしまった言葉を咀嚼《そしゃく》することもなく私はそのまま繰り返した。

あの最悪な事故物件を比べ合う大会があるというのか、それも世界レベルで。

そして、そんな大会に参加するために私のパパとママやタワーマンションの人たちは殺されたというのか。

「各国を代表する最強の事故物件を一つの都市に集めて、どの事故物件が一番人間を殺すことができるかを競うんですよ。各国の代表が決まったら東京で行われる予定なんですけど……」

あのタワーマンションだけでも都民を全滅させ、いや——日本だって滅んでいたかもしれない。そんな厄災だった。そのようなものが世界中から集まってくるというのに、西原の声に大した熱量はなかった。まるで町内で行われる自分が参加しなかった盆踊りについて語るかのようだ。

「なんで……そんなことを？」

何故、殺せるのだろう。何故、そんなことを競えるのだろう。

人の命を何だと思っているのだろう。

私は悲しんでいるし、怒っている。

心の震えがそのまま身体を震わせている。

「勿論、人によっては事故物件を作ったり、競わせたりする理由は違うと思いますよ。命を蹂躙するのが楽しいという人もいれば、自分の隣にぬくぬくと生命が存在しているというのが、心の底から許せないという人もいます。ただ単純に事故物件を作るのが楽しくて……結果として人が死ぬというのもありますね。ただ、世界大会に参加するような人は皆、世界が滅ぶ前に世界を滅ぼしたがっているんだと思います」

事故物件一級建築士は皆、月を見たのだという。

そこは同情に値する。私だって、どうなっていたかわからない。

それでも……それは他人を蹂躙する理由にはならない。

「俺達もわかるんですよ、そろそろ月が本格的に活動を開始するって」

そう言って西原はギメイさんを見やった。

「どうせ世界が滅びるならば、自分の手でやりたい。後から来るものが皿の上に残った粉すら食べられないように、舐《ねぶ》り尽くしたい……まあ、そういう気持ちなんでしょうね。皆、頑張っていました……あ、見損なわないでくださいね。俺はあんな大会参加したりはしませんから」

ああ、西原は事故物件世界大会に参加しないいんだ。そうなんだ、良かったとはならない。なるわけがない。

「そういう大会があるって紹介したかっただけじゃないですよね」

「あ、すみません……まあ、世界から選《よ》りすぐりの事故物件が集まってくるわけなんですけど……その事故物件同士でただ争わせるだけなんて勿体なくないですか？」

「そもそもそんな家を作ること自体が……」

「まあ、確かに東城さんはそう思われるかもしれませんけれど……まあ、できちゃったものはしょうがないので……もう、戦い合うよりも皆さんで協力した方が良いとそう思ったんですよね」

「……つまり、アンタは事故物件世界大会に参加する事故物件を集めて、月に立ち向かう事故物件団地にしようと？」

「そうですね、これからの時代は憎み合うよりも手を取り合った方が良いですから……それに気になるでしょう？　事故物件一級建築士の皆が力を合わせたらどれだけ絶望に抗えるのか」

これから西原が何を言おうとしているのか、厭な予感しかしない。

「ただ、俺の提案に誰も協力してくれなかったんですよね。皆さんは月に対して心が折れてしまっていて……結局、二位決定戦をやるだけで満足してしまっているんです。じゃあもうしょうがないなぁ……と思って、俺は世界大会に参加する予定だった事故物件を事故物件一級建築士ごとぶっ壊して回ってもいたんです」

どこまでこの男は自分本位なんだろう。

他者への蹂躙が留まるところを知らない。

「ただ、別にお仕置きとか、八つ当たりとか、そういうので壊しているわけじゃないんです。手を取り合うのは無理でしたけど、皆さんの力を一つに合わせる……なんていう友情大作戦？　はまだ行けるんじゃないか……壊した事故物件を合体させて一つの超最強事故物件を作れないかなって……

とりあえず本体の方は事故物件一級建築士協会が東京に運んでくれるので、組み立てはそれを待ってからになるんですけど……ほら見てください……ちょっと残骸を持ってきたんです。これは空中浮遊ひし形ピラミッドに無量大数里のクソ長城にウィンチェスター・ミステリー・ハウスⅡ、まだまだありますよ」

そう言って、西原がジャージのポケットから事故物件の残骸らしきものを無造作に床に並べていく。

「ちょっと待った」

疑問に思ったのだろう、ギメイさんが声を上げる。

「なんでしょうか？」

ギメイさんの言葉に応じながらも、西原は床に残骸を並べていく手を止めない。

「視えた」

幽霊のギメイさんの頬を一筋の汗が伝った。

「……何が視えたんですか？」

「アメリカの事故物件を破壊した次の瞬間、お前がエジプトにいる姿が、そしてエジプトの事故物件を破壊したかと思えば、次は中国だ……別の日のことじゃない、どういう手段で瞬間移動なんてやっているんだ？」

「……ああ、それは地球に取り憑いているからです」

「……は？」

思わず、声が漏れた。

「一応、週三でコンビニの夜勤でバイトに入っているんですけど……まあ、家賃に光熱費に食費に、と……まあ、贅沢をするつもりはなくても最低限はかかってしまうお金というのが煩わしい、だったら死んだら浮くんじゃないかって、けど死んでしまったら一つの場所に囚《とら》われて……事故物件活動もできないし、バイトにも行けない。それで、まあ……試してみることにしたんです。月に取り憑く悪霊がいるのなら、地球を家と認識して、取り憑くことはできないかな、って……やったら、案外できたので良かったです」

サングラス越しでもわかるほどに、ギメイさんの表情が引き攣《つ》っている。

きっと、私も同じ顔をしているのだろう。

何度でも言うことになるのだろう、なんなんだこの男は。

「あ、だからと言って……死なないから、東城さんを試したわけじゃないので誤解しないでください。事故物件の剣ですから、ちゃんと刺されたら死にます。あの時の俺は心臓が剥《む》き出しになっていましたし」

しばらく、西原は私からの返答を待っていたが、何の言葉も返ってこなかったので「すみません」と言って再び話し始めた。

「まあ、そういうわけで月のことは俺に任せておいてくれたら大丈夫だと思います。勿論、失敗する可能性はあります……というか、勝率は良くて一割って感じだと思います、まあ、けど……皆の力を合わせた事故物件ととりあえず殺《や》れるだけの人間を燃料にして動かす俺の事故物件なら……案外、奇跡って起こるのかもしれません。いえ、起こしてみせます。そうと決まったら……とりあえず、俺は今すぐにでも外に出て片っ端から殺して回るつもりです。いや、安心してください……彼らはちゃんと合体事故物件の中で殺します」


許せないと思っている。

身体の奥底が熱い、腸が煮えくり返りそうだ。

目の前の西原にも怒っているし、私自身にも怒っている。

具体的にはどのようなものかはわからないけれど、超事故物件を動かして月と戦ってくれるのだという。そして、もしも西原が勝ったらこの恐怖から解放される……そう思って安堵する自分がいて、それが何よりも腹立たしい。

自分に何ができるわけでもない、多分いちばん人が死なない可能性があるのは目の前の西原が行おうとしている計画なのかもしれない。

自分は綺麗事しか言えない人間で、それを実行に移すことすらできないけれど、それでも許せない。

「……あったまってますね、東城さん」

私の怒りを困ったような微笑みで受け止めて、西原が言った。

「ただ、すみません……やってしまいました。前回の続き……つまり俺は害悪存在の事故物件一級建築士で、理不尽に他人を殺す俺を、貴方が正義感とか他人への優しさで殺してみせることができるかどうかを試してみたかったのですが……今、東城さんに俺の試し行動を取ったら、怒りのために人間が生き残る可能性を破壊してしまうのか……になってしまいますね」

そう言って、西原は自分の皮膚と筋肉を毟《むし》り取って……剥き出しの心臓を私に見せつけた。額に脂汗を浮かべ、苦しさを誤魔化すかのように笑っている。

「痛いもんは痛いんですよ……本当に……」

「……この場合、ギメイさんを消してしまったほうが良いんでしょうか……それともギメイさんを人質に取って……死んだ知り合いと天秤《てんびん》にかけさせるとか……」

頭がもう燃えるようだった。

もうどうしようもないほどの殺意がある。

なんだそれ、ここで西原を見逃したら見ず知らずの誰かはもう私が殺したようなものじゃないか。そういう選択をしたってことになるじゃないか。

けれど、西原を殺したら……間違いなく全員死ぬ、奇跡が起きる余地すら無くなってしまう。でも西原がそういう奇跡を起こしたからって……私は一生、おばあちゃんになっても今の後悔を抱えて生きていくのだろう。

保留という選択肢は無い。

私が何か全ての問題が解決するような名案を思いついたから……じゃあ、西原の方には死んで頂いて……というわけにはいかない。

もう、この時点の全てを西原は試している。

今にも叫びたい「助けて欲しい」と。

どうしようもなく絶望的に理不尽な状況を、理不尽に解決してくれる誰かが欲しい。

けれど、助けてくれる誰かはいない。

「ときめきます……東城さん、人間の心が揺れ動く……さまって……本当に好きなんです……」

西原が嘲笑《あざわら》う。

「じゃあ、俺のことは嫌いだろうな」

「あっ……」

扉の開く音がした。

咄嗟《とっさ》に、西原が振り返り……凄《すさ》まじい打撃音の後、その身体が宙を舞い、壁に叩きつけられた。

「俵さん……」

入り口に、誰よりも頼れる人が立っていた。

◇◇◇

「俵さん……！　俵さん……！　俵さん!!」

「よう、元気そうじゃ……ねぇよな」

何度も呼ばれた名前に俵さんは揚々と手を上げて応じた。

「アンタが例の……」

「噂《うわさ》の俵さんだぜ」

ずしん、ずしん、とそんなふうに一歩一歩を歩く事に地響きすら聞こえてきそうな大きい身体、しっかりとした足取り。腕も足も丸太のように太い。この世のあらゆる理不尽をぶん殴ってしまいそうな人だ。

「私、俵さんのことを……知ってしまって……それで……」

「まあ、後でいいさ。とりあえずそこの弱点剥き出しの幽霊をぶん殴ってからだ」

「……すみません、もう殴られてます」

壁まで吹き飛ばされた西原が起き上がり、俵さんと向き合う。

俵さんと比べればあまりにも貧弱そうに見える身体だけれど、他の人の事故物件を破壊して回れるほどの強さをその身に秘めている。少なくとも悪意に関しては隠しきれていない。

「じゃあ、もう何発でも殴ってやるよ」

まず気づいたのは凄まじい速さの拳と空気が擦れて発する鋭い擦過音《さっか》だった。

俵さんの拳が真っ直ぐに西原の頭部の位置に伸びていく。

目に追える速さじゃない、コンタクトレンズを付けていなければきっと何も視えなかっただろう。

気付いた瞬間には既に俵さんの拳は目的の位置にあった。その拳を西原は身体を前傾にして回避する。そしてそのまま前進し、潜り込むように俵さんのゼロ距離にまで迫った。

「……勘弁してくださいよ、その威力で何発も殴られたら、心臓じゃなくても死んでしまいますよ。俺」

俵さんの両肩を西原の両手が掴んだ。

そこを起点に西原の両膝が浮き――俵さんの腹筋に突き刺さる。

「ちっ……」

俵さんの膝が曲がる――狙いは西原の腹部への前蹴りだろう。

だが、それよりも早く西原が俵さんの頭部に頭突きを見舞った。

「っ痛ぇ！」

「あっ……やば……」

俵さんは頭部からダラダラと血を流し、西原の身体はもう一度吹き飛んでいた。

距離が近すぎる――蹴りというよりはただ、足の平で押しただけになりそうなものを俵さんはその強力《ごうりき》で見事に西原に一撃をくれてやったらしい。

刹那《せつな》、俵さんの巨体が舞った。

ドロップキック――助走は殆ど無かったが、両足の平は西原のすぐ前に迫っていた。瞬間、西原の姿が消えた。高速の移動……そんなレベルじゃない、この場から完全に消えてしまった。

「やるのなら、俺の準備が整ってからにしませんか!?」

その時、窓の外、ビルの階下から声が聞こえた。

瞬間移動——地球に取り憑いた西原の特殊能力。

ただ、そんな能力があるなら……それこそ、すぐに決着をつけなければいけない。

どのタイミングで狙われるかわかったものじゃない。

「各国の事故物件とか、まだ全然集まってなくてですね……それで、できれば俺も全力を出して貴方と戦いたいんです……如何でしょうか⁉」

「勿論、嫌だね！」

ガラスの破片が粉々になると同時に、俵さんが窓から外へ飛び降りた。

開ける手間すら惜しんだのだろう。

ただ、西原は私達に姿を見せているだけで地球を自由自在に移動できるような瞬間移動ができる存在だ……本気で逃げようとしたら。

俵さんの接近を許すことすら無く、西原の姿は消えた。

「……チッ」

「俵さん」

できれば窓から飛び降りてでも俵さんを追いたかったけれど、流石に無理なので私は階段を駆け下りて俵さんの元へ向かう。

「その……」

いざ、俵さんを前にするとなんて言えばいいかわからない。

俵さんにもう一度会えて嬉しいという気持ちもあれば、俵さんの秘密に触れ、そして俵さんの母親を祓《はら》ってしまった後悔もある。視界が滲む。ああ、小さい女の子みたいだ。

「ごめんなさい、俵さん、私……」

「明子さんが謝ることなんて何一つとしてねぇよ、ずっと戦ってきたんじゃねぇか」

俵さんの言葉に、再び瞳から涙が溢《あふ》れ出した。

違う。何もできなかった。ただ、絶望に向かって進んでいただけで、俵さんに認めてもらえるようなことができたわけじゃない。

ああ、嫌だ。

俵さんに慰めてもらうのが心の底から嬉しい自分が嫌で嫌でならない。

本当は私が俵さんを助けてあげたいのに。

◆

「ギメイです、どうも」

「俵耕太だ、よろしくな」

とりあえずは、私達はギメイさんの道場に戻ってきた。

外から来るものを何一つとして遮らない窓からは、温かな光が射し込んでくる。

「とりあえず、まあアレだ……厄介なことになったね」

「敵は、西原とかいう事故物件一級建築士とそいつが作るかもしれない合体事故物件と、そして月、か……」

「……まあ、僕個人としては合体事故物件とやらが月と戦えるなら、それでもいいといえば良いんだが……相打ちにでもならなければ、いつか西原の方が月のポジションに収まりそうだから、まあ……僕としてはアンタ達を応援するよ」

ああ、そうか。

あの月の恐怖が終わってくれることばかり考えていて、仮に西原が月をなんとかできた後のことなんて考えていなかった。それは確かに最悪だ。それでも月とどちらがマシなのかは判断しきれないけれど。

「……月に関してはそもそも行けないが、瞬間移動もキツいな。合体事故物件とやらは……まあ、殴れるならそいつらよりはマシだな」

そう言って俵さんが笑う。

その明るい笑い声につられて、私もくすりと笑った。

「月に行きたいなら僕がなんとかできる」

「え？」「は？」

ギメイさんの思わぬ言葉に、思わず私達は固まってしまう。

「ただ、今は目の前のことをなんとかしよう」

とりあえずは西原に関する件か。

「霊視で西原の行き先は把握できませんか？」

「直接視られるならまあ視えづらいがなんとかなるんだが……目の前にいない状態で霊視するのはキツイな、それに視えたところで、アメリカとかに逃げられたんじゃ、こっちも瞬間移動ができなきゃ逃げられて終わりだ」

「じゃあ……」

私は西原が道場に置きっぱなしにしていった無数に並んだ事故物件の残骸を見やった。

「この残骸で事故物件の本体の方の位置を把握できませんか？」

「確かにできるが……」

ギメイさんはそう言った後、少し考えて「ああ、成程」と言った。

「おいおい、俺を仲間外れにしないでくれよ」

俵さんがそう言って苦笑する。

「……そもそも西原の目的は月を相手に合体事故物件で戦ってみることなんです、だったら事故物件の建築現場の方には行かなければならない……」

勿論、実際の建築は業者に任せている場合もあるけれど……もし、そうだったとしても。

「ああ、建築中の事故物件か材料を破壊されそうなら、瞬間移動を使ってわざわざ守りに行かないといけないってことか」

「そういうことです」

「……まだ材料を運んでいる途中だから、こちらの動きを察して建築現場の場所を変えてくる可能性もあるが、そうなったらそうなったで、やっぱり霊視の出番になる……けど」

そこまで言って、ギメイさんが疑念を口にする。

「西原が諦めてしまった場合は、瞬間移動できるストーカーに殺されるまで付きまとわれることにならないかな？」

「……その時は私がなんとかできるかもしれません、西原は私に執着しているようなので」

「俺は反対だな、あの変態が自分をアンタに殺させたがっているってなら……俺はアンタがやりたくないことをやってほしくない」

「……何もかも全部、俵さんに任せるわけにはいかないですよ」

「俺は何もかも全部、任されてやりたいよ。できればな」

「じゃあ、とりあえずはアドリブということで」

作戦会議はそんな風に終わり、空はうっすらと赤くなり始めていた。建築現場を襲うなら朝、ということになった。私は夜は月が恐ろしくて動けそうにない。


というわけで私は家に戻る……ということもなく、道場に残ることになった。私とギメイさん、どちらかが独りになれば西原は容赦なく狙ってくるのかもしれないし、来ないのかもしれない……いずれにせよ、用心に越したことはない。私は会社に「世界平和のためにしばらく休みます」みたいなことをオブラートに包んで伝えると、俵さんと向かい合った。

「……俵さん」

「なんだよ、今更かしこまって」

「ごめんなさい」

私は床につくぐらいに深々と頭を下げた。

「やめてくれよ……さっきも言ったけど、明子さんが謝ることなんて何も無いんだ」

「謝らせてください、一応は大人なのに子供を戦わせて……それどころか、そんな俵さんに私は縋《すが》ることしかできない」

「……ハハ」

「全然おかしいことじゃないですよ」

「そりゃ、確かに俺の享年は子供だったけどなあ、もう俺が死んでから何年経ってると思ってんだよ」

「……でも」

「そりゃ、確かに俺を助けてくれる忍者はいなかった、それどころか……俺を殺したのは母親だった……まあ、知ったら百人に百人が同情してくれるような悲しい過去だよ」

「……ごめんなさい」

「でも、理不尽に殺された奴がそんな行為を憎んで、理不尽に人を助けちゃいけない……そんなルールはないはずだ。悪霊がいるんだから、俺みたいなやつがいたって良いだろ？」

「はい……」

「事故物件一級建築士は言ってたよな、悪霊は物語に取り憑く……ま、俺はめちゃくちゃ良い奴だけどさ、ただ死んだ瞬間思った。誰か助けてほしい……なのか、あるいはこんなことになったことへの怒りだったのか、いずれにせよ、俺はそういうものに取り憑いた……サプライズ忍者理論の話したよな、話の途中に忍者が突然現れて大暴れする展開の方が面白いようなら、その脚本は作り直したほうが良い……けどさ、大抵の展開なんてのは忍者が暴れたほうが面白いよな。理不尽な奴が面白おかしく大暴れするんだ。悪霊が出たなら突然現れた寺生まれの霊能者にその悪霊を消し飛ばしてほしいし、女の子が可哀想な目に遭っていたら、どっからか現れた宇宙海賊になんとかしてほしい、どうしようもない悲劇があったら、どんだけ無理やりでも機械仕掛けの神に解決して欲しいんだよ……人間にはそういう祈りがある。理不尽を理不尽に吹き飛ばしてほしいっていう祈りだ。俺は死んで、そういうものに取り憑いて……そういうものとして動こうとしている……ま、あんまり上手くはいってないけどな」

そう言って俵さんは寂しげに笑う。

「俵さん」

「ん？」

「俵さんは私に訪れた理不尽を、理不尽に吹き飛ばしてくれましたよ」

「……ハハ、ありがとな」

「だから、私も俵さんを助けてあげたいんです。誰だってそうじゃないですか」

「あのさ、明子さん」

「はい」

「俺の家行ったのか？」

「……行きました」

「俺はさ、事故物件から誰かを助けるためだけに動ける、そういうルールで動いてる。緩いルールだけどさ。ただ、自分で自分を助けてやることはできない。誰かの祈りが俺を動かすことはあっても、俺自身の祈りが俺を動かすことはない」

「……」

「だからさ、アンタがあのクソみてぇなおっさんと……母親をぶっ祓ってくれたっていうなら、俺は可哀想な奴なんかじゃねぇ。ちょっと遅れたけど、俺を助けるために来てくれた奴はちゃんといた。だからそれでいいんだ」

「俵さん……」

「というわけで、張り切っていこうぜ」

「……でも、俵さん」

「でも、でも、だって……だなぁ」

俵さんが苦笑する。

「悲しいですよ、私。たった独りで誰かのために戦い続けるなんて……それに俵さんはもう死んでるから、もしかしたら永遠に……そういうことをし続けるなんて」

「……独りじゃないさ」

「えっ」

「ここには明子さんがいる……それにギメイさんもな。少し前までは俺より小さい子供がいたし、よぼよぼの婆さんと一緒にいたこともある。ちょっと助けてすぐに別れる関係性だけど、独りだった時は殆ど無いんだ……だから、まあ、良いんだ……けどさ」

時々、本当に時々だけ寂しくなるよ。帰るとこもないしな。そう小声で言って俵さんは「内緒だぜ」と人差し指を口の前に立てた。

「俵さん……」

「ん？」

「いつか、もし暇になって……自由に動けるようになったら、私の家にいつでも来てください。俵さんのために、クッキーとか焼いて、クッションとか用意して待ってますから」

「……ハハ、そうだな。いつか、そうしようかな」

実際にそういう日は来ないのかもしれない、そもそも自己満足なのかもしれない。それでも俵さんに伝えずにはいられなかった。多分、俵さんに助けられた私以外の人もそう思っているはずだ。いつか俵さんがゆっくりと休む日が来てほしい、と。

「そういう未来のために、しっかり寝て、しっかり食べないとな」

俵さんが巨大な背を向けて、この場を去ろうとする。

「ところで俵さん」

その背に向かって私は呼びかけた。まだ話は終わっていない。

「ん？」

「あの時みたいに私に銃をくれませんか？」

◇◇◇

「うわ、これは凄《すご》いですね……」

「ああ」

東京の郊外、百坪ほどの広さの草が伸び放題になった土地に世界中の破壊された事故物件の残骸が乱雑に積み上がっていて、十メートルほどの塔のようになっていた。建築現場にすら見えない。ただの廃材置き場と言った有様だ。まだ全く手がつけられていないらしい。もしかしたら地元住民持ち込みのゴミも混ざっているのかもしれない。だとしたら……治安が悪すぎる。

「それにしても、ギメイさんは大丈夫でしょうか……」

「あの道場を離れられないっていうんだから、しょうがねぇが……こればっかりは祈るしかねぇな」

西原も悪霊の部類になってしまっているので、とりあえずは道場の床一面に塩や聖水をぶち撒けている。ところどころ盛り塩が仕込んであるので、幸運にもそれを踏んでくれたらかなりのダメージを与えられる……だろう。問題があるとすれば、ギメイさん自身も今は幽霊であるため、塩や聖水にダメージを受けてしまうことだが……塩や聖水に諦めて西原が撤退してくれることを祈る他無い。

「じゃあ、早速やってみるか」

事故物件の残骸は除霊をしたのではなく、ただ破壊しただけといった風情で、まだべっとりと張り付いた怨嗟の念や邪気、時折悪霊がついているようなものまで見える。この厭な感じの材料で再び事故物件を築き上げれば……恐ろしいことになることは間違いない。

これまでは既に出来上がった事故物件と戦ってきたが……とうとう、事故物件を建築させないための戦いを行うことになるとは。

木材、コンクリート、ピラミッドに使われたのであろう巨大な石、藁人形《わら》、そういうものを片っ端から俵さんが拳で除霊し、私は塩をかけて地面ごと除霊していく。俵さんから貰った指輪は痛みと除霊の二重攻撃を与える対生物武器の側面が強い。硬いものを殴ると手を痛めるので塩で除霊できるなら塩のほうが良い、らしい。

「……やっぱり、来てましたか」

その時、道路の方から西原の声が聞こえてきた。

格好は普段と同じだけれど、その手には鎖《くさり》を持ちずりずりとその先に繋がった棺桶《かんおけ》を引き摺《ず》っている。棺桶の大きさは二メートルほどあるだろうか、ちょっとした横綱でも入棺できそうなほどに巨大だ。だが、誰一人としてあれに納棺されたいとは思わないだろう。棺桶は邪悪な気配のようなものを炎のように立ち昇らせていた。

コンタクトレンズ越しには相変わらずドス暗い靄のようなものがかかっている。

「……怖いものを持ってますね」

西原が私の腰を見やって言った。

私の腰にははっきりと見える形でホルスターが装着されている、当然中身の拳銃もセットだ。警察の人に見られれば職務質問……どころの話ではないから、流石にここで装着した。

だが、怖いものを持っているのはお互い様だろう。

「その棺桶は……」

「ああ、安心してください……別にギメイさんの死体が入っている、なんてことは無いですから」

そう言って、西原が棺桶の蓋を開く……瞬間、じゃりという音が聞こえた。その中には無数の骨が入っていた。元がどこの位置の骨だったのか……それすらわからない程に細かく砕かれている。

「……土葬する国では棺桶が人間の終の棲家なんでしょうけど、まあ日本国内ということで一応ご遺体の方は焼かせてもらってます。焼いたほうがいっぱい入りますしね……おわかりかと思いますが、終の棲家とはいえ、家は家。つまりは事故物件であり……俺の武器です」

そう言って、棺桶を閉じた西原は鎖を用いて自身の頭上で棺桶を勢いよく回転させた。

遠心力を利用して凄まじい勢いで俵さんに向かって、棺桶が投擲《とうてき》される。

「棺桶をハンマーにしてんじゃねぇよ！」

俵さんは咄嗟に後ろに下がって棺桶を回避……できなかった。

後ろに下がった分の距離だけ、西原が瞬間移動で前進し距離を補った。

「ぐおっ！」

腹部に命中した棺桶に俵さんが呻《うめ》き声を上げる。

刹那、西原が棺桶を引き戻そうとするが……俵さんは棺桶に抱きつくかのように飛びついた。上手い。西原が棺桶を引き戻せば、必然的に俵さんがアイツに近づくことになる。

「……甘いですね」

瞬間、俵さんと西原の姿が私の前から消えた。

私はコンタクトレンズで俵さんの残滓《ざんし》を追う……必要はなかった。

空から棺桶と共に降ってきた俵さんが勢いよく地面に叩きつけられた。

「ぐおおおおおおおおおおお!!」

「俵さん!?」

「一応、手に持ったものは一緒に瞬間移動ができるんですよ……だから、貴方が棺桶を摑んだら、上空に移動して棺桶を手放します」

太陽を背にした西原の声が上空から降り注いだ。

だが、浮遊し続けていられるわけではないのか、重力に負けて西原が地面へと落ちていき——その姿が再び消える。

瞬間移動——西原は再び、土地の外に現れた。

資材を除霊しようとする私達を放っておくわけにはいかない、ただし私達からの攻撃を受けるつもりはないらしい。

「勘弁してくれよ……高いところは苦手なんだ」

俵さんが立ち上がって、瓦割りを行うかのように棺桶に向かって下段突きを放ち、破壊しようとしたその刹那、再び西原の姿が消えた。現れたのはすぐだった。

棺桶を縦に挟んで俵さんと向かい合い、そして棺桶を蹴り上げる。

咄嗟に拳を止め、俵さんが後ろに下がった。

西原の蹴りの勢いで棺桶が跳ね上がり、俵さんの視界を塞ぐ壁となった。

背後か――いや、俵さんは正面の棺桶に向かって正拳突きを放った。

それと同時に、西原も棺桶に向かって蹴りを放つ。

西原の蹴りが俵さんの拳よりも僅かに速かった。

背後から受けた衝撃のためか、あるいは蹴りを通じて何らかの怪現象が発生したのか。棺桶の蓋が開き――中身の遺骨が散弾のような勢いで俵さんに向かってぶち撒けられた。それでも俵さんの拳は止まらない。

「ぎゃあああああああ！！！！」

それと同時に、この世のものとは思えない悲鳴が響き渡った。

この世界で最も頼れる人の上げた悲鳴――そう思いかけて、私は頭を振って否定する。俵さんは悲鳴を上げたりしない、そういうことができない人だから、こうなってしまったのだ。

「俵さ……」

瞬間移動した西原が土地の外から、困ったように言った。

「ちょっと元気すぎませんか？」

元気――外見だけを見れば、俵さんの姿はその言葉とは程遠い。

全身に遺骨を受けている。服は血塗《ちまみ》れで、そして穴だらけだ。そして衣服をたやすく貫通した遺骨は頭部、首、肩、腕、胴体、腰、腿《もも》、そして脚に弾丸のように埋もれたか、あるいは肉体に穴を開けて、その勢いのままどこかへと飛んでいったらしい。

「生憎、もう死んでるよ」

俵さんの息は荒いが、不敵な笑みは変わらない。

私は棺桶を見た。先程までの邪悪な気配が消えている。安らかな眠りを与えない終の棲家は俵さんの拳によって粉々に破壊され、ジグソーパズルのように欠片《かけら》を周囲にばら撒いていた。

先程の悲鳴は棺桶に囚われた魂が放ったものだろう、あの棺桶は俵さんの拳によって強制的に除霊されてしまったらしい。

「一応はそっちの棺桶は頑張って悪霊百人詰め込んだんですけど……」

「こっちは悪霊三千人分のタワマンロボのパンチにも耐えてるからな」

そう言って、俵さんは挑発するかのように大きく伸びをした。

「さて……とりあえず、こっちのウォーミングアップは終わったよ、アンタはどうだい？」

「貴方のウォーミングアップで結構頑張って作った武器を一つ失って、ちょっと落ち込んでるところですよ」

血塗れの顔で笑う俵さんに、西原も傷一つない顔で弱々しく笑って応じた。

「一応、俺の方から提案があるんですけど……」

西原が言った。

「聞くだけ、時間の無駄だろ？」

「まあ、そう言わずに……」

言葉を交わしながら、芋虫が這うみたいにゆっくりと俵さんは西原との距離を縮めていく。

西原の靄はさっきよりも薄くなってきている。

それでもまだ、目の前の男の闇を覗き込むことはできない。

「……東城さん達、そしてお知り合いの方たちにも関わらないと誓います。なにかに誓えって言うなら、神様でもなんでも誓いますし、誓約書だって書きます……ということで、この建設現場からは手をひいてはもらえないでしょうか。俺は合体事故物件を完成させて月と戦ってみたいだけなんです」

「いかがでしょうか」と西原が腰を低くし、俵さんを見上げるようにして言う。西原も相当大きいのに、俵さんに対する態度はへりくだる小男のように見える。

「じゃあ、俺からも提案させてもらおうか」

「……ははあ」

西原が大仰に頷く。

「一発殴るだけで済ませてやるから、今すぐ地球の隅にすっこんでろ」

「……あの、すみません。意外かもしれませんけど、地球って丸くて隅なんてのはないんですよ？」

西原が申し訳無さそうに言った。

「じゃあ、交渉決裂だな」

「……最初からしてくれる気なんてなかったんじゃないですか？」

「当たり前だろ」

「当たり前なんて俺達の世界じゃ意味のない言葉でしょ」

白くなりそうなほどに低い温度の言葉を西原は薄く笑いながら吐き出した。事故物件一級建築士

——当たり前と呼べるものを何一つとして信じられなくなってしまった人間の言葉だ。

「ま、ちょっとは同情せんでもないが……」

「たくさん同情してくださいよ、俵さん」

西原の口が生暖かい軽口を吐き出した。それに応じることなく、俵さんは言葉を続ける。

「少なくとも俺の方は事故物件が目の前で生まれようとしているのを見逃すつもりはないな、事故物件には親を殺されてるしな……明子さ——」

俵さんは振り返って私をちらりと見た。

その視線を追うように、西原も私を見る。

「——んはなッ！」

言葉の途中で突如として俵さんは西原に向かって勢いよく走りだした。先程までは芋虫の歩速だったが、今は大型トラックもかくやだ。

「勘弁してくださいよ」

瞬間移動。もう一度、俵さんは走りだし、西原に近づきそうになって、再び西原は瞬間移動を行う。

「ところで……俵さんばかりを気にしていて良いんですか？」

私は西原に見せつけるように、清めの塩をたっぷりと廃材に振りかける。

塩を浴びせられた悪霊が悲鳴を上げながらどこかへと消えていく。私は祈る。彼らの向かう先が、二度と事故物件一級建築士に利用される場所ではないことを。永遠になにかを憎み続けなければいけない場所でないことを。

「暗黙の了解みたいなものってあるじゃないですか……」

西原が困ったように眉尻を下げて、ため息を吐いた。

「俺と俵さんが戦っている間は、東城さんはぼんやり見ている……みたいなの」

私は西原に背を向けて、ポケットから取り出した聖水の瓶の蓋を開けてビシャビシャと廃材に掛けていく。

「明子さん！」

俵さんが私の元に駆ける。

この地上に存在するどんな乗り物よりも速く私の元に駆けつけてくれるのではないか、そんな勢いだ。けれど、それよりも西原の姿が消える方が早かった。

「すみません……とりあえず両手両足だけ折らせ……ああああああッッ‼」

瞬間移動……西原の姿が私の前に現れるのと同時に、悲鳴を上げた。

この土地の茂みに隠すように設置した盛り塩……殆どマキビシのように働くトラップを西原はシューズ越しとはいえ、踏みつけて苦悶《くもん》の声を上げた。

苦痛に顔を歪め、それでも私に腕を伸ばそうとした西原。

だが、西原が苦しんだ時間の分だけ俵さんは西原との距離を詰め——勢いは止まらない。ゴリラのように太い腕を横に伸ばし、狙うは西原の首——ラリアートと呼ばれる技だ。

当たれば西原の首をギロチンのように切り落とす——どころか、思いっきり吹き飛ばしていたであろう俵さんのラリアートは空を薙《な》いでいた。瞬間移動だ。西原の姿は再び、この土地の外にあった。

「……俺としたことがシンプルな罠に引っかかってしまいました」

額に脂汗を浮かべながら、西原は照れくさそうに笑った。

「さっきから俵さんが俺に向かって走りまくっていたのも……とにかく瞬間移動をさせまくって、罠を踏ませることが目的だったんですね」

「まあ、そういうことになるな。一旦、逃げるならそれこそ外国だろうが、隣県だろうが好きなところに逃げられるが、アンタはお話が好きみたいだからな、話してる途中ならとりあえずは俺達の目の届く範囲にいてくれると思った。ただ……アンタが舐めてる明子さんがブチ決めたけどな」

ほんの少し悲しげに俵さんが言った。

「すっごいなぁ……やっぱ、俺としてはときめいちゃいます。」

それとは対象的に西原が私に熱っぽい視線を送る。

私は無言で地面に塩をばら撒いた。

「ただ……俵さんだって、塩を喰らったらダメージを受けないわけじゃないんでしょ？」

「そん時はやせ我慢だよ……付き合ってくれるかい？」

「痛いのも我慢するのも、あんまり得意じゃないもので……今回はお互いに痛み分けということで……ここは退《ひ》いてはもらえませんでしょうかね」

西原が媚《こ》びるように言った。

「痛み分けって言うなら、俺は全身に穴を開けられてるんでな……穴の分だけ殴らせてくれるなら考えてやるよ」

勘弁してくださいよ、と西原がおどけるように両手を振った。

「……でも、本当にこのまま続けてもどうしようもないと思うんですよね。俺は本当は接近戦の方が得意なんですけど、どれだけ瞬間移動ができても、接近戦を仕掛ければ、貴方の射程圏内に入ることになる」

「さっきの棺桶みたいな俺に近づかなくても良い武器はないのか？」

「棺桶のストックはあるんですけど、生憎死体のストックがないもので……さっきのが一番強い棺桶だったので、とりあえず棺桶を武器にするのは諦めますよ」

「アンタが中に入ったらどうだ？　大好きな地球に埋葬もしてやるぞ？」

「ハハ、勘弁してくださいよ……」

乾いた声で西原が笑った。

「けど、お互いにどうしようもないでしょう？　貴方たちは無理矢理にこの事故物件の廃材を除霊できるかもしれませんけど……その時は、俺を縛る鎖がなくなるから、何もかも全部綺麗に消し飛ばすわけにはいかない……いやあ、本当に困りまし……」

瞬間、西原の姿が消え、俵さんの背後に現れた。

「俵さん！」「た」俵さんが振り向いて回し蹴りを放つと同時に、再び西原の姿が消えた。「ね」俵さんの僅か前方に、しかし頭上に現れてサッカーボールを蹴るかのように思いっきり俵さんの頭部を蹴り上げた。だが、俵さんはそれに合わせて頭を動かし西原の蹴りを頭突きで迎え撃つ。ごちゃ。何かが砕けるような厭な音がした。

「痛ッ！」

再び、西原の姿が消える。

「大丈夫ですか⁉」

西原の蹴りを受けたためか、俵さんの額が割れている。

赤い血は俵さんの右目を、鼻を、そして口の端を伝いそして地面へと滝のように流れていく。

「大したことじゃないさ」

流れた自身の血をぺろりと舐めて、俵さんが拳を握った。

「俺の方も心配してほしいですね……」

再び、西原が姿を表す。私の前方、土地の外だ。手の届く距離ではない。目立った外傷はない。地球上のどこにでも行ける西原は何度だってここに戻ってくる。ここに事故物件の残骸が残っている限り。

「東城さん、考え直して俵さんになんとか言ってもらえないでしょうか。結局、貴方達って月をどうにもできないじゃないですか。そりゃあ俺は犠牲を出しますよ。必要な犠牲でも、必要じゃない犠牲でも、いくらでも出します。東城さんは見たんでしょ？　あの月の怪物を。何人いれば奴らを倒せると思います？　千人？　万人？　これだけの人数で事故物件を作れば、奴らを全員倒せます。だなんて誰も保証はしてくれないでしょ？　だから俺は殺します……けど、俺達の気持ちは同じなはずです。いつだって自分たちを眺めている恐怖をなんとかしたい！　奴らの舌の上から逃れたい！　それだけです！」

ずっと、西原を見ているうちに私は月の光景を思い出した。

「確かに、月は恐ろしいです……本当に……けれど、私は俵さんを……」

頭の中でそれを思い描くだけで吐き気が込み上げてきて、身体が底冷えしてくる。

悪霊の一人一人が事故物件一級建築士よりも強く、そして恐ろしい。そんなインフレーションの極地だ。誰一人として勝てる人間はいない、地獄のような……なんかではない、地獄そのものだ。もしも罪を犯した人間が死後にあそこに行くと知ったのならば、自分が罪を犯していないと思い込んでいる人間は今すぐに自殺するだろう。

「信じています」

ただ、そんな場所でも、きっと俵さんならなんとかしてくれる。

私はそう信じたい。そう信じたいだけだけれど。

「……俺を未だに仕留めてられない、俵さんをですか？　月の怪物なら、攻撃さえ当たれば俺なんてあっという間だと思いません？」

「それを言ったら、貴方だってそんな便利な能力を持っていながら俵さんを倒せていないし、私なんかの罠にかかって盛り塩を踏んじゃってるじゃないですか。殺せるのはゴブリンだけですか？　そんな事故物件一級建築士が合体事故物件を作ったところで何の役にも立たないでスペースデブリになるだけ、そう思いませんか？」

「イヤなこと言いますねぇ」

困ったように西原は頭を掻いた。

「言いますよ、そりゃ」

「ねえ、東城さん」

西原が真顔になり、私を向いた。

西原の表情には常にどこか余裕のようなものがあった、俵さんと戦っていた時ですら、それがあった。今の彼の顔からはそれが消えていた。

「なんですか？」

「もう貴方を試したりしませんよ。東城さんはもう覚悟を決めてますよね……もし、俺が心臓を見せつけて、その時に剣を持っていたら今度は刺しますよね」

「刺すでしょうね」

「妬《や》けますね、貴方をそんなふうにした俵さんに」

そう言って、西原はどこか寂しそうに笑った。

「……今度はこっちから、提案があるんですけど、良いですか？」

「なんですか？」

「月はこちらでなんとかするので、貴方にはまず事故物件一級建築士を辞めてほしいんです」

「は？」

西原が私の言葉に目を丸くした。

「それで一生……って言っても、もう貴方は死んでいるので……もう、普通の人が人生を過ごすぐらいの時間でいいんですけど、大人しく牢獄《ろうごく》とかで過ごして、それでその後も何の事件も起こさずに慎ましく過ごしてくれませんか？」

「……地球の隅っこにすっこんでろ、よりはだいぶマシな提案ですね」

そう言って、西原は俵さんを見た。

俵さんは鼻を鳴らすだけだ。

「俵さんが言ってくれたんです、やりたくないことはやってほしくないって」

「……はあ」

「だから、一応……話し合いで解決するなら、それでなんとかならないかなと思いまして……」

「俺がそういうのを聞いて改心するような人種だったら良かったんでしょうけど……申し訳ないですが──」

警告はしない。私はホルスターから銃を取り出した。

──そうするしかないって言うのはわかってる。

昨夜の俵さんの言葉が蘇る。悲しそうな表情と一緒に吐いた諦めの言葉だ。

──俺は、まぁ……そこまで人道的ってワケじゃねぇから、悪霊だろうが、事故物件一級建築士だろうが、殺るとなったら容赦なく殺れる。愉快な気分じゃないが、ただ、しょうがねぇな……って感じだ。ただ、アンタにそういう覚悟を決めさせたくはなかった。俺は結局、シンプルな正義と悪の世界で戦っていて……アンタは俺が躊躇なく倒せる人間に躊躇してしまう人で……俺はそういう人のために戦っているつもりで、でも……めちゃくちゃ強い俺は一人で何もかも解決できるわけじゃないから、結局、誰かに助けてもらわないと自分のやりたいことをやれないんだ。

そう言って、俵さんが私に拳銃を渡す。

たやすく命が奪える道具を私は両手で受け取る、多少は重くても容易に持てるはずのそれは本来の質量以上に重い。

あの時、パパとママを撃てて良かったのか。

あの時、事故物件一級建築士を撃てなくて良かったのか。

後悔は永遠に続く、もしかしたら私が死んだ後にも続くのかもしれない。

けれど、私は撃てる。

銃声が響き、銀の弾丸が西原の胸部目掛けて放たれた。

瞬間、西原の姿が消えた。亜音速で放たれた殺意は、本来ならば私が瞬きを終えるよりも早く西原の元に到達するはずであった。しかし、過程の存在しない移動は亜音速よりも速く西原を目的地へと運ぶ。

消える寸前の西原の表情を私の目は視ていた。

——当然、貴方なら撃つでしょう。

そう言いたげに、ほんの少し口元を緩めて、微笑していた。

それと同時に、私はしゃがんだ。

「俵さん！　私の前をぶん殴って！」

私が叫ぶと同時に俵さんが私の前方を思いっきりぶん殴った。

ついさっきまで私の頭部があった空間を、空気が焼け焦げるほどの速さで俵さんの拳が真っ直ぐに伸びていく。

最初は靄がかかっていて、全くわからなかった。

けれど、私にはもう西原が何を考えているのか、よく視えていた。

次にどこに瞬間移動するのかがわかっていれば、後はもうそこを俵さんが攻撃するだけで良い。

ついさっきまでの戦いは西原にとっては、俵さんとの戦いであり、私はただの観客だった。事故物件の残骸に塩をかけた時ですら、私を殺すつもりはなかった。

けれど、銃弾を放たれたからか。

あるいは、私との会話を経たからか。

私は西原にとっての殺すべき敵になった。

「破ァッ!!」

「あああああああああああああああああ!!!!!!!!!」

獣のような悲鳴だった。

顔面が俵さんの拳の形に凹《へこ》み、そして頭蓋を突き破って貫通した。

視える。

瞬間移動をしなければ——そう思っている。

しかし、彼の理性はそれを無意味だと理解している。今、瞬間移動したところ西原の顔面を巻き込んだ俵さんごと消えるだけだ。

咄嗟に、俵さんごと西原の姿が消える。

私は上空を見上げる。

地球の地縛霊である西原はどこまで行けるのだろう。高度零キロメートルから十一キロメートルまでの地点、対流圏だろうか。高度五十キロメートル、その内部にオゾン層を有する成層圏だろうか、高度百キロメートル、宇宙空間との境界線であると定められているカルマン線までだろうか――いや。

◇◇◇

どこまでも闇が続いている。

地球の地縛霊――西原は俵を巻き込んで、宇宙にいた。

ちかちかとすぐ近くで星が輝いているようで、手を伸ばそうとしても決して届きはしない。地上から星に手を伸ばしても決して星を手に取ることができないことと同じだ。宇宙まで来たところで星は遥か遠い。

地球から離れて十九万キロメートルの地点。

半径、約二十六万キロメートルを重力圏とする地球にとって、この距離は地球という家に対して庭のようなもの、そして月との中間地点である。

『……俵さん』

本来ならば聞こえないはずの西原の声が俵の耳に届いた。

宇宙空間で音は届かない、そもそも今の西原の顔面は俵の拳が貫通しており話すこと自体ができない。

『不思議ですよね、こんな状況になっても俺は俵さんと会話ができるんです……死んでますもんね、物理法則なんて関係な……』

「破ッ！」

そんな西原の腹部を俵は思いっきりぶん殴った。

顔面に続いて、障子を突き破るかのように、俵の拳が西原の腹部を突き抜ける。

『か、勘弁……してくださいよ……』

常人なら——いや、事故物件一級建築士でも二度は死んでいるであろう致命傷を受けて、西原とて平然としているわけではない。それでも、まだ存在している。

『しぶといな』

西原の腹部から拳を引き抜いて、俵が言った。

拳を引き抜いた瞬間から、腹部の巨大な穴の周辺から肉が泡のように湧き上がって宇宙へと消え去った西原の内蔵や骨を埋めようと再生していく。

『……と言っても、俺の敗《ま》けですよ』

少し寂しそうに、西原が言った。

『そりゃそうだろうよ、そのザマで俺の勝ちだなんて抜かしたら、次は蹴ってるところだ』

『……ハハ、マジで勘弁してくださいよ』

地面はなく、空もない。

強《し》いていうなら二人が見上げた先が二人にとっての空であり、足のある方向が彼らにとっての地面であったが、無重力空間に浮いている彼らにとっては存在しない空と地面はそうと決めたそばからすぐに移り変わっていった。彼らは虫籠《むしかご》の中の虫のようなものだった。悪童に閉じ込められて、しゃかしゃかと、虫籠ごと横に揺らされたり、縦に揺らされたり、あるいはひっくり返されたりしている。しかし宇宙には悪童と違って意思はなかった。ただ法則のままに彼らは天地を定められずにいた。

宇宙に存在するあらゆる有害なものは既に死んでいる彼らには無縁のことだった。

いようと思えば永遠にこの何も無い闇の中に存在することができただろう。

『……でも、俵さん。貴方も敗けですよ』

『は？』

『地球から十九万キロメートル、月に行くにも十九万キロメートル、ここはそういう位置の場所です。俵さんは死なないからまあクロールでも平泳ぎでもバタフライでも好きに宇宙遊泳してくれればいいでしょうけど……どうやっても、それより早く人類は滅亡するでしょうね』

『……ふざけたことをやる野郎だな』

『俺がそういう存在だってのはわかっていたことでしょう？』

そう言って、壊れた顔面で西原が笑った。

『だから、まぁ……ざまぁみやがれって感じです。俺はもう、月の怪物を全滅できるかどうか、その答えを知ることはできないんですから』

俵は空いた腕をもう一度、西原の腹部に叩き込もうとして、その手を止めた。

もう戦いは終わった。俵は勝利し、西原は二度と地球に戻ることはない。そして俵に次の戦いもない。

『優しいんですね』

『成績が悪くて、通知表に優しさだけが取り柄ですって書かれたよ』

『良かったじゃないですか、俺は何の取り柄もありませんでしたよ』

俵は西原の言葉を流し、無重力に蹂躙されるままに宇宙空間でくるりと回って、目的のものを探した。

東城明子やギメイのような目を持たなくても、それはよく見えた。

当然だろう、地球にいて見ることのできるものが宇宙にいて見えないということはない。

俵は月に向かってゆっくりと泳ごうとした。

無重力は水中ではない、手で宇宙の闇をかき分けたり、バタ足をしたところで反作用を得ることはできないのだから前に進むことはできない。

『物理法則は俺達には通用しない……けれど、空を飛ぶことはできない。そして……宇宙を泳ぐこともできない。結局俺も貴方も死んだぐらいじゃ人間を完全に捨てられてるワケじゃないんですねぇ……』

西原は煩わしかったが、切り捨てることはできない。

最後の力を振り絞れば地球に戻って――そして暴れることはできるだろう。月と戦うことを諦めた世界大会に参加した事故物件一級建築士達のように、世界を壊される前に世界を蹂躙するのだ。

『俵さん』

『なんだよ』

ゴキブリのようにバタバタと足掻《あが》きながら、俵は前に進もうとしている。月へ、進んだところで絶望しかない場所へ。一歩も進むことができないのに、それでも進もうとしている。

『そろそろ、俺死ぬんで……まあ、申し訳ないんですけど、独りで頑張ってもらっても良いですか？』

『……そうか』

死ねば消滅するのか、あるいはあの世というものがあって天国や地獄に行ったりするのか。事故物件一級建築士の誰一人としてその答えを知らない。まだ地上にいる霊ならば、彼らは幾らでも知っているが、一度どこかに消え去ったあとに戻ってきた霊などというものを彼らは見たことがない。

ただ向かう先が何であっても月と――月に監視されている地球よりはマシなはずだ。西原はそう思っている。

『じゃあ……』

足の先が少しずつ消えていった。

ダメージを受けているのは頭部なのに不思議なことだな――と、どこか他人事のように西原は思った。だが、どうでも良いことだった。

相変わらず俵は宇宙空間で前に進もうと抗っている。

最期の光景はこんなものか、存在しない目で俵の存在を感じながら西原は自嘲した。

――月が俺を見てる。

その時、西原は声を聞いた。過去の自分が月を見上げて放った声だ。西原は月から自分たちを視ている怪物の姿を視たが、周囲の人間は誰一人として信用してくれなかった。西原は自嘲する。はじめて死んだ時はこれまでの人生を思い出すことなどなかった、けれど二回目の死を迎えようとする今になって、はじめて——自分の人生が頭の中で走馬灯のように蘇ろうとしている。

一説によれば、死に際に自分のこれまでの人生が蘇るのは、脳が過去の光景の中から生き残るための答えを探しているのだという。冗談じゃない、西原は嗤った。

——何をしたって無駄なんです……俺も……みんなも月の怪物に殺されるんですから……

——なんでもいいから教えてください！　どんな知識でも……もしかしたら役に立つかもしれないんです……！

——俺に……事故物件の作り方を教えてください……！

過去に救済などはない。ただ、どこまでもだらだらと続く絶望があるだけだ。

知識を得れば、何かが変わると思った。事故物件の作り方もそうだ。

自分の知らないどこかに、この絶望を解決する素晴らしい答えがあるはずだ、西原はそう信じていた。

——なんだ、全部無駄じゃないですか。

そんなものはなかった。

得た知識は事故物件の作り方も含めて、その全てが諦める理由になった。少なくとも西原にとってはそうで、そして他の事故物件一級建築士たちにとってもそうだったのだろう。何をしたところで無駄。自分達は月の怪物の舌の上に乗った餌。その現実から逃避するために彼らは蹂躙する。生きたものも、そして死んだものも。

『俺、自分がなんでいろんなことを知りたいと思っていたのか、思い出したんです』

唐突に西原が言った。

『はぁ？』

俵はおざなりに応じた。どうやったら前に進めるのか、まだ答えは出ていない。それでも諦める理由にはならない。だからひたすらにもがいている。もがくことしかできないのだから俵はもがいている。

『いろんなことを知れば、月をなんとかできるんじゃないかと思って……でも結局、何もかもが無駄で……だから俺は諦めて、知識を得ることを現実逃避の道具にしてしまったんです』

『懺悔《ざんげ》か？』

『……そうかもしれませんね』

存在しない顔で西原はくすりと笑った。

俵は宇宙空間でもがき続けている。

いずれ諦めるだろうが、その光景は懐かしかった。

皆、絶望に抗おうとしたのだ。

『俺はずっと助かりたかった、生まれてから……死ぬまで……いや、月は死んだぐらいじゃ俺を逃してくれなかったので……死んでも続く月の視線から逃れる方法を探してて……』

西原の言葉が止まった。

もしも彼に目があれば大きく見開いていただろう。

俵はもがいて、もがいて——僅かに進んだ。無意味な腕の動きとバタ足——そのクロールが俵を月に向かって動かした。一度進めば二度目はスムーズだった、西原をバタバタと巻き込みながら、月に向かって泳いでいく。

『あっ……』

——月だってやってんだ、どうせ人類が全滅するなら……地球を丸ごと事故物件にして、そのまんま幽霊惑星に出来ないかな。

過去から現在に向かって蘇る記憶の中で西原の心を揺らしたのはギメイの言葉、そして諦めない俵の姿だった。

『それで結局……合体事故物件に至ったんですけど……それはもう無理で……でも最後に良い方法があったんです』

『俵さんに任せてみる、とか？』

冗談めかして、俵が言った。

『……いえ、地球を動かすんですよ。結局、俺は所詮人間をやめられなくて、超人になることはできても、神様になることはできない……でもっ！　俵さんは今、宇宙で泳いでみせた……諦めなければ、地球の地縛霊である俺は……俺が取り憑いた地球を動かして、それで思いっきり月にぶつけてやるんですよ……そうしたら月はぶっ壊れる！　もっと単純な方法があったのに、なんで俺は気がつかなかったんでしょうね！』

二人の姿は既に宇宙空間にはなかった。

瞬間移動——西原は俵ごと巻き込んで、地球へと戻っていた。

重力が俵の二本の足を大地へとつける。その衝撃で西原の胴体がぷらぷらと揺れた。彼に既に足はなかった。そもそも腰から下が消滅していた。

「俵さん!?」

東城の呼びかける声、どうやらここは先程の事故物件建設予定地であるらしい。

『俵さん！　そして東城さん！　見ててくださいね！』

俵はその声を聞き、東城は西原の思考を視た。

『地球を動かします！』

西原は両手をパーの形にして、念を送るかのように地面へと向けた。それで何かが起こるということは無かった。地面が動くということもなく、あるいは西原の両手からなにかが放たれるということもなかった。それでも、西原は両手を真っ直ぐに地面に向け続けていた。

『ハハハハハ！』

何一つとして変わらない世界の中で、聞こえないはずの西原の哄笑《こうしょう》が響き渡った。

『俺さぁ！　ただ諦めただけだったんですよ！　周りの事故物件一級建築士たちと同じなんです！　頑張って立ち向かうフリをしていただけなんです！　合体事故物件の力なんて信じられなかった……そもそも真面目にやってるなら、東城さんと遊んでる暇なんてありませんしね！』

世界は西原の意思や行動とは無関係に動き、西原の取った何かで変化が生じることはなかった。遠くでカラスが嘲笑うように鳴いていた。だが、嘲笑うように聞こえたのは西原だけで、カラスはただ鳴いただけなのだろう。そんな中で、ただ西原の身体だけが消えていく。

――それで結局……合体事故物件に至ったんですけど……それはもう無理で……でも最後に良い方法があったんです。

――俵さんに任せてみる、とか？

今まさに消滅しようとした瞬間、西原が思い出したのは先程の会話だった。

今更になって、それは本当に良いアイディアだな、と西原は思った。

最期に西原の頭の中に東城の姿が浮かんだ。

羨ましいな、東城さん。

結局、俺も貴方みたいに助けてくれる人がいれば。

西原は最期に自分自身に対する納得を一つ得て、二度目の死を迎えた。

後にはもう何も残らなかった。

何一つ残すことなく消滅した西原に向けて明子は静かに両手を合わせ祈り、恐怖に囚われて誰にも助けてもらえなかった男を哀れんだ。

◇◇◇

西原を倒し、私達は再び道場へと戻ってきた。

街は相変わらず和やかで、私達がさっきまで命懸けの戦いをしていたとか、あるいは月が本格的に牙を剥いてきてこちらを完殺してくるなど、全く知らずに過ごしている。未来というものを不確かなものを信じて日々を過ごしていられる彼らが……羨ましく、妬ましく、そして愛《いと》おしくもある。恐怖は未だに私の中に焼き付いているが、憎しみはだいぶ引いてきた。少なくともすれ違う人間が何も知らないことを怒るよりかは、何も知らなくてよかったと思える。

「とりあえず俵さんが無事に戻ってきてくれて、本当に安心しました」

西原が瞬間移動を使って、俵さんを宇宙にまで連れて行った時は本当に恐ろしかった。今から月をなんとかしようというのに、宇宙空間はわたしたちには手出しのしようのない場所で、俵さんが宇宙遊泳を諦めてしまえば西原の心が動くこともなく、それで何もかも終わっていた。

「で、まあ……とりあえずは西原を倒し、合体事故物件の建築は阻止したわけだが……」

「はい」

まだ最大の問題として月が残っている。

というよりも、この問題を解決するための余計な回り道をしてしまったというのが正確なところだろう。

「……月に乗り込んで、ひたすら俺が宇宙人の悪霊だの、古生物の悪霊だのを倒して回る……まあ、実現性に関しては合体事故物件とどっこいどっこいだろうが……まあ、なんとかなるだろ」

俵さんが大きい顔に自信をたっぷりと乗せて笑う。

私には俵さんを信じることしかできない。

何も知らない人たちが何も知らないままに平穏な日々を送れるように、何かを知ってしまうことで他者を蹂躙する怪物になった事故物件一級建築士が二度と現れないように俵さんが戦ってくれる、と。

「月に行く手段だけは、僕は用意していたんだ」

そう言って、ギメイさんがタンスから取り出したのはペラペラに折り畳まれた……二枚の雲のようなものだった。

「竹取物語において、月からの使者は雲に乗ってやって来た……竹取物語がどこまで月の真実を描いているかはわからないけれど、少なくとも雲に乗って月の悪霊が地上に降り立ったことだけは事実で……きっと誰かがこの雲に乗ってきた悪霊を討ち果たして、雲を奪って、色々なことがあって僕のタンスの中に眠ることになったのだろう」

そう言ってギメイさんが折り畳まれた雲を一枚開くと、ひとりでにふわりと膨らみ、ヘリウムガスの入った風船のように空に向かってどこまでも浮き上がるのではなく、ただ地面から一定の距離を雲は浮き上がって、そこで止まった。

「乗ってみてくれ」

「かぐや姫っていうか西遊記だな」

ギメイさんの言葉に、軽口を叩きながら俵さんは雲の上に座り込んだ。

雲は俵さんの体重を受けて沈み込むでもなく、相変わらずふわりと浮き続けている。

「……よし、後はアンタの願った通りに動くよ」

「……成程ね」

実際、俵さんの乗った雲は上に上がったり、上がった以上に下がったり、あるいは前に進んだりと室内でどこまでも自由に動いた。

「……じゃ、行ってくるか」

俵さんは雲の乗り心地を確かめると、まるで、散歩に出かけるみたいに本当に無造作にそう言った。

「俵さん！　あの……！」

「どうした？」

「いや……その……宇宙服とか、そう、宇宙服とかいらないんですか!?」

俵さんの服装はTシャツにジーンズで、本当に散歩に出かけるようなラフな格好で、とても宇宙に行けるものではなかった。こんな格好で月に行って良いはずがない。本来ならば。

「明子さんだって視てたんだろ？」

「ま、まあそうなんですけど……」

実際、俵さんはこの服装のままで宇宙に飛び出し、本来ならば不可能な宇宙遊泳すらしてみせた。

「だったらわかるだろ？　俺には呼吸は必要ない……それにしたって肺を破壊されたら苦しくなるし、水月《みぞおち》を突かれると息ができなくなるような感覚になって苦しいのは不思議なんだけどさ。まあ、人間の感覚を死んでも引きずり続けるんだろうな。しかし、宇宙環境は案外いけるのに悪霊とかに火を吹かれたらダメなのは不思議だよな、相手の攻撃の意思とか悪意が作用してんのかな。まあ、とにかく俺は大丈夫だから」

そう言って、やはり朗々と笑って見せる。

その笑顔と屈強な肉体、そして雲に乗る姿はどこかの神話に出てくる英雄みたいだった。

「……あ、でも甲冑《かっちゅう》とか持っていったらどうですか？　防御力とか大事ですし……」

「多分、そこらへんの甲冑よりは俺の身体のほうが丈夫だよ」

必要のない言葉ばかりを口に出してしまう。宇宙服とか、甲冑とか、つまりは行かないでくださいの言い換えだ。思っていることを口に出そうとすると結局俵さんを引き止めるような言葉ばかりがでてくる。

そうですよね、きっと大丈夫ですよね。

本当に言わないといけないのはそういう言葉のはずなのに、頭の中から出てきてくれない。

信じています。俵さんならきっと月をなんとかしてくれます。だからやっちゃってくださいね。無事に戻ってきてください。言いたい言葉の何もかもが喉まで降りてこない。

「……おかえりって絶対に言いますから」

「えっ？」

「誰かの悪意そのものの家ばっかりめぐらされて、俵さんの始まりだって辛い家で、それで……今からそれこそ地球の全てを救うぐらい、凄いことをするのに……でも、俵さんは戻ることができたとしても、また誰かのために戦う……そんなの……良くないですよ……私……誰かの帰る場所は救えるのに、俵さん自身に帰る場所がないのは……いや、そもそも帰れるかどうかもわからないのに……っ……だから……絶対に俵さんにおかえりって言いますからね……」

言いながら私は嗚咽《おえつ》していた。

馬鹿馬鹿しい、本当に戦うのは俵さんで私はただ見送るだけしかできない。

私は約束を思い出していた。

いつか、私の家で俵さんにクッキーとクッションを用意して迎えてあげたい。いつかって、いつ？　そんな日が来ることをきっと俵さんは信じていないし、私だって信じていない。そんな口だけの約束だなんて嫌だ。せめて、俵さんの帰る場所があってほしい。

信じるとか、いつか、とか約束とか、そんな言葉だけじゃなくて、確かに俵さんに贈ることのできる何かが欲しい。

「あのさ明子さん……」

俵さんは困ったように笑って、そして言った。

「俺はハッピーエンドの化身みたいなもんだから、全部大丈夫だよ。ま、たまにトチるけどさ。今回なんて全員殴り倒せばいいんだから簡単なもんさ」

「絶対に」

「ん？」

私は小指を俵さんの前に差し出していた。

小学生以来かもしれない、言葉だけは強いけれど誰も信じていないような約束。

「指切りしましょう、俵さんが……絶対に無事に戻ってくるって」

「……ああ、約束する」

そして、俵さんは雲に乗って空へと消えていった。

大きな身体が豆粒のように小さくなって、やがて何も見えなくなっても……私の目は俵さんの姿を追い続けている。


そして、その三日後に地球には金貨の雨が降り注いだ。

◇◇◇

始めは誰もが奇怪な現象だな、と思いながらも呑気《のんき》に喜んでいた。

世界中に金貨の雨が降り、一体誰がこんなことをしたんだろうと思いながらも、金貨を家に持って帰って……これでちょっとは生活が楽になるなぁ、なんて皆が思ったんだろう。

ニュースが伝える頭上から降り注ぐ金貨に打たれて怪我《けが》を負う人間や、死亡する人間も最初の方は所詮は他人事だった。

その翌日にも金貨の雨は降り注いだ。呑気にしていた人間の家族や友人が死に、金貨の雨も三日目になると金の貨幣価値を暴落させた。

金が暴落するやいなや、次はプラチナだった。

これはインゴットの形で降り注ぎ、金貨以上に死傷者数を増やした。

この奇怪な現象を喜ぶ人の数を恐れる人の数が上回るまで、大して時間はかからなかった。


恐怖が地球を駆け巡るうちに、やがて吐瀉物《としゃぶつ》に宝石が交ざる人間が現れ始めた。

手術中の子供の体内から大量の札束が見つかったという話が何件もあった。

どれほどの金銭的利益を得ようとも、最早喜ぶ人間は希少となっていた。

今、起こっている現象は一体なんなのか……一体、今地球に何が起こっているのか。

だが、地球上の数少ない人間を除けば、事態を正確に把握している人間など誰一人としていなかったのだろう。

正確に言うのならば、これは本来これから起こる現象の先触れのようなものであり、まだ何も始まってはいなかったのだ。

金貨の雨が初めに降り注いでから一週間が経過し、連日降り注いだ貴金属の雨が初めて止《や》んだ。人々は胸を撫で下ろしたが、安心はできなかった。翌日も貴金属の雨は降らなかったが、たまたま止んでいるだけで、次はいつ降り始めるかわからない。街からは格段に人の姿が消えた。

貴金属の雨が降り止んでから五日、この奇怪な現象はようやく終わったのだろうと人々が判断し始めた頃、世界中の天文台が属する政府に恐るべき報告を上げた。

月が地球に近づいてきている。

科学者の予想によれば、最終的に月は隕石のように地球に衝突することになるだろうが、月の接近に伴う潮位の上昇や、引力の影響で衝突を待たずして地球は滅亡することになる。

科学者の誰一人として知る由《よし》のないことであったが、西原の行うことのできなかった戦いは、月の悪霊にとってはやろうと思えばできる程度のことに過ぎなかった。

◇◇◇

『宇宙よりはマシだな』

どこまでも続く月の白い荒野を見て、雲から降りた俵はそう呟いた。

月や宇宙に浪漫《ロマン》を感じる人間を切って捨てるような言葉だが、俵は心の底からそう思っている。ほんの僅かな時間だったが、宇宙に放り投げられた僅かな時間だけで無限に続く闇にはうんざりさせられた。それに比べれば、月はまだ地形があるだけマシだ。と思っている。そしてなにより、月の重力は地球よりも大分弱いが、地に足をつけることはできる。それだけで宇宙に放り投げられた時の何十倍も素晴らしい。月面に空気は存在しないが、それだって俵には関係のないことだ。

時計は持って行かなかったが、地球から月まで雲に乗って三十二時間――かつて人類を月に運んだアポロ宇宙船よりも速い。

もっとも時計を見たところで意味はないだろう。空は常に宇宙と同じ闇の色をしている。朝も昼も夜も、時計を見たところで変わるのは数字だけだ。昇る太陽が俵の心を慰めることはない。

『破ッ！』

俵は気合を入れて、正拳突きを一本放った。

問題はない――攻撃は放つことができる。もっとも宇宙でも、西原を殴ることはできていたのだ。

重力が俵の戦闘を邪魔することはない。

『さて……とりあえずは、敵を探すとするか』

月に来るまでは雲の上に胡座《あぐら》をかいていたが、すぐに戦えるように雲の上に立って乗り込んだ。

自分の動きに支障が出ることもなく、相手を殴るにも問題はない。

まだ敵が見つからないことを除けば、俵にとって月はわかりやすい世界だった。

『おい……アンタちょっと良いか？』

雲に乗っていた俵が月面に急降下したのは敵を探し始めてから三十分ほど経過してからのことだ。

月面上を一人の宇宙人らしき存在が歩いていた。宇宙人と聞いた大抵の人間がイメージするようなあまりにもチープな外見をしている。灰色の肌にひょろりと長い手足、衣服は着ておらず、何も纏《まと》っていない腹部は餓鬼のようにぽっこりと膨れ上がっている。頭部は丸みを帯びた逆三角形のようだ、ギターのピックのようにも見える。全身に体毛は一本も生えていない。その瞳は黒目がち――どころではない、全てが黒い。身長は百三十センチメートルほど。いわゆるグレイ宇宙人だ。

『……お前は、地球人の幽霊か』

相手が日本語を話している——というわけではないらしい、俵だって宇宙人の言語を話しているわけではない。だが相手の伝えたい言葉がはっきりと聞こえた。空気のない世界で、本来ならば音は存在できない。だが、互いにコミュニケーションには問題ないらしい。

『そういうアンタは宇宙人の悪霊か？』

『何かを憎んでいることが悪と言うのならば、そうだろうな……』

言葉は交わせる、だが互いに拳の間合いからは離れている——その程度には距離を取り合っている。

宇宙人にとって俵は正体不明の来訪者であり、そして俵にとって宇宙人は悪の存在であったが、困惑もある。

（思ったよりも話が通じているな……）

俵の想定では月面の悪霊は問答無用に襲ってくる存在だった。もっともそれで油断をしていいということにはならない。月面の悪霊は地球の生命に対してひたすらに悪意を向ける存在であった。敵意ではない。言葉を交わしておいて不意打ち——そのようなことは容易に起こり得る。

話し合いで解決ができるとは思えない、先制攻撃を仕掛けたほうが良い。理性はそのように判断しているが、まだ攻撃を受けていない相手にこちらから殴りかかるには抵抗がある。

俵はまだ、地球に金の雨が降り注いでいることを知らない。

『俺の名は俵耕太、恐らく……アンタらの敵になるだろう男だ』

『……そうか、だろうな』

事も無げにグレイ宇宙人はそう言った。

『驚かないんだな』

『生命維持装置に身を包んだ人間ならば、我らの姿を発見して友好的な関係を求めるだろう……おそらくは何も知らずにここに来ているだろうからな、だが……そのような軽装で来る人間が我らの存在を知らずに来るとも思えん』

『それならスーツでも着てくりゃ良かったな、持っちゃいないが……』

俵が軽薄な笑みを浮かべて言った。

その冗談ににこりとすることもなく、グレイ宇宙人が言葉を続ける。

『とりあえずは私に君と敵対する意思はない、今のところは』

『……今は、ね。まあ、いいや……じゃあ、とりあえずアンタの名前でも聞かせてくれるか？』

『名前は……かつてはあったのだろうが、もう覚えていない。個体を識別する意味もない……どうせ私の名前を呼ぶものもいないからな』

グレイ宇宙人は疲れ果てた老人のように言った。

『じゃあ、アンタって呼んどくよ。それとも新しく名前をつけようか？』

『結構、さて……俵、君の目的は？』

『おそらくはアンタ達みたいな存在の全滅……ってことになるだろうな、申し訳ないことだが』

『……そうされることに対して異議はないよ、不可能だとは思うが』

『不可能と言われると燃える性質なんだ』

『勝手にするが良いさ』

『おいおい……仲間に対して随分と冷たいんだな』

『……かつてはそうだった。だが今は……どうなのだろうな』

暗い宇宙を見上げて、グレイ宇宙人が言った。

その仕草は人間と大して変わるところはない、ただ姿と星を変えただけだ。

『なぁ、一つ聞いていいか？』

『何かな？』

『俺はアンタがそこまで話の通じない悪霊とは思えない……月から向けられる嘲笑の視線っていうのも本当のことなんだろうが……少なくともアンタに関してはそんなことをするようには思えない』

『俵、君は月が誕生した理由を知っているかね？』

グレイ宇宙人は俵の疑問には答えなかった。

だが、何らかのごまかしのために別の話を始めたようにも思えなかった。

『さあね……』

様々な説があるらしいが、生前から宇宙には興味がなく、一切知らないことだ。

『四十五億五千万年前、我らに生命があった頃……我らの搭乗していた宇宙船……いや、故郷と言うべきだろうか、それが突如としてコントロールを失い、重力に引かれ原始地球に衝突した……地球は破損し、その破片が集まって月を構成した……そして、死んだ我らの魂は月に取り憑いた』

『そっからもう事故物件……ってわけか……』

月が誕生した真実、それに対して動じるでもなく俵は淡々と応じた。

『理不尽な死に我らは怒りを燃やし……しかし、誰が悪いというわけではない。誰にぶつけようのない憎しみを我々は持ち続けていた。気づけば、源を同じくする命なき惑星である原始地球の地価は上昇し、最初の生命が発生していた。我らの憎しみを糧に、地球は青く、そして美しくなっていった』

『皮肉なことだが、地球は事故物件だったから命が溢れる星になったってことか……』

『……そして、今より約六千六百年前……我々の膨れ上がった憎悪は当時の地球の支配者、恐竜に向いた』

『月が誕生した理由もアンタらなら、恐竜絶滅の原因もアンタらなのか……』

冷たい汗が俵の頬を伝い、すぐに消えた。

『所詮は八つ当たりだが、憎悪の化身と化した我々に理性も慈悲も残っていなかった……そして、四十五億年の時は我らから、憎悪の理由すらも消し去った……理不尽を憎んでいたはずの我々が、理不尽に命を奪うものになった。そして恐竜を絶滅させた時、我らから憎悪すらも消えた。命を失った我々が未来ある命を奪う……それはこの上ない快楽だった……』

俵は西原のことを思い出した。月に抗おうとした事故物件一級建築士はただ理不尽に命を奪うものに成り果てた。その大本も原初の理由を失った存在だというのか。

『もはや、誰も元々の感情を覚えていない……隕石で殺し、月に魂を取り込んでやった恐竜の悪霊たちもそうだ。何を憎んでいるのかわからないままに憎んでいるうちに、憎しみすら必要なくなってしまった』

『……覚えているのはアンタだけってことか』

『違うな、我自身も……忘れていたのだ……』

俵の視線を避けるかのように顔を俯《うつむ》けて、グレイ宇宙人が言った。会話というよりは独り言のようだった。

『憎んでいたのではない。ただ故郷に二度と帰れぬことが悲しかった……ただ、それだけのはずだったのにな』

『……』

俵に返せる言葉は何もなく、ただグレイ宇宙人から目を逸らすかのように宇宙を見上げた。かつて地球に衝突し、消滅した目の前の霊の故郷はもうこの世界のどこにも存在しないのだ。


『さて、俵……』

しばしの沈黙があった。俵も無理に口を開こうとは思わなかった。

時間の感覚が消えた月世界の中で、おそらくは五分ほどが経過してグレイ宇宙人が口を開いた。

『なんだい？』

『君の探している敵の全軍は月面の裏側で力を合わせて……地球に向けての大規模ポルターガイスト現象を起こしている。その雲に乗って、進み続ければ……君は君の敵に出会うだろう』

『良いのか？』

俵はそう言った後、苦い顔をした。

答えを聞いたところで俵の行動が変わるわけではない。笑おうが怒ろうが申し訳なく思おうが、除霊される側には一切関係のないことだ。

『それはこちらの台詞《せりふ》だよ、俵……我々は強大で、そして数も多い……君は二度目の死を迎えることになるだろう』

『……ちなみにアンタは二度目の死を迎えたらどうなるのか知っているかい？』

『知らないさ……だから、このようなザマになっても、未だにここにしがみついている……』

『そうかい』

『だが、俵……久々に話せて、私は満たされた……もういい。私はもういい。私の話が君にとって益になったというのならば……』

そう言って、グレイ宇宙人は両手を広げた。

その様は、自身の処刑を受け入れる救世主の姿によく似ていた。

『私を除霊してくれるかい？　俵』

音は無かった。

ただ俵の丸太のように太い右足がグレイの首を薙いで、その頭部を吹き飛ばした。

『……チッ、幸先が悪いな』

俵は再び、雲に飛び乗り——グレイ宇宙人の指し示した方向に進んだ。

◇◇◇

『グオオオオオオオオオオオオオオオオオオオオ！！！！！！』

ティラノサウルスの悪霊が雄叫《おたけ》びを上げた。体長は約十メートルを超え、体重は約六トンか、七トンか。タワーマンションほど巨大ではないが、一階建ての一軒家程度には巨大な悪霊が、十数匹の群れを成して俵を取り囲んでいた。

――なんで誰も恐竜の幽霊を見たことがないんでしょうね、俵さんは見たことあります恐竜の幽霊？

誰に尋ねられたのだろうか、俵は思い出せなかった。

ただ、今ならばその問いに答えることができる。

殺された恐竜の悪霊は月に吸い上げられて、地球にはいない、だ。

ティラノサウルスの巨大な頭部が俵に迫り、大口を開けた。

生前の自分ならば泣いて喜ぶ状況だろう、男の子は恐竜が大好きだからな。俵は心のなかでそう思った。

俵はティラノサウルスの巨大な牙を避け、その無防備な側頭部に攻撃を入れようとして――咄嗟に横へと跳んだ。暴走車両が駆け抜けていくかのように、二匹目のティラノサウルスの悪霊が先程まで俵がいた位置を走り抜けていった。

生前のティラノサウルスが全速力で走ってどれだけのスピードを出せるかはわからないが、死んだティラノサウルスはアクセルをベタ踏みにした大型車両も同然だ。

技巧も何も無い突撃であるが、速く、質量があるというだけで厄介な攻撃だった。

『『グオオオオオオオオオオオオオ！！！！』』

そして、数も多い。

ティラノサウルスは鋼鉄のような尻尾《しっぽ》を横薙ぎにして、俵の頭部を狙った。

咄嗟にしゃがみ込んで回避しようとしたところに、ティラノサウルスの爪先が迫る。ティラノサウルスに技を放ったつもりはないが、それはティラノサウルスが後ろ足で放つサッカーボールキックと言えた。焦がす空気もないのに、勢いの良いティラノサウルスキックに俵の嗅覚は存在しない熱の臭いを嗅ぎ取る。

『破ッ！』

回避しきれない――俵は咄嗟に両手を前に出し、ティラノサウルスが後ろ足で放った蹴りを受け止めた。その勢いの凄まじさに常人ならば即死、生半可な事故物件一級建築士でもその衝撃を殺しきれずに、その肉体は風に吹かれた紙のように吹き飛ぶだろう。

だが、俵は大地に根を張ったかのようにどっしりと構え、ティラノサウルスの爪先を受け止め、その後ろ足に回し蹴りを放った。

『グオオオオ！！！』

ティラノサウルスが苦悶の声を上げて、横転する。

だが、それで戦闘不能になったわけではない。

『『『グオオオオ！！！』』』

何より未だ多数のティラノサウルスが残っている。

『アメリカのクソ映画みたいな悪霊がよ！』


敵は強いか、あるいは弱いか。

強い——少なくとも地球の一般悪霊とは比べ物にならない、だが勝てないわけではない。一対一ならばティラノサウルスの悪霊が相手でも無傷で勝利できるだろう。

だが、たった独りの俵に対し、敵は常に十や二十で自分を囲んでいるどれほど避けても、どれほど受けても、常に攻撃の手は止まらない。


『グオオオオオオオオオオオオオオオッ！！！！』

ティラノサウルスの悪霊の九四目が断末魔の悲鳴を上げた。

俵は昨日も聞いたし、おそらくは明日も聞くことになるだろう。

何十四のティラノサウルスの悪霊を狩ったか——もしかしたら、何百匹かもしれない。俵に数をカウントする余裕などはなかった。

残るティラノサウルスはあと一匹、タイマンならば負ける気はしない。

俵は絶滅を逃れた最後の恐竜を睨《ね》め上げた。


『チッ！』

その瞬間、俵の勘が飛来する攻撃を捉えた。

銃弾、亜音速ならば、撃たれた後でも対処できないことはない、だが――

俵は姿勢を低くし、転がるように前方に移動した。

刹那、赤い光線が俵のいた位置を撃ち抜いた。

――光速で飛来するレーザー光線銃の一撃に対してはそもそも相手の射線に入らないことしか対処法がない。

俵が頭上を見上げれば、プテラノドンの悪霊に乗ったタコに似た姿をした宇宙人の悪霊が、俵に向けて光線銃を構えている。

『属性が多いんだよ！』

空中にいる敵は厄介だ。

重力は低く、敵の元に行くこと自体は難しくないが自由に身動きの取れない空中は敵にとっては良い的にしてくれと言っているようなものである。

『我々は宇宙人だ』『俺も宇宙人だ』『オイラも宇宙人だ』『あっしも』『オデも……』『宇宙人六です』

『七』『八』『九』『十』

『雑な命がよ……』

挑発するように、タコ型宇宙人達が声を上げる。自分の名前を忘れてしまった悪霊だ。ただ存在だけを名乗っている。どこまで理解できているのか、機械的に番号だけを名乗るものもいる。

『グオオオオオオオオオオオオオ！！！！！』

そしてティラノサウルスの悪霊が雄叫びを上げる。

厄介な組み合わせだ、ティラノサウルスを接近戦で相手にしているうちに遠隔から蜂の巣にされてしまう。

逃げるか――否、逃げ場所などはない。

俵はティラノサウルスの悪霊に向かって駆けた。

その背を赤い光線が狙う。それと同時にティラノサウルスが頭部を振り下ろし、その牙で俵を狙わんとした。

『クソがッ！』

スライディング――俵は滑り込むように、ティラノサウルスの胴の下を抜けていく。ティラノサウルスはその巨体さ故に小回りが利かない。内側に回り込まれれば弱く、そしてティラノサウルスの背が上空からの射線を妨げる。

滑り抜けた先に目的のものがあった。

俵はティラノサウルスの尾の先端を両手で摑み、七トンの巨体をハンマーのように振り回した。

『これ……がッ……クソがッ……！』

ティラノサウルスの巨体をやすやすと振り回し、そして上空のプテラノドンへと投げつける。俵がその場で用意できる投擲武器はそれだけだった。

そして、ティラノサウルスを投げつける途中で幾本もの赤い光線が俵の身体を撃ち抜いた。

『っらあ！！！』

思いっきり投げつけたティラノサウルスで、二匹のプテラノドンをパイロットごと撃墜する。だが、残りは八匹。俵は獰猛《どうもう》な笑みを浮かべた。

自分の攻撃は通用するのだ。

そして、敵に出会う度に、俵は除霊してきたのだ。敵の数は間違いなく減っている。

ただ、数百万か数千万か、あるいは億か、兆かもしれない。

どれほどの数のあるのかはわからないが、俵独りではとても相手にしきれる数ではない。

『元気か地球生命!?　すぐに元気じゃなくなるぜ地球生命！』

再び援軍がやって来た。

十人の剣士型グレイ宇宙人の悪霊を引き連れた二刀流のグレイ型宇宙人だ。

敵は恐ろしく強く、そして多く、種類も豊富だった。

俵は恐竜のような自分より大きいものと戦う時もあれば、自分の拳が通じないほどに硬い甲殻類の悪霊と戦う時もあった。生前にどれほど鍛えたのか、ある日戦ったグレイ宇宙人の悪霊の拳は自分よりも速く、タコ型宇宙人に最後の抵抗とばかりに毒を吐かれたこともある。恐竜の中には時折炎を吹くものもいる。

自分が持っていない全てを敵だけが持っているような気さえした。

唯一持っていた雲は、戦いの最中で破壊されてしまった。

絶望――何度も何度も何度も頭の中にその言葉が過るが、俵は無理矢理に追いやって、戦い続ける。

やがて過酷化する戦闘は頭の中に浮かんだ絶望について考える暇すら俵に与えないようになった。

果たして自分は何日戦い続けているのだろうか、常に空は黒く、そして星は輝いている。だが太陽の明かりは俵を照らしてはくれない。消え失《う》せた時間間隔で、最後に休んだのはいつなのかもわからないままに、俵は戦い続ける。

『[redacted]』

時折、自分の名前を呟こうとした。

その度に敵が襲いかかってきて、自分の名前を忘れてしまいそうになる。

『[redacted]』

言葉の出し方をわすれそうになる。

話し相手は誰もいない、軽口は無音の世界では通用しない。

何故、自分は戦っているのか。

何故、誰も助けてはくれないのか。

泣きそうになる度に思った、違う、俺が助けだ。

誰も助けてくれない、月という超巨大事故物件から何も知らない人を守るために戦いに来たんだ。

俺が殴れば、誰かが泣かなくて済む。

俺が蹴れば、誰かが笑えるようになる。

俺が投げれば、親にぶっ殺される可哀想なガキがこの世から減る。

月からは地球にいる人が——自分が戦う理由は見えない。

それでも、一秒でも二秒でも余裕があれば目を瞑《つむ》り——自分が会ってきた人のことを思った。その人達が救われているのなら、何度だって戦える。

骨折は怪我の内に入らない、身体が欠損して初めて、怪我に入る。

戦いの最中、常に身体のどこかは欠損していて、しかし、それはすぐに生えてくる。

俵の身体は強く、身体の傷はすぐに治る。

ただ、痛みと疲労、そして孤独だけは俵の精神に着々と沈着していった。

死者も生者も心だけは同じもので出来ている。

ただ死者は生者以上に大切なことを忘れやすいだけだ。


『[redacted]』


どれほど戦ったのだろうが、相変わらず時間の感覚がない。

やがて、俵の身体は痛みも疲労も感じなくなった。

そうだろう、本来の自分には無いはずのものだ。

それを人間の身体の感覚なんてものを引き摺っているからそういう余分なものまで身体の中に残ることになる。

そう思いながらも、俵の身体は全く動かなかった。

痛みも疲労も感じない。

俵の身体は無傷のままに横たわって、全く動かなくなっていた。

成程。

肉体はどれほどのものでも、精神は限界を迎えてしまった……そういうことなのだろう。俵は笑おうと思ったが、どうにも笑い方が思い出せなかった。

自身を囲む敵の数は四体、普段と比べればご褒美と言えるぐらいに少ないというのに、最早身体は全く動かなかった。

（まだ……なんだ……）

思考に応じるように身体が震えた。

ただ、それだけだった。

（戦わせてくれよ……こんなんじゃ誰も助けられてねぇ……）

いずれも十メートルは超えるであろう巨大な悪霊だ。


そんな時に現れたのが、このタワーマンションロボである！

タワーマンションロボは地球より飛来し、自身を取り囲むロボを多少もたついたキックで蹴り飛ばしていく。

（は……？）

自分の目の前に現れたのはあの戦いの時と同じ人型変形事故物件、『入居者の終の棲家になるタワー』そのものだった。

タワーマンションロボはその超巨大質量で追撃を仕掛ける。

キックと同時に、敵は大爆発を起こし、月では聞こえないはずの音が俵の鼓膜を揺らした。

（何が……起こっている……？）

「俵さん……！」

（明子さん……!?）

タワーマンションロボの手が俵を摑み、最上階に収納した。

動けない俵の身体を、タワーマンションロボが身体を揺らして、コロコロと運んでいく。よく見ればタワーマンションの壁にはギメイの御札が貼られている。

俵の身体が止まったのは、明子の両親が住み、そして今は明子が所有している部屋だった。

扉が開く、タワーマンションロボが仰《の》け反ると俵の身体は吸い込まれるように、その部屋に入り込んでいった。

タワーマンションとは思えない、小規模な部屋だった。

リビングルームには出しっぱなしの二人がけのこたつがあり、キッチンの方から流れてくる焼きたてのクッキーの誘うような甘い香りが鼻腔《びくう》をくすぐる。

よく見れば、壁の一面に道場で見たものと同じデザインの御札が貼られている。

「……おかえりなさい、俵さん」

明子さんが横たわった俺を抱きかかえて、ベッドへと運んだ。

地球にいた時と同じ服装だ。

ベッドに寝かされると重力に従って、自分の体はマットレスに沈み込んだ。

月にいるとは思えない……この部屋には重力もある。

(明子さん……これは一体……)

「賭けでした」

明子の瞳が金色に光り、俵の思考に返事を送る。

どうやら自分のことも視ているらしい。

(賭け？)

どういう賭けをしたのかはわからないが、
ただ、一つだけわかることがある。

掛け金は命。明子は……自分が守りたかった人たちの中の一人は死んでしまったらしい。そうでなければ、宇宙服もなしに、この場所にいられるわけがない。

「このタワーマンションの自分の部屋で自殺して、このタワーマンションに取り憑く幽霊になったんです……それも、パパとママのように、かつての記憶をこの部屋に思い描いて……」

できるのか、といえばそういうことができる人間はいる。

そもそも明子の両親がそうであったし、俵自身の母は自身のマンションに迷宮を描いて支配者になってみせた。

だから、できるか——といえば、必ずしもそうではない。

ギメイの札を用いた以上、この部屋……いや、廊下の壁にも貼られていたから、おそらくはタワーマンション全体に取り憑く地縛霊にはなれただろうが、それ以上のこととなると何の保証もない。その賭けに何の意味があるのかはわからないが、その賭けに勝ち、しかもタワーマンションロボまで動かして、明子は月まで来たのだ。

「一応月に来れたのは、ギメイさんの雲を使ったからですけど……」

（そういえば二枚あったな……）

ギメイはあの部屋から出られないし、明子さんは宇宙服無しで月に来られないのだから特に意識もしていなかった。

（でも、なんで……）

「とりあえずはおかえりを言うために、ま、でも俵さんは多分来られないので私から行くことにしたんです。それにタワマンロボなら俵さんの助けになれるかな、って……」

嬉しいか、嬉しいに決まっている。

とうとう、あの日来なかった問答無用で助けてくれる誰かが来たのだ。

けれど……それ以上に悲しい。

俺のために、一人の女性を死なせてしまった。

明子は感情を視たのか、能天気な笑みを浮かべて見せた。

「まあ、間違ってるなって思ってても突き進んで来たんです！　今更ですよ！」

（……ありがとう、明子さん。でも……タワマンロボの燃料は……）

タワマンロボの燃料は『入居者の終の棲家になるタワー』に取り憑いた魂だ。

明子しかこのマンションにいないのならば、その全てを明子が負担することになる。

「もしかしたら、すぐに消えるのかもしれませんし、あんがい保《も》つのかもしれません……いずれにしても、俵さんがサクッと倒してくれれば大丈夫です」

「……ああ！」

「あっ、俵さん、声が……」

我ながら現金なものだ。あれだけ限界だったというのに、ただ助けてもらったというだけで、もうこんなにも身体に活力が満ちている。

「ああ！　やってやるさ……！」

「ふふ……じゃあ、俵さん、いってらっしゃい」

「いってきます！」

◆

それからしばらくして、月の接近は誤報だったと伝えられ、少々時間はかかったが、地球はすっかりと以前の落ち着きを取り戻した。

もう月を見上げて、誰かが自分を見つめる悪霊に気づいてしまうことはない。

月にいた命ではない何か達はすっかり消え去ってしまった。

東京のタワーマンション『入居者の終の住処になるタワー』の消失は多少どころではなくニュースを騒がせたが、今はもう日々の新たなニュースに流されて、世間的にはすっかりと忘れ去られている。

そのタワーマンションは今でも入居者の全滅した月に突き刺さっている。
ただし、その最上階にあるとある部屋は壁ごとくり抜かれて、今はもう月にはない。

【終わり】

本書は、カクヨム連載作品『入居者全滅事故物件』に加筆・修正したものです。

入居者《にゅうきょしゃ》全滅《ぜんめつ》事故《じこ》物件《ぶっけん》

2025年3月30日　初版発行

著／春海水亭《はるみすいてい》

イラスト／安藤賢司《あんどうけんじ》

発行者／山下直久

発行／株式会社KADOKAWA
〒102-8177　東京都千代田区富士見2-13-3
電話 0570-002-301（ナビダイヤル）

印刷所／TOPPANクロレ株式会社

製本所／TOPPANクロレ株式会社

●お問い合わせ
https://www.kadokawa.co.jp/（「お問い合わせ」へお進みください）
※内容によっては、お答えできない場合があります。
※サポートは日本国内のみとさせていただきます。
※Japanese text only

定価はカバーに表示してあります。

ISBN 978-4-04-738222-0　C0093

◇◇◇

ISBN978-4-04-114792-4